LA TRILOGIE DES SURVIVANTS

LA TRILOGIE DES SURVIVANTS

ARÈNE UN
LES CHASSEURS D'ESCLAVES

Morgan Rice

Traduit de l'anglais par
Guy Rivest

éditions

Éditeur : François Doucet
Traduction : Guy Rivest
Révision linguistique : Féminin pluriel
Correction d'épreuves : Nancy Coulombe, Katherine Lacombe
Conception de la couverture : Matthieu Fortin
Photo de la couverture : © Thinkstock
Mise en pages : Sébastien Michaud
ISBN papier 978-2-89733-421-5
ISBN PDF numérique 978-2-89733-422-2
ISBN ePub 978-2-89733-423-9
Première impression : 2013
Dépôt légal : 2013
Bibliothèque et Archives nationales du Québec
Bibliothèque Nationale du Canada

Éditions AdA Inc.
1385, boul. Lionel-Boulet
Varennes, Québec, Canada, J3X 1P7
Téléphone : 450-929-0296
Télécopieur : 450-929-0220
www.ada-inc.com
info@ada-inc.com

Diffusion
Canada :   Éditions AdA Inc.
France :   D.G. Diffusion
                Z.I. des Bogues
                31750 Escalquens — France
                Téléphone : 05.61.00.09.99
Suisse :   Transat — 23.42.77.40
Belgique :   D.G. Diffusion — 05.61.00.09.99

Imprimé au Canada

Participation de la SODEC.
Nous reconnaissons l'aide financière du gouvernement du Canada par l'entremise du Fonds du livre du Canada (FLC) pour nos activités d'édition.
Gouvernement du Québec — Programme de crédit d'impôt pour l'édition de livres — Gestion SODEC.

Catalogage avant publication de Bibliothèque et Archives nationales du Québec et Bibliothèque et Archives Canada

Rice, Morgan

    [Arena One. Français]
    Arène un : les chasseurs d'esclaves
    (La trilogie des survivants ; 1)
    Traduction de : Arena One.
    Pour les jeunes de 13 ans et plus.
    ISBN 978-2-89733-421-5
    I. Rivest, Guy. II. Titre. III. Titre : Arena One. Français.

PZ23.R523Ar 2013   j813'.6   C2013-942119-X

Si j'étais mort une heure avant cet événement, j'aurais terminé une vie heureuse; car de cet instant il n'y aura plus rien d'important dans la vie de ce monde.

— Shakespeare, *Macbeth*

PREMIÈRE PARTIE

1

La journée est moins clémente que d'habitude. Le vent souffle sans arrêt, projetant dans mon visage la neige accumulée sur les grands pins pendant que je grimpe la paroi de la montagne. Mes pieds, serrés dans des bottes de randonnée une pointure trop petite, disparaissent dans quinze centimètres de neige. Je glisse et j'essaie de reprendre pied. Le vent souffle en rafales si froides qu'elles me coupent le souffle. J'ai l'impression de marcher dans une boule à neige.

Bree me dit que nous sommes en décembre. Elle aime compter les jours jusqu'à Noël, rayant les chiffres de chaque date qui passe sur un vieux calendrier qu'elle a trouvé. Elle y met un tel enthousiasme que je ne peux pas me résigner à lui apprendre que nous sommes loin d'être en décembre. Je ne vais pas lui dire que son calendrier est vieux de trois ans ou qu'elle n'en aura jamais un nouveau parce qu'ils ont cessé d'en produire le jour où le monde a pris fin. Je ne vais pas lui gâcher ses illusions. C'est à ça que servent les grandes sœurs.

De toute manière, Bree s'en tient à ses croyances et elle a toujours associé la neige à décembre, et même si je le lui disais, je doute qu'elle changerait d'idée. Les jeunes de dix ans sont comme ça.

Ce que Bree refuse de voir, c'est que l'hiver arrive tôt ici. Nous sommes à une bonne hauteur dans les monts Catskill, et ici, le temps semble différent, tout comme le changement de saisons. Ici, à trois heures au nord de ce qui a déjà été New York, les feuilles commencent à tomber à la fin du mois d'août, disséminées à travers les chaînes de montagnes qui s'étirent à perte de vue.

Notre calendrier a déjà été à jour. Quand nous sommes arrivées il y a trois ans, je me souviens d'avoir vu la première neige et de l'avoir regardée, incrédule. Je n'arrivais pas à comprendre que le calendrier indiquait « octobre ». J'ai supposé qu'une neige si précoce était un phénomène exceptionnel. Mais j'ai vite appris que ce n'était pas le cas. Ces montagnes sont juste assez hautes, juste assez froides, pour que l'hiver cannibalise l'automne.

Si Bree revenait à la première page du calendrier, elle verrait cette année-là en grosses lettres ringardes : 2117. De toute évidence, il est vieux de trois ans. Je me dis seulement qu'elle est trop enthousiaste pour le vérifier. C'est ce que j'espère. Mais depuis quelque temps, je commence à soupçonner qu'elle le sait déjà, mais qu'elle a simplement choisi de se laisser aller à son fantasme. Je ne peux pas lui en vouloir.

Naturellement, nous n'avons pas eu de calendrier à jour depuis des années. Ni de téléphone portable, d'ordinateur, de télé, de radio, d'Internet ou de tout autre produit technologique — sans compter l'électricité ou l'eau courante.

Pourtant, nous avons réussi à demeurer vivantes, toutes les deux, pendant trois années dans cette situation. Les étés ont été tolérables, avec moins de mauvais jours. Pendant cette période, nous pouvons au moins pêcher, et les ruisseaux de montagne semblent toujours contenir du saumon. Il y a aussi des petits fruits, et même quelques vergers de pommes et de poires sauvages qui, après tout ce temps, produisent encore des fruits. Parfois, nous arrivons même à capturer un lièvre.

Mais les hivers sont intolérables. Tout est gelé ou mort, et chaque année, je suis certaine que nous ne survivrons pas. Et cet hiver a été le pire de tous. Je n'arrête pas de me dire que les choses vont changer, mais il y a des jours maintenant que nous n'avons pas eu un repas décent, et l'hiver ne fait que commencer. Nous sommes toutes les deux affaiblies par la faim, et maintenant, Bree est également malade. Ça ne présage rien de bon.

Alors que je grimpe péniblement le flanc de la montagne, retraçant le chemin que j'avais parcouru en vain hier à la recherche de notre prochain repas, je commence à avoir l'impression que la chance nous a abandonnées. Il n'y a que la pensée de Bree étendue là-bas, m'attendant à la maison, qui me pousse à aller de l'avant. J'arrête de m'apitoyer sur moi-même et me concentre en esprit sur son visage. Je sais que je ne peux pas trouver de médicaments, mais j'espère que ce n'est qu'une fièvre passagère et qu'elle n'a besoin que d'un bon repas et d'un peu de chaleur. Ce dont elle a vraiment besoin, c'est d'un feu. Je n'allume plus jamais de feux dans notre foyer parce que c'est trop dangereux : je ne peux pas courir le risque que la fumée ou son odeur renseigne un chasseur d'esclaves sur l'endroit où nous nous trouvons. Mais ce soir, je vais lui faire une surprise et, seulement pendant un moment, je vais courir cette chance. Bree ne vit que pour les feux, et ça lui remontera le moral. Et si je peux parvenir à trouver un repas pour compléter le tout — même quelque chose d'aussi petit qu'un lièvre — elle guérira. Pas seulement physiquement. Ces derniers jours, j'ai remarqué qu'elle commençait à perdre espoir — je peux le deviner dans ses yeux — et j'ai besoin qu'elle demeure forte. Je refuse de la regarder dépérir sans rien faire, comme maman l'a fait.

Une nouvelle rafale de vent me fouette le visage, si longue et si brutale que je dois incliner la tête et attendre qu'elle passe. Le vent rugit dans mes oreilles, et je ferais n'importe quoi pour me procurer un vrai manteau d'hiver. Je ne porte qu'un kangourou usé que j'ai trouvé il y a des années au bord de la route. Je pense qu'il appartenait à un garçon, mais c'est bien, parce que les manches sont suffisamment longues pour me couvrir les mains et me servent pratiquement de gants. À un mètre soixante-dix, on ne peut pas dire que je sois petite, alors celui auquel il a appartenu devait être grand. Parfois, je me demande s'il se soucierait que je porte son vêtement, mais alors, je me rappelle qu'il est probablement mort. Comme pratiquement tout le monde.

Mon pantalon n'est pas beaucoup mieux. J'en suis gênée, mais je porte encore le même jean depuis que nous nous sommes enfuies de la ville il y a tant d'années. S'il y a une chose que je regrette, c'est d'être partie si rapidement. J'étais probablement convaincue que je trouverais des vêtements ici, que peut-être une mercerie serait encore ouverte quelque part, ou un magasin de l'Armée du salut. C'était stupide de ma part : évidemment, toutes les boutiques de vêtements avaient été pillées depuis longtemps. C'était comme si, du jour au lendemain, nous étions passés d'un monde d'abondance à un monde de rareté. J'ai réussi à trouver quelques vêtements éparpillés dans des tiroirs à la maison de mon père. Je les ai donnés à Bree. J'étais heureuse qu'au moins quelques-uns de ses vêtements, comme sa veste en tissu isolant et ses chaussettes, puissent la garder au chaud.

Finalement, le vent diminue, puis je lève la tête et je m'empresse de recommencer à grimper avant qu'il ne se lève de nouveau, m'efforçant d'avancer aussi vite que je le peux, jusqu'à ce que j'atteigne le plateau.

J'arrive au sommet, le souffle court, les jambes douloureuses, et je regarde lentement alentour. Ici, les arbres sont plus dispersés, et je vois non loin un petit lac de montagne. Il est gelé, comme tous les autres, et le soleil se reflète sur la glace avec suffisamment d'intensité pour m'obliger à plisser les yeux.

Je cherche immédiatement la canne à pêche que j'y ai laissée la veille, coincée entre deux rochers. Elle surplombe le lac en laissant pendre un long fil au bout jusqu'à un petit trou dans la glace. Si la canne est courbée, ça signifie que Bree et moi allons avoir à manger ce soir. Sinon, je saurai que ça n'a pas marché — encore. Je m'élance à travers la neige entre les bouquets d'arbres et je regarde attentivement.

La canne est droite. Bien sûr.

Je sens le désespoir m'envahir. Je me demande si je devrais marcher sur la glace et percer un autre trou ailleurs avec ma hachette. Mais je sais que ça ne changera rien. Le problème, ce n'est pas l'endroit où elle se trouve ; c'est ce lac. Le sol est trop gelé pour que je puisse creuser et en tirer des vers, et je ne sais même pas où les chercher. Je ne suis pas douée pour la chasse ou la trappe. Si j'avais su que je me retrouverais où je suis maintenant, j'aurais consacré toute mon enfance à apprendre des techniques de survie en plein air. Mais maintenant, je me trouve inutile dans presque tous les domaines. J'ignore comment poser des pièges, et mes lignes à pêche m'ont rarement permis d'attraper quoi que ce soit.

Comme mon père était dans la marine, la seule chose pour laquelle je sois douée — me battre — ne me sert à rien ici. Même si je suis impuissante devant le gros gibier, je peux au moins me défendre contre les animaux à deux pattes. Dès mon plus jeune âge, que la chose me plaise ou non, mon père insistait sur le fait que j'étais une fille de marin et tenait à ce que j'en sois fière. Il voulait aussi que je sois le fils qu'il n'avait jamais eu. Il m'a inscrite à des cours de boxe, de lutte, de divers arts martiaux, m'a donné des leçons interminables sur la façon d'utiliser un couteau, de faire feu avec une arme, de trouver les points de pression, de combattre vicieusement. Surtout, il insistait pour que je sois résistante, pour que je ne montre jamais ma peur et que je ne pleure pas.

Ironiquement, je n'ai jamais eu l'occasion d'utiliser quoi que ce soit qu'il m'a enseigné, et tout cela ne pourrait être plus inutile ici : il n'y a absolument personne en vue. Ce que j'ai vraiment besoin de savoir, c'est comment trouver de la nourriture, non pas comment frapper quelqu'un. Et s'il arrivait que je rencontre par hasard une autre personne, je ne vais pas l'attaquer, mais lui demander son aide.

Je réfléchis et je me souviens qu'il y a un autre lac ici, quelque part, un plus petit ; je l'ai déjà aperçu un été alors que j'étais plus aventureuse et que je grimpais plus loin dans la montagne. Il se trouve à quelque trois cents mètres au bout d'une pente abrupte, et je n'ai jamais essayé d'y retourner.

Je lève la tête en soupirant. Le soleil a déjà commencé à se coucher, un crépuscule d'hiver morose teinté de rouge, et je suis déjà faible, fatiguée et gelée. Si je m'y rends, je n'aurai plus assez de force pour redescendre de la montagne. La dernière chose que je veuille, c'est grimper encore davantage. Mais une petite voix intérieure m'exhorte à continuer. Plus je passe de temps seule ces jours-ci, plus la voix de mon père se fait forte dans ma tête. Je déteste ça et je veux la bloquer, mais je n'y arrive pas.

— *Arrête de pleurnicher et continue d'avancer, Moore !*

Papa a toujours adoré m'appeler par mon nom de famille. Moore. Ça m'agaçait, mais il s'en fichait.

Je sais que si je retourne à la maison maintenant, Bree n'aura rien à manger ce soir. Ce lac là-haut semble être la seule solution, notre seule autre source de nourriture. Je veux aussi que Bree puisse profiter d'un feu, et tout le bois est trempé en bas. Là-haut, où le vent est plus fort, je pourrais trouver du bois suffisamment sec pour allumer le feu. Je jette un autre regard au sommet de la montagne et je décide de tenter ma chance. Je baisse la tête et je commence à monter après avoir pris ma ligne à pêche.

Chaque pas est douloureux, un million d'aiguilles me piquant les cuisses, l'air glacial perçant mes poumons. Le vent s'élève, et la neige qui me fouette le visage me fait l'effet du papier sablé. Un oiseau croasse tout là-haut, comme pour se moquer de moi. Au moment où j'ai l'impression de ne plus pouvoir faire un pas de plus, j'atteins le plateau suivant.

À cette altitude, il est différent de tous les autres : il est si densément garni de pins que j'ai du mal à voir à plus de trois mètres. Le ciel disparaît derrière leurs vastes branches, et la neige au sol est constellée d'aiguilles vertes. Les énormes troncs parviennent aussi à couper le vent. J'ai l'impression d'avoir pénétré dans un petit royaume privé, caché du reste du monde.

Je m'arrête et me tourne pour regarder le paysage. La vue est renversante. J'avais toujours pensé que nous avions un superbe panorama de la maison de mon père, à mi-hauteur de la montagne, mais d'ici, au sommet, elle est spectaculaire. Des sommets de montagnes s'élèvent dans toutes les directions, et au-delà, dans le lointain, je peux même apercevoir le fleuve Hudson, étincelant. Je vois aussi les routes sinueuses, étonnamment intactes, qui parcourent la montagne. Probablement parce que si peu de gens montent jusqu'ici. En fait, je n'ai jamais vu une auto ou tout autre véhicule. Malgré la neige, les routes sont remarquablement dégagées ; ces chemins abrupts et anguleux, baignant sous le soleil, favorisent parfaitement le drainage, et étonnamment, une grande partie de la neige a fondu.

Je suis tout à coup saisie d'une inquiétude. Je préfère que les routes soient enneigées et glacées, qu'elles soient impraticables pour les véhicules, parce que les seules personnes qui possèdent des autos et de l'essence ces temps-ci, ce sont les chasseurs d'esclaves, des chasseurs de primes impitoyables dont le travail consiste à alimenter l'Arène Un. Ils patrouillent partout à la recherche de survivants pour les kidnapper et les conduire à l'arène en tant qu'esclaves. Là-bas, m'a-t-on dit, ils les font combattre jusqu'à la mort pour le divertissement des foules.

Bree et moi avons été chanceuses. Nous n'avons vu aucun chasseur d'esclaves au cours des années que nous avons passées ici, mais je pense que c'est seulement parce que nous vivons à une haute altitude, dans une région très éloignée. Je n'ai entendu qu'une fois le gémissement aigu d'un moteur de chasseur d'esclaves, très loin, de l'autre côté du fleuve, je pense. Je sais qu'ils sont en bas, quelque part, à patrouiller. Je ne prends aucune chance : je m'assure de rester discrète, faisant du feu seulement au besoin, et surveillant constamment Bree. La plupart du temps, je l'emmène chasser avec moi — je l'aurais fait aujourd'hui si elle n'avait pas été si mal en point.

Je me retourne vers le plateau et fixe le petit lac. Solidement gelé, brillant dans la lumière de l'après-midi, il repose là comme un joyau perdu, dissimulé entre des arbres. Je fais quelques pas hésitants sur la glace pour m'assurer qu'elle ne fendille pas. Après avoir constaté qu'elle est solide, je m'avance encore. Je trouve un endroit qui me semble propice, prends la hachette à ma ceinture et en frappe durement la glace à plusieurs reprises. Une fissure apparaît. Je tire mon couteau, m'agenouille et donne un grand coup en plein milieu de la fissure. Avec l'extrémité du couteau, je creuse un trou juste assez grand pour y faire passer un poisson.

Je reviens rapidement sur la rive, glissant et trébuchant, puis je fixe la canne à pêche entre deux branches d'arbre, déroule le fil et retourne en courant jusqu'au trou pour l'y laisser descendre. Je tire plusieurs fois sur le fil en espérant que le reflet métallique de l'hameçon attire quelque créature sous la glace. Je ne peux pas m'empêcher de penser que mon entreprise est futile et de soupçonner que quoi que ce soit qui ait vécu dans ces lacs de montagne soit mort depuis longtemps.

Il fait encore plus froid ici, et je ne peux pas rester immobile à observer la ligne. Je dois bouger. Je me retourne et m'éloigne du lac, la part de superstitieux en moi me disant que je pourrais bien capturer un poisson si je ne restais pas là à regarder le fil. Je déambule en cercles autour des arbres en me frottant les mains et en essayant de me garder au chaud. Ça ne sert pas à grand-chose.

C'est à ce moment que me revient à l'esprit l'autre raison pour laquelle je suis grimpée ici : du bois sec. Je regarde sur le sol à la recherche de bois d'allumage, mais c'est une tâche vaine. Le sol est couvert de neige. Je lève les yeux vers les arbres et constate que les troncs et les branches sont, pour la plupart, enneigés aussi. Mais plus loin, j'aperçois des arbres battus par le vent, libres de neige. Je m'y rends et examine l'écorce en passant la main le long de l'arbre. Je suis soulagée en voyant que quelques branches sont sèches. Je prends ma hache et je coupe une des plus grosses branches. Je n'ai besoin que d'une brassée de bois, et cette branche fera parfaitement l'affaire.

Je l'attrape au moment où elle tombe pour éviter qu'elle ne touche la neige, puis je l'appuie contre le tronc et la coupe de nouveau en deux. Je refais la même chose encore et encore jusqu'à ce que j'obtienne une brassée suffisamment petite pour la transporter dans mes bras. Je la dépose dans le creux entre deux branches pour la garder au sec.

Je regarde autour en examinant les autres troncs, et quelque chose m'arrête dans mon mouvement. Je m'approche d'un des arbres en le scrutant et je constate à son écorce que ce n'est pas un pin mais un érable. Je suis surprise de voir un érable à une pareille altitude et encore plus étonnée de le reconnaître. En fait, l'érable est probablement la seule chose dans la nature que je *puisse* reconnaître. Malgré moi, un souvenir me revient.

Un jour, quand j'étais jeune, mon père s'est mis dans la tête de m'emmener faire une randonnée en nature. Dieu sait pourquoi, il a décidé que nous allions chercher de l'eau d'érable. Nous avons roulé pendant des heures jusqu'à quelque coin perdu de la région, moi transportant un seau de métal, lui, un entailloir et un chalumeau, puis nous avons passé encore des heures à errer dans la forêt avec un guide, cherchant les érables parfaits. Je me souviens de la déception dans ses yeux après qu'il a entaillé son premier arbre et qu'un liquide clair s'est mis à dégouliner dans notre seau. Il s'était attendu à voir couler du sirop.

Notre guide a éclaté de rire et lui a dit que les érables ne produisaient pas de sirop, mais de la sève qu'il fallait faire bouillir avant d'obtenir du sirop. C'était un processus qui prenait des heures, avait-il dit. Il fallait environ trois cents litres pour produire un seul litre de sirop.

Papa a baissé les yeux sur le seau débordant de sève dans sa main et il est devenu rouge, comme si quelqu'un l'avait escroqué. C'était l'homme le plus orgueilleux que j'aie connu, et s'il y avait une chose qu'il détestait encore davantage que de se sentir stupide, c'était de se faire ridiculiser. Quand l'homme a éclaté de rire, il a jeté le seau dans sa direction, le ratant de peu, puis m'a pris par la main, et nous sommes partis en vitesse.

Par la suite, il ne m'a plus jamais emmenée dans les bois.

Mais ça ne me dérangeait pas d'y être allée, et en fait, j'avais aimé cette sortie même si mon père a ragé silencieusement dans l'auto en revenant à la maison. J'avais réussi à recueillir une petite tasse d'eau d'érable avant qu'il ne m'entraîne, et je me souviens de l'avoir bue discrètement, à petites gorgées, sur le chemin du retour quand il ne regardait pas. J'ai adoré. Ça goûtait l'eau sucrée.

Debout devant cet arbre maintenant, je le reconnais comme s'il s'agissait d'un frère ou d'une sœur. Cet érable, si haut dans la montagne, est mince et émacié, et je serais étonnée qu'il contienne encore de la sève. Mais je n'ai rien à perdre. Je prends mon couteau et frappe l'arbre à plusieurs reprises au même endroit. Puis, j'enfonce le couteau dans le trou de plus en plus profondément, le tournant et le tordant. Je ne m'attends pas vraiment à ce que quelque chose se produise.

Je suis renversée quand une goutte de sève en sort et encore davantage quand, quelques instants plus tard, les gouttes se transforment en un minuscule ruisseau. Je tends un doigt, touche la sève et la porte à ma bouche. Je sens le sucre sur ma langue et reconnais tout de suite le goût. Exactement comme dans mon souvenir. Je n'arrive pas à y croire.

La sève coule plus rapidement maintenant, et j'en perds la majeure partie alors qu'elle descend le long du tronc. Je regarde désespérément autour de moi pour trouver quelque chose dans quoi je puisse la recueillir, un quelconque seau — mais évidemment, il n'y en a pas. Puis je me souviens de mon thermos. Je le tire de ma ceinture où il était accroché, le renverse et le vide de l'eau qu'il contenait. Je peux trouver de l'eau partout, surtout avec toute cette neige, mais cette sève est précieuse. J'appuie le thermos vide contre l'arbre en regrettant de ne pas avoir un vrai chalumeau. Je le presse le plus possible contre le tronc et je réussis à recueillir la majeure partie de l'eau. Il se remplit plus lentement que je le souhaiterais, mais en quelques minutes, je réussis à en remplir la moitié.

L'écoulement de la sève s'arrête. J'attends quelques secondes en me demandant s'il va recommencer, mais en vain.

Je regarde autour et j'aperçois un autre érable à quelques mètres de distance. Je m'y précipite et, tout énervée, je frappe l'arbre à grands coups, me voyant remplir le thermos et songeant au regard de surprise de Bree quand elle y goûterait. Même si ce n'est peut-être pas très nutritif, ce sera sûrement une joie pour elle.

Mais cette fois, quand mon couteau frappe le tronc, je suis surprise par un grand bruit de fendillement, suivi d'une sorte de gémissement. Je vois l'arbre entier qui se met à pencher et je me rends compte, trop tard, que cet arbre, gelé sous une couche de glace, était mort. Il a seulement suffi que j'y plante mon couteau pour qu'il se fende et tombe.

Un instant plus tard, l'arbre tout entier, d'une hauteur d'au moins sept mètres, s'écrase sur le sol, soulevant un énorme nuage de neige et d'aiguilles de pins. Je m'accroupis, craignant d'avoir révélé ma présence. Je m'en veux. C'était imprudent. Stupide. J'aurais dû d'abord examiner l'arbre de plus près.

Mais après quelques instants, mon cœur ralentit en me rendant compte qu'il n'y a personne d'autre aux alentours. Je retrouve ma raison, me dis que des arbres tombent tout le temps dans la forêt et que le bruit ne révèle pas nécessairement la présence d'un être humain. Et tandis que je regarde l'endroit où était l'arbre, je sursaute d'incrédulité en apercevant quelque chose plus loin.

Là-bas, dissimulé derrière un bosquet d'arbres, construit directement contre la paroi rocheuse, se trouve un petit chalet de pierre. C'est une minuscule structure, parfaitement carrée, d'environ cinq mètres de côtés, érigé à une hauteur de près de quatre mètres et dont les murs sont faits d'anciens blocs de pierre. Une cheminée s'élève du toit, et il y a une petite fenêtre percée dans chacun des murs. La porte de bois en forme d'arche est entrebâillée.

Ce petit chalet est si bien camouflé et se confond si parfaitement avec son environnement que même en le fixant, je l'aperçois à peine. Son toit et ses murs sont couverts de neige, et les pierres exposées se confondent avec le paysage. Il semble avoir été construit il y a des siècles. Je ne comprends pas ce qu'il fait ici, qui aurait pu le construire et pourquoi. Peut-être qu'il a été construit pour le gardien d'un parc national. Peut-être était-ce le foyer d'un ermite. Ou un refuge.

J'ai l'impression que personne n'y est entré depuis des années. J'examine attentivement le sol de la forêt en cherchant des empreintes de pas ou d'animaux, mais il n'y en a aucune. Je repense au moment où la neige a commencé à tomber il y a plusieurs jours et j'effectue le calcul mental. Rien ni personne n'est venu ici depuis au moins trois jours.

Mon cœur s'accélère à la pensée de ce que je pourrais trouver à l'intérieur. De la nourriture, des vêtements, des médicaments, des armes, divers matériaux — tout ce que je pourrais dénicher serait un cadeau du ciel.

Je traverse prudemment la clairière en regardant souvent derrière moi, seulement pour m'assurer que personne ne m'observe. Puis, je me déplace plus rapidement, laissant des empreintes évidentes dans la neige. Au moment où j'atteins la porte, je me retourne pour regarder une dernière fois, puis je m'arrête et j'attends plusieurs secondes afin d'écouter. Il n'y a aucun son, sauf celui du vent et celui d'un ruisseau tout proche qui s'écoule devant la maison. Je saisis ma hache, la retourne, en frappe un grand coup sur la porte pour avertir de mon arrivée tout animal qui pourrait se cacher à l'intérieur.

Rien ne se produit.

J'ouvre rapidement la porte toute grande en repoussant la neige et j'entre.

L'obscurité règne à l'intérieur, la seule lumière provenant de la dernière lueur du jour qui traverse les petites fenêtres, et il me faut un moment avant que mes yeux s'adaptent. J'attends, le dos contre la porte en restant sur mes gardes au cas où un animal utiliserait quand même l'endroit comme refuge. Mais après plusieurs secondes d'attente, mes yeux s'adaptent complètement à la faible lumière, et il est évident que je suis seule.

La première chose que je remarque à propos de cette petite maison, c'est sa chaleur. C'est peut-être parce qu'elle est si minuscule, avec son plafond bas, et construite à même la montagne ; ou peut-être parce qu'elle est protégée du vent. Même si les fenêtres sont exposées aux éléments et que la porte est toujours ouverte, la température doit être d'au moins dix degrés plus élevée ici — beaucoup plus chaude que ne l'est toujours la maison de mon père même réchauffée par un feu. Au départ, il l'avait construite avec des matériaux bon marché, à l'angle d'une colline qui semblait toujours se trouver sur le parcours du vent.

Mais cet endroit est différent. Les murs de pierre sont si épais et si bien construits que je m'y sens confortable et en sécurité. Je ne peux qu'imaginer à quel point il pourrait devenir chaud si je fermais la porte, clouais des planches aux fenêtres et faisais un feu dans le foyer, lequel semble en bon état. L'intérieur comporte une grande pièce de peut-être cinq mètres par cinq, et je plisse les yeux dans l'obscurité en examinant le sol à la recherche de quoi que ce soit que je pourrais rapporter. Étonnamment, il semble que personne n'y ait pénétré depuis la guerre. Toutes les autres maisons que j'ai vues avaient des fenêtres brisées, étaient parsemées de débris, et elles avaient, de toute évidence, été passées au peigne fin pour y trouver n'importe quoi qui puisse être utile, jusqu'aux fils de cuivre menant aux ampoules électriques. Mais pas celle-ci. Elle est toute propre et bien rangée comme si son propriétaire s'était levé un bon jour et qu'il était parti. Je me demande si c'était même avant le début de la guerre. À en juger par les toiles d'araignée au plafond et sa situation incroyable, si bien dissimulée derrière les arbres, je pense que c'est le cas. Que personne n'y est venu depuis des décennies.

Je distingue la silhouette d'un objet contre le mur opposé et j'avance lentement dans sa direction, les bras tendus dans l'obscurité. En le touchant, je constate qu'il s'agit d'une commode. Je laisse courir mes doigts sur sa surface de bois lisse et je sens la poussière qui la recouvre. Je touche de petits boutons — les poignées des tiroirs. Je les ouvre lentement, un à un. Il fait trop noir pour voir, alors je plonge une main dans un tiroir et en parcours l'intérieur. Le premier est vide. Le deuxième aussi. Je les ouvre tous, rapidement, mes espoirs s'évanouissant jusqu'à ce que je m'arrête au cinquième. Tout au fond, je sens quelque chose. Je le retire lentement.

Je le tiens dans la lumière devant la fenêtre et au début, je ne comprends pas ce que c'est, mais alors, je sens le papier d'aluminium et je me rends compte que c'est une barre de chocolat. Quelqu'un en a pris quelques bouchées, mais elle est encore enveloppée et assez bien conservée. Je la développe juste un peu et la porte à mon nez pour la sentir. J'ai du mal à y croire : du vrai chocolat. Nous n'en avons pas eu depuis la guerre.

L'odeur me fait immédiatement saliver, et il me faut toute ma volonté pour ne pas le dévorer. J'essaie de demeurer forte, le réemballant soigneusement et l'enfouissant dans ma poche. J'attends d'être avec Bree pour le savourer. Je souris en imaginant son visage au moment où elle prendra sa première bouchée. Ce sera un moment inoubliable.

Je fouille les derniers tiroirs, espérant maintenant trouver toutes sortes de trésors, mais ils sont tous vides. Je fouille minutieusement la pièce sur toute sa longueur et sa largeur, le long des murs, dans les quatre coins pour trouver quoi que ce soit. Mais l'endroit est vide.

Tout à coup, je pose le pied sur quelque chose de mou. Je m'agenouille pour prendre l'objet et le tenir devant la lumière. Je suis renversée : c'est un ourson en peluche. Il est usé et il lui manque un œil, mais Bree adore les oursons en peluche, et celui qu'elle a laissé en partant lui manque. Elle débordera de joie en voyant celui-ci. Ça semble être son jour de chance.

Je coince l'ours dans ma ceinture et, en me relevant, je sens ma main qui frôle quelque chose de doux sur le plancher. J'éprouve un élan de plaisir en constatant que c'est un foulard. Il est noir et poussiéreux, alors je ne pouvais pas le voir dans l'obscurité, et je le tiens contre mon cou et ma poitrine. Je peux déjà sentir sa chaleur. Je le secoue par la fenêtre pour en retirer la poussière. Je le regarde à la lumière : il est long et épais et il n'a même pas de trous. C'est comme de l'or pur. Je le passe immédiatement autour de mon cou et le glisse sous ma chemise, et je me sens déjà plus au chaud. J'éternue.

Le soleil est en train de se coucher, et il semble que j'aie trouvé tout ce qu'il y avait à trouver, alors je décide de sortir. En me dirigeant vers la porte, je frappe du pied quelque chose de dur, de métallique. Je m'arrête et m'agenouille en tâtonnant au cas où il s'agirait d'une arme. Ce n'est pas ça. C'est une poignée ronde en fer attachée à une planche. Comme un heurtoir. Ou une poignée.

Je tire dessus, et rien ne se produit. J'essaie de la tourner. Rien. Puis, je m'écarte un peu et je tire de toutes mes forces.

Une trappe s'ouvre en soulevant un nuage de poussière.

Je découvre une petite cave d'un peu plus d'un mètre de hauteur, avec un plancher de terre battue. Mon cœur se comble d'espoir devant les possibilités qui se présentent. Si nous vivions ici, et qu'il surgissait un problème quelconque, je pourrais toujours y cacher Bree. Ce petit chalet devient encore plus précieux à mes yeux.

Et il n'y a pas que ça. En regardant au fond, j'aperçois un reflet. J'ouvre toute grande la lourde porte de bois et je descends rapidement l'échelle. Il fait complètement noir ici, et je tiens mes mains levées devant moi, tâtonnant. En avançant d'un pas, je sens quelque chose. Du verre. Sur le mur, il y a des étagères sur lesquelles sont alignés des pots en verre. Des pots Mason.

J'en prends un et le mets devant la lumière. Son contenu est rouge et mou. Ça ressemble à de la confiture. Je dévisse rapidement le couvercle de fer-blanc, le porte à mon nez et le sens. Une forte odeur de framboises me frappe comme une vague. J'y glisse un doigt, en prends un peu et en hésitant, j'en mets sur ma langue. C'est incroyable : de la confiture de framboises. Et son goût est aussi frais que si elle avait été faite hier.

Je referme rapidement le couvercle, mets le pot dans ma poche et retourne vers les étagères. Je peux déjà sentir dans l'obscurité qu'il y en a des dizaines. Je saisis le plus près, reviens vers la lumière et le tiens bien haut. Ça ressemble à des cornichons.

Je suis abasourdie. Cet endroit est une mine d'or.

J'aimerais pouvoir tous les prendre, mais mes mains sont en train de geler, je n'ai rien pour transporter tout ça, et la nuit tombe à l'extérieur. Alors, je remets le pot de cornichons à sa place, je grimpe l'échelle et je referme minutieusement la trappe derrière moi. Je souhaiterais avoir un cadenas ; je me sens nerveuse à l'idée de laisser tout ça dans cette cave, à la portée de n'importe qui. Puis, je me souviens que personne n'est venu à cet endroit depuis des années et que je ne l'aurais probablement même jamais remarqué si cet arbre n'était pas tombé.

En partant, je ferme complètement la porte avec un sentiment de propriété, ayant déjà l'impression que c'est notre foyer.

Les poches pleines, je me dirige rapidement vers le lac, mais je fige tout à coup alors que je crois percevoir un mouvement et que j'entends un bruit. Au départ, je m'inquiète que quelqu'un m'ait suivie, mais en me retournant lentement, je constate que c'est autre chose. Un cerf se tient là, à trois mètres, et me fixe. C'est le premier cerf que j'aie vu depuis des années. Il m'observe pendant un moment de ses grands yeux noirs, puis il se retourne brusquement et s'enfuit.

Je reste bouche bée. J'ai passé des mois à chercher un cerf en espérant pouvoir m'en approcher suffisamment pour lui lancer mon couteau. Mais je n'ai jamais pu en trouver un nulle part. Peut-être que je ne chassais pas à une altitude suffisante. Peut-être que c'est ici qu'ils ont vécu pendant tout ce temps.

Je prends la ferme décision de revenir au matin et d'attendre toute la journée si nécessaire. S'il est venu ici une fois, peut-être qu'il va revenir. La prochaine fois que je le verrai, je vais le tuer. Ce cerf pourrait nous nourrir pendant une semaine entière.

Je suis remplie d'un nouvel espoir tandis que je cours vers le lac. Quand j'y arrive, je vérifie ma canne à pêche, et mon cœur bondit dans ma poitrine en voyant qu'elle est presque pliée en deux. Tremblante d'excitation, je m'élance en glissant sur la glace. Je saisis la ligne qui vibre fortement et je prie pour qu'elle tienne.

Je tire fermement sur le fil. Je peux sentir la puissance d'un gros poisson qui se débat et je prie de nouveau pour que ni la ligne ni l'hameçon ne se brisent. Je tire une dernière fois, et le poisson vole à l'extérieur du trou. C'est un énorme saumon, de la taille de mon bras. Il atterrit sur la glace et frétille en tous sens. Je l'attrape, mais il me glisse des mains et retombe sur la glace. Mes mains sont trop visqueuses pour le retenir, alors je descends mes manches et me penche pour l'attraper plus fermement cette fois. Il se tortille entre mes doigts pendant une bonne trentaine de secondes jusqu'à ce qu'il s'immobilise finalement, mort.

J'arrive à peine à y croire. C'est ma première prise depuis des mois.

Je suis follement heureuse tandis que je traverse en glissant la surface de glace et que je dépose le saumon sur la rive, le couvrant de neige par crainte qu'il ne revienne à la vie et replonge dans le lac. Je reprends ma canne à pêche d'une main, puis saisis le poisson de l'autre. Je sens le pot de confiture dans une poche et le thermos d'eau d'érable dans l'autre, puis la barre de chocolat et l'ours en peluche à ma ceinture. Bree se sentira comme une reine ce soir.

Il ne reste qu'une chose à prendre. Je marche jusqu'à la brassée de bois sec, pose en équilibre la canne sur mon bras et de ma main libre, je prends autant de bûches que je peux en tenir. J'en laisse tomber quelques-unes et je ne peux pas en prendre autant que je le voudrais, mais je ne me plains pas. Je peux toujours venir chercher le reste demain matin.

Les mains, les bras et les poches remplis au maximum, je descends en marchant et en glissant le long de la paroi abrupte de la montagne dans les dernières lueurs du jour, faisant attention de n'échapper aucun de mes trésors. En chemin, je ne peux m'empêcher de penser au chalet. Il est parfait, et mon cœur s'accélère en pensant à toutes les possibilités qu'il offre. C'est exactement ce dont nous avons besoin. La maison de mon père, construite sur une route principale, est trop visible. Je m'inquiète depuis des mois du fait que nous soyons si vulnérables à cet endroit. Il ne suffirait que d'un seul chasseur d'esclaves qui passe par hasard pour que nous ayons des ennuis. Je souhaitais depuis des mois que nous déménagions, mais je n'avais simplement aucune idée où aller. Je n'ai vu aucune autre maison à cette altitude dans les environs.

Ce petit chalet, situé tellement haut, si loin de toute route — et littéralement construit dans la montagne — est si bien camouflé que c'est pratiquement comme s'il avait été bâti pour nous. Personne ne pourrait nous y trouver. Et même s'ils le pouvaient, ils ne pourraient absolument pas s'en approcher avec un véhicule. Ils devraient grimper à pied, et de ma position, je les verrais venir à plus d'un kilomètre.

Il y a également cette source d'eau fraîche, ce ruisseau qui coule à deux pas de la porte ; je n'aurais pas besoin de laisser Bree seule chaque fois que je pars dans la forêt pour me laver et laver nos vêtements. Et je n'aurais pas à porter des seaux d'eau un à un tout au long du chemin à partir du lac chaque fois que je prépare un repas. Sans compter le fait qu'avec les branches de ces énormes arbres, nous serions assez bien dissimulées pour faire des feux dans le foyer chaque soir. Nous serions plus en sécurité, plus au chaud, dans un endroit foisonnant de poissons et de gibier — et doté d'une cave remplie de nourriture. C'est décidé. Nous allons y emménager demain.

J'ai l'impression qu'un poids vient de tomber de mes épaules. Je me sens renaître. Pour la première fois d'aussi loin que je me souvienne, je ne sens pas la faim me gruger, je ne sens pas le froid percer le bout de mes doigts. En descendant, même le vent semble souffler dans mon dos pour m'aider, et je sais que finalement la situation s'est renversée. Pour la première fois depuis des années, je sais que maintenant nous pouvons y arriver.

Maintenant, nous pouvons survivre.

2

Au moment où j'arrive à la maison de mon père, le crépuscule s'installe, la température chute, et la neige commence à durcir et à crisser sous mes pas. Je sors de la forêt et j'aperçois notre maison, perchée de manière si évidente au tournant de la route, et je suis soulagée de constater que tout semble normal, exactement comme quand je suis partie. Je cherche immédiatement des empreintes humaines ou animales dans la neige et n'en vois aucune.

Il n'y a pas de lumière dans la maison, mais c'est normal. Je serais inquiète s'il y en avait. Nous n'avons pas d'électricité, et s'il y avait de la lumière, ça pourrait seulement signifier que Bree a allumé des chandelles, et elle ne le ferait pas sans moi. Je m'arrête et dresse l'oreille pendant plusieurs secondes. Tout est tranquille. Pas de bruits de lutte, aucun appel à l'aide, aucun gémissement d'une enfant malade. Je pousse un soupir de soulagement.

Une partie de moi craint toujours de trouver la porte grande ouverte, la fenêtre en éclats, des empreintes menant à la maison et Bree, kidnappée. J'ai souvent fait ce rêve et me suis toujours éveillée en sueur, puis je me rendais dans l'autre chambre pour m'assurer que Bree y était. Elle est chaque fois en parfaite sécurité, et je m'adresse des reproches. Je sais que je devrais arrêter de m'inquiéter après toutes ces années. Mais pour une quelconque raison, je n'arrive pas à me débarrasser de ce sentiment : chaque fois que je laisse Bree seule, ça me crève le cœur.

Les sens toujours en alerte, j'examine notre maison dans la lumière décroissante du jour. Franchement, elle n'a jamais été belle. C'est un ranch de montagne ordinaire, semblable à une boîte rectangulaire sans aucune caractéristique, ornée de bardeaux de vinyle bleu marine, qui paraissait vieille dès le début et qui maintenant paraît simplement en décomposition. Les fenêtres de plastique bon marché sont petites et espacées. On dirait une maison mobile. Comme elle ne mesure qu'environ cinq mètres de largeur par environ dix de profondeur, il devrait en réalité n'y avoir qu'une chambre à coucher, mais les gens qui l'ont construite, dans leur grande sagesse, y ont fait deux minuscules chambres à coucher et un salon encore plus petit.

Je me souviens d'y être venue pendant mon enfance, avant la guerre, au temps où le monde était encore normal. Quand mon père était à la maison, il nous emmenait ici les fins de semaine pour nous sortir de la ville. Je ne voulais pas paraître ingrate et j'adoptais toujours un air joyeux, mais sans le dire, je ne l'ai jamais aimée : elle me donnait toujours l'impression d'être sombre et exiguë, et elle sentait le moisi. Je me souviens qu'à cette époque, j'attendais avec impatience que la fin de semaine se termine pour m'éloigner de cet endroit. Je me souviens aussi de m'être juré que, quand je serais plus vieille, je ne reviendrais jamais ici.

Ironie du sort, je suis maintenant reconnaissante d'avoir cet endroit. Cette maison m'a sauvé la vie — et celle de Bree. Quand la guerre s'est déclenchée, et que nous avons dû fuir la ville, nous n'avions aucun choix. Si ce n'avait été de cet endroit, je ne sais pas où nous serions allées. Et si la maison n'était pas si isolée et située à une telle altitude, alors nous aurions probablement été capturées par les chasseurs d'esclaves il y a longtemps. C'est drôle comme on peut tant détester des choses quand on est enfant pour finir par tant les apprécier une fois devenu adulte. Enfin, presque adulte. À dix-sept ans, je me considère comme une adulte, de toute façon. Au cours des dernières années, j'ai probablement dû devenir plus mature que la plupart d'entre eux.

Si cette maison n'avait pas été construite tout près de la route, tellement en évidence — si elle était seulement un peu plus petite, mieux protégée, plus loin dans les bois, je ne pense pas que je m'inquiéterais autant. Évidemment, nous devrions tout de même tolérer les murs minces comme du papier, le toit percé et les fenêtres qui laissent passer le vent. Ce ne serait jamais une maison confortable ou chaleureuse. Mais au moins, nous y serions en sécurité. Chaque fois que je la regarde et que je parcours des yeux l'immense paysage au-delà, je ne peux m'empêcher de penser que c'est une cible idéale.

Tandis que j'approche de notre porte de vinyle, mes pieds font craquer la neige, et des aboiements se font entendre de l'intérieur. C'est Sasha qui fait ce pourquoi je l'ai entraînée : protéger Bree. Je suis si heureuse de l'avoir.

Elle se fait un devoir de surveiller Bree, jappant au moindre bruit; elle me permet tout juste de conserver une certaine paix de l'esprit quand je quitte Bree pour aller chasser. Mais en même temps, je m'inquiète parfois que ses aboiements alertent quelqu'un de notre présence : après tout, quand un chien aboie, il y a habituellement des humains tout près. Et c'est exactement ce que chercherait à entendre un chasseur d'esclaves.

Je m'empresse d'entrer pour la faire taire rapidement. Je referme la porte derrière moi, jonglant avec les bûches sur le bras, et je pénètre dans la pièce sombre. Sasha se calme, agite la queue et saute sur moi. Un Labrador chocolat de six ans, Sasha est le chien le plus fidèle que je puisse imaginer et un excellent compagnon. Si ce n'était d'elle, je pense que Bree aurait depuis longtemps sombré dans la dépression. Et moi aussi, peut-être.

Sasha me lèche le visage en gémissant et semble plus énervée qu'à l'habitude : elle renifle ma taille, mes poches, sentant déjà que j'ai rapporté à la maison quelque chose d'inhabituel. Je dépose les bûches pour pouvoir la caresser, et ce faisant, je peux sentir ses côtes. Elle est beaucoup trop maigre. J'éprouve un élan de culpabilité. Mais Bree et moi sommes trop maigres aussi. Nous partageons toujours avec elle ce que nous parvenons à trouver, alors nous formons à nous trois une équipe d'égaux. Malgré cela, j'aimerais pouvoir lui donner davantage.

Elle donne des petits coups de museau sur le poisson, et celui-ci m'échappe des mains et tombe par terre. Sasha bondit immédiatement dessus, ses griffes l'envoyant glisser sur le plancher. Elle le rattrape et en mord la chair. Mais elle ne doit pas aimer le goût du poisson cru, car elle se met plutôt à jouer avec celui-ci, bondissant dessus encore et encore tandis qu'il glisse sur le plancher.

— Sasha, arrête! je dis doucement pour éviter de réveiller Bree.

Je crains aussi que si elle joue trop longtemps avec, elle déchire le poisson et perde une partie de la précieuse chair. Docilement, Sasha s'arrête. Mais je vois bien à quel point elle est excitée et je veux lui donner quelque chose. Je tire le pot Mason de ma poche, ouvre le couvercle, prends de la confiture de framboises avec un doigt et la lui tends.

Elle lèche immédiatement mon doigt, et en trois coups de langue, elle a tout mangé. Elle se pourlèche les babines et me regarde avec de grands yeux, me signifiant déjà qu'elle en veut encore.

Je lui caresse la tête et l'embrasse, puis me relève. Maintenant, je me demande si c'était gentil de ma part de lui en donner ou simplement cruel de lui en donner si peu.

Comme toujours à la nuit tombée, la maison est sombre, et j'avance à tâtons. Je fais rarement un feu. Même si nous avons tellement besoin de chaleur, je ne veux pas risquer d'attirer l'attention. Mais ce soir, la situation est différente : Bree doit se rétablir, à la fois physiquement et affectivement, et je sais qu'un feu y parviendra. Je me sens aussi plus à l'aise de laisser la prudence de côté, étant donné que nous allons déménager d'ici demain.

Je traverse la pièce jusqu'au placard, puis j'y prends un briquet et une chandelle. Une des meilleures choses à propos de cet endroit, c'était son immense provision de chandelles, un des très rares avantages indirects du fait que mon père soit à la fois un *marine* et un cinglé de la survie. Quand nous venions ici, enfants, nous subissions une panne d'électricité pendant chaque orage, alors, déterminés à vaincre les éléments, nous avions accumulé des chandelles. Je me souviens que je le taquinais pour cette raison, le qualifiant d'écureuil quand j'ai découvert son placard plein de chandelles. Maintenant qu'il ne reste plus que quelques chandelles, je souhaiterais qu'il en ait accumulé davantage.

J'ai réussi à garder notre seul briquet en état de fonctionnement en l'utilisant le moins possible et en siphonnant une minuscule quantité d'essence de la motocyclette quelques fois par mois. Je rends grâce à Dieu chaque jour pour la moto de mon père et j'apprécie également qu'il en ait rempli le réservoir une dernière fois : c'est la seule chose que nous ayons qui me fasse penser que nous avons encore un avantage, que nous possédons quelque chose de vraiment précieux, un moyen de survie si notre situation s'envenime. Papa gardait toujours la moto dans le petit garage attenant à la maison, mais quand nous sommes arrivées ici après la guerre, la première chose que j'ai faite a été de l'apporter en haut de la colline, dans les bois, et de la cacher dans des buissons si épais que personne ne pourrait jamais la trouver. Je me disais que si quelqu'un finissait par découvrir notre maison, la première chose qu'il ferait serait de regarder dans le garage.

Je suis heureuse également que mon père m'ait enseigné à la conduire quand j'étais jeune, malgré les protestations de maman. Il m'avait dit qu'il était plus difficile d'apprendre à la conduire que la plupart des motos, en raison du side-car. Je me souviens de l'époque où j'avais douze ans et où j'étais terrifiée en apprenant à conduire la moto tandis que papa était assis dans le side-car, aboyant des ordres chaque fois que le moteur calait. J'ai appris à la conduire sur ces routes de montagnes abruptes et impitoyables, et je me souviens d'avoir eu l'impression que nous allions mourir. Je me souviens que je regardais l'abîme au bord de la route et que je pleurais en insistant pour qu'il conduise. Mais il refusait. Il s'entêtait à rester assis là pendant plus d'une heure jusqu'à ce que j'arrête finalement de pleurer et que j'essaie de nouveau. En fin de compte, j'ai appris à la conduire. Bref, c'est ainsi qu'il m'a élevée.

Je n'ai pas touché à la moto depuis le jour où je l'ai cachée et je ne prends même pas le risque de monter la colline sauf quand je dois aller siphonner de l'essence — et je ne le fais qu'à la nuit tombée. Je me dis que si jamais nous avions des ennuis et que nous devions partir d'ici en vitesse, je mettrais Bree et Sasha dans le side-car et que nous filerions d'ici. Mais en réalité, je n'ai aucune idée de l'endroit où nous pourrions aller. D'après tout ce que j'ai pu voir et entendre, le reste du monde est un immense terrain vague rempli de criminels violents, de gangs et de quelques survivants. Les quelques personnes violentes qui ont réussi à survivre se sont rassemblées dans les villes, kidnappant et réduisant à l'esclavage tous les gens qu'ils peuvent trouver, soit à leurs propres fins ou pour approvisionner les arènes lors des combats à mort. Je crois que Bree et moi faisons partie des très rares survivants qui vivent encore en liberté, par nos propres moyens, en dehors des villes. Et parmi les très rares qui ne sont pas encore morts de faim.

J'allume la chandelle, et Sasha m'emboîte le pas tandis que je traverse lentement la maison plongée dans l'obscurité. Je suppose que Bree dort, et ça m'inquiète : normalement, elle ne dort pas tant. Je m'arrête devant sa porte en me demandant si je dois la réveiller. Debout à cet endroit, je

31

lève les yeux et je suis surprise en voyant mon propre reflet dans le petit miroir. Comme chaque fois que je m'y regarde, je parais beaucoup plus âgée. Mon visage, mince et angulaire, est rougi par le froid, mes cheveux brun pâle tombent sur mes épaules en encadrant mon visage, et mes yeux d'un gris acier me regardent comme s'ils appartenaient à quelqu'un que je ne reconnais pas. Mon regard est dur, intense. Papa a toujours dit que j'avais les yeux d'un loup. Maman a toujours dit qu'ils étaient magnifiques. Je ne suis pas certaine de qui je devrais croire.

Je détourne rapidement la tête parce que je ne veux pas me voir. Je tends la main et retourne le miroir pour que ça n'arrive plus.

J'ouvre lentement la porte de Bree. Et au même moment, Sasha se précipite à ses côtés, se couche et laisse reposer son menton sur sa poitrine en lui léchant le visage. Je m'étonne toujours de constater à quel point ces deux-là sont proches — parfois, j'ai l'impression qu'ils sont même plus proches l'un de l'autre que nous ne le sommes, Bree et moi.

Bree ouvre lentement les yeux et les plisse dans l'obscurité.

— Brooke? demande-t-elle.

— C'est moi, je réponds doucement. Je suis revenue.

Elle s'assoit et sourit en me reconnaissant. Elle est étendue sur un vieux matelas à même le plancher et elle écarte sa mince couverture, puis commence à se lever, encore en pyjama. Elle bouge plus lentement qu'à l'habitude, et il est évident qu'elle est encore malade.

Je me penche et la serre dans mes bras.

— J'ai une surprise pour toi, je dis, à peine capable de contenir mon enthousiasme.

Elle me regarde, les yeux écarquillés, les ferme et ouvre sa main, attendant. Elle est si naïve, si confiante qu'elle m'étonne. Je me demande ce que je devrais lui donner en premier, puis je penche en faveur du chocolat. J'enfouis ma main dans ma poche, j'en retire la barre et je la dépose lentement dans sa paume. Elle ouvre les yeux et regarde sa main d'un air incertain. J'approche la chandelle.

— Qu'est-ce que c'est ? demande-t-elle.

— Du chocolat, je réponds.

Elle me regarde comme si je la faisais marcher.

— Vraiment, je dis.

— Mais où tu l'as trouvé ? me demande-t-elle sans comprendre.

Elle regarde sa main comme si un astéroïde venait d'y atterrir. Je ne lui en veux pas : il n'y a plus de magasins, personne alentour, et aucun endroit dans un rayon de plus de cent kilomètres où je pourrais possiblement trouver une telle chose.

Je lui souris.

— Le père Noël me l'a donné pour toi. C'est un cadeau de Noël avant le temps.

Elle fronce les sourcils.

— Non, vraiment, insiste-t-elle.

Je prends une profonde inspiration en comprenant qu'il est temps que je lui parle de notre nouvelle maison, de partir d'ici demain. J'essaie de trouver la meilleure façon de le formuler. J'espère qu'elle sera aussi enthousiaste que moi, mais avec les enfants, on ne sait jamais. Je m'inquiète un peu qu'elle se soit attachée à cet endroit et qu'elle ne veuille pas le quitter.

— Bree, j'ai une grande nouvelle, je dis en me penchant pour lui tenir les épaules. Aujourd'hui, j'ai découvert un endroit formidable dans la montagne. C'est un petit chalet de pierre, et il est parfait pour nous. Il est confortable, chaud, à l'abri des regards, et il y a un superbe foyer que nous allons pouvoir allumer chaque soir. Et mieux encore, il y a tout plein de nourriture là-bas. Comme ce chocolat.

Bree regarde de nouveau le chocolat en l'examinant, et ses yeux s'écarquillent encore davantage en constatant que c'en est vraiment. Elle en retire doucement l'emballage et le sent. Elle ferme les yeux et sourit, puis se penche pour en prendre une bouchée, mais s'arrête tout à coup. Elle me regarde, d'un air inquiet.

— Et toi? me demande-t-elle. Il n'y a qu'une seule barre?

Je reconnais bien Bree, toujours si soucieuse des autres même quand elle meurt de faim.

— Vas-y d'abord, je dis. Ça va.

Elle en prend une grosse bouchée. Son visage, amaigri par le manque de nourriture, prend un air extatique.

— Mange lentement, je lui dis. Je ne veux pas que tu aies mal au ventre.

Elle ralentit, savourant chaque bouchée. Elle en brise un gros morceau et le met dans ma main.

— C'est ton tour, dit-elle.

Je le glisse lentement dans ma bouche, prenant une petite bouchée, la laissant reposer sur le bout de ma langue. Je la suce, puis la mâche lentement, me délectant de chaque instant. Le goût et l'odeur du chocolat déferlent en moi. C'est peut-être la meilleure chose que j'aie jamais goûtée.

Sasha gémit en approchant son museau du chocolat, et Bree en brise un morceau, puis le lui donne. Sasha l'attrape immédiatement et l'avale tout entier. Bree éclate de rire, se réjouissant comme toujours de la regarder. Puis, réprimant son désir de manière impressionnante, Bree enveloppe la moitié qui reste, la gardant pour plus tard. Elle lève le bras et la pose sagement au-dessus de la commode, hors d'atteinte de Sasha. Elle paraît encore faible, mais je vois bien que son moral est à la hausse.

— Qu'est-ce que c'est? demande-t-elle en indiquant ma ceinture.

Pendant un moment, je ne saisis pas de quoi elle parle, puis je baisse les yeux et je vois l'ours en peluche. J'étais si enthousiasmée que je l'avais presque oublié. Je le prends et le lui tends.

— Je l'ai trouvé dans notre nouvelle maison, je dis. C'est pour toi.

Les yeux de Bree s'écarquillent de joie tandis qu'elle saisit l'ours, l'étreint contre sa poitrine et le berce.

— Je l'adore! s'exclame-t-elle, les yeux brillants. Quand pouvons-nous déménager? J'ai hâte!

Je suis soulagée. Avant que je puisse répondre, Sasha s'avance et colle son museau contre le nouvel ours en peluche de Bree en le reniflant; Bree le frotte joyeusement contre le visage de Sasha, puis la chienne le saisit et court hors de la pièce.

— Hé! crie Bree en éclatant d'un grand rire tandis qu'elle se lance à sa poursuite.

Tous deux courent dans le salon, déjà engagés dans un combat pour la possession de l'ours. J'aurais du mal à dire qui s'amuse le plus.

Je les suis en tenant une main devant la chandelle pour qu'elle ne s'éteigne pas et l'apporte immédiatement à ma pile de fagots. Je prends quelques-unes des petites branches, les dépose dans le foyer, puis saisis une poignée de feuilles mortes dans un panier tout près. Je suis contente de les avoir amassées l'automne dernier et de les avoir gardées ici en sachant qu'elles seraient parfaites pour démarrer le feu. Elles fonctionnent comme un charme. Je place les feuilles mortes sous les branches, les allume, et aussitôt, la flamme s'élance vers le bois. Je continue à y mettre des feuilles jusqu'à ce que finalement, les branches soient complètement enflammées. Je souffle la chandelle, voulant la garder pour une autre fois.

— Nous faisons un feu? s'écrie Bree avec enthousiasme.

— Oui, je réponds. Ce soir, nous célébrons. C'est notre dernière nuit ici.

— Yé! hurle Bree en sautillant, et Sasha aboie près d'elle pour participer à sa joie.

Bree court me rejoindre et saisit quelques branches pour m'aider tandis que je les mets sur le feu. Nous les plaçons soigneusement, laissant de l'espace pour que l'air puisse circuler, et Bree souffle pour attiser les flammes. Une fois les branches allumées, je dépose une bûche dessus. Je continue d'en empiler jusqu'à ce que finalement, le feu rugisse dans le foyer.

Quelques instants plus tard, toute la pièce est illuminée, et je peux déjà sentir la chaleur qui s'y répand. Je me tiens debout près du feu avec Bree et Sasha, et je tends les mains en les frottant, laissant la chaleur pénétrer mes doigts. Lentement, mes sensations reviennent. Je me réchauffe peu à peu après cette longue journée à l'extérieur et je commence à redevenir moi-même.

— Qu'est-ce que c'est? demande Bree en pointant un doigt vers le plancher. Ça ressemble à un poisson!

Elle court jusqu'au poisson, le saisit, et il lui glisse immédiatement des mains. Elle rit, et Sasha, qui ne rate rien, bondit dessus.

— Où l'as-tu attrapé? crie Bree.

Je prends le poisson avant que Sasha ne l'endommage encore plus, ouvre la porte et le jette à l'extérieur dans la neige où il se conservera mieux, puis je referme la porte derrière moi.

— C'était mon autre surprise, je dis. Nous allons avoir un souper, ce soir!

Bree s'élance vers moi et me serre contre elle. Sasha aboie comme si elle comprenait. Je la serre aussi.

— J'ai deux autres surprises pour toi, je lui annonce avec un sourire. C'est pour le dessert. Tu veux que j'attende après le souper ou tu les veux maintenant?

— Maintenant! crie-t-elle, débordante de joie.

Je souris, heureuse moi aussi. Au moins, ça la fera tenir jusqu'au souper.

Je glisse la main dans ma poche et j'en tire le pot de confiture. Bree le regarde d'un drôle d'air, de toute évidence incertaine, puis je dévisse le couvercle et lui mets le pot sous le nez.

— Ferme les yeux, je lui dis.

Elle ferme les yeux.

— Maintenant, inspire.

Elle prend une profonde inspiration, et un sourire apparaît sur ses lèvres. Elle ouvre les yeux.

— Ça sent les framboises ! s'exclame-t-elle.

— C'est de la confiture. Allez, goûtes-y.

Bree enfonce deux doigts dans le pot, prend autant de confiture qu'elle le peut et l'avale. Ses yeux s'illuminent.

— Wow, fait-elle tandis qu'elle remet les doigts dans le pot et les présente à Sasha qui, sans hésiter, avale le tout.

Bree éclate de rire, puis je remets le couvercle et le dépose sur le manteau de la cheminée, loin de Sasha.

— Ça vient aussi de notre nouvelle maison ? demande Bree.

J'incline la tête, soulagée de constater qu'elle la considère déjà comme notre nouvelle maison.

— Et il y a une toute dernière surprise, je dis. C'en est une que je vais devoir garder pour le souper.

Je tire le thermos de ma ceinture et le place aussi sur le manteau, hors de sa vue pour qu'elle ne sache pas ce que c'est. Je la vois étirer le cou et je pousse le thermos.

— Fais-moi confiance, je lui dis. Ça sera délicieux.

○ ○ ○

Je ne veux pas que la maison empeste le poisson, alors je décide de braver le froid et de le préparer à l'extérieur. J'apporte mon couteau et je me mets au travail, déposant l'animal sur une souche tandis que je m'agenouille à côté dans la neige. Je ne sais pas vraiment ce que je fais, mais j'en sais suffisamment pour savoir qu'on ne mange ni la tête ni la queue. Alors, je commence à les trancher.

Puis, je me dis que nous n'allons pas manger les nageoires non plus, alors je les coupe aussi — et les écailles non plus, alors je les découpe du mieux que je le peux.

Ensuite, je me rends compte qu'il faut l'ouvrir pour le manger, alors je coupe en deux ce qu'il en reste. L'intérieur est épais et rose, rempli d'un tas de petites arêtes. J'ignore quoi faire d'autre, alors je me dis qu'il est prêt à faire cuire.

Avant de rentrer, j'éprouve le besoin de me laver les mains. Je me penche, ramasse une poignée de neige et me rince les mains avec celle-ci, heureuse qu'il y en ait. D'habitude, je dois me rendre au ruisseau le plus proche parce que nous n'avons pas l'eau courante. Je me relève et, avant de retourner à l'intérieur, je m'arrête une seconde pour scruter les environs. Au début, je dresse l'oreille, comme chaque fois, à l'écoute d'un quelconque bruit qui puisse m'avertir d'un danger. Après un moment, je me rends compte que tout est immobile. Finalement, je me détends lentement, prends une profonde respiration, sens les cristaux de neige sur mes joues, m'imprègne de toute cette paix et vois à quel point ce qui m'entoure est magnifique. Les grands pins sont d'une blancheur immaculée, la neige tombe sans arrêt d'un ciel pourpre, et le monde semble parfait comme dans un conte de fée. Je peux apercevoir la lueur du foyer par la fenêtre et, d'ici, on dirait l'endroit le plus douillet du monde.

Je reviens à la maison avec le poisson, fermant la porte derrière moi, et j'éprouve un bien immense à rentrer dans un endroit tellement plus chaud, avec la lumière douce du feu qui se reflète sur tout. Bree s'est bien occupée du feu, comme elle le fait toujours, y ajoutant des bûches de manière experte, et maintenant, il rugit encore davantage. Elle est en train de préparer des places pour nous sur le plancher, près du foyer, avec des couteaux et des fourchettes de la cuisine.

Sasha est assise à côté d'elle et surveille chacun de ses mouvements.

J'apporte le poisson jusqu'au foyer. Je ne sais pas vraiment comment le cuire, alors je décide de le poser au-dessus du feu pendant un moment, de le laisser rôtir, de le retourner quelques fois en espérant que ça fonctionne. Bree devine mes pensées : elle se rend immédiatement dans la cuisine et revient avec un couteau bien affûté et deux brochettes. Elle tranche le poisson en deux parties bien nettes, enfonce une brochette dans chacune, m'en remet une et place la sienne pour qu'elle rôtisse au-dessus des flammes. Je fais de même. Bree a toujours été meilleure que moi pour les tâches domestiques, et j'apprécie son aide. Nous avons toujours formé une bonne équipe.

Nous demeurons debout à regarder les flammes, clouées sur place, tenant notre moitié de poisson au-dessus du feu jusqu'à ce que nos bras deviennent lourds. L'odeur du poisson envahit la pièce, et après une dizaine de minutes, je sens la faim me ronger. Je décide que le mien est cuit en me disant qu'après tout, des gens mangent parfois du poisson cru. Bree semble d'accord, et nous déposons chacune notre portion sur notre assiette et nous mangeons sur le plancher, côte à côte, dos au canapé et les pieds devant le feu.

— Fais attention, lui dis-je, il y a encore plein de petites arêtes à l'intérieur.

Je retire les arêtes, et Bree m'imite. Après en avoir suffisamment enlevé, je prends un petit morceau de chair rose et le mange, un peu inquiète.

En fait, le goût est délicieux. J'aimerais y ajouter du sel ou quelque épice, mais au moins, il est bien cuit et aussi frais qu'il puisse être. Je peux sentir les protéines si essentielles pénétrer mon corps. Bree dévore le sien aussi, et je perçois le soulagement sur son visage. Sasha est assise à côté d'elle, la fixant avec intensité et se léchant les babines, puis Bree choisit un gros morceau dont elle a minutieusement retiré les arêtes et le donne à Sasha. Sasha le mâche rapidement, puis l'avale, se pourlèche les babines et fixe Bree de nouveau, impatiente d'en avoir encore.

— Viens ici, Sasha, dis-je.

Elle court vers moi, et je prends un morceau de poisson, en retire les arêtes et le lui donne ; elle l'avale en quelques secondes. Avant de m'en rendre compte, ma portion est finie, comme celle de Bree, et je suis étonnée de sentir mon estomac gargouiller encore. Je me prends à souhaiter d'en avoir attrapé davantage. Pourtant, c'était le plus gros repas que nous ayons eu depuis des semaines, et j'essaie de me contenter de ce que nous avons.

Puis, je me souviens de l'eau d'érable. Je me lève brusquement, reprends le thermos dans sa cachette et le tends à Bree.

— Vas-y, lui dis-je en souriant, la première gorgée est pour toi.

— Qu'est-ce que c'est ? demande-t-elle en dévissant le couvercle et en portant le thermos à son nez. Ça ne sent rien.

— C'est de l'eau d'érable, dis-je. C'est comme de l'eau sucrée, mais en mieux.

Elle prend une petite gorgée en hésitant, puis me regarde, les yeux remplis de joie.

— C'est délicieux ! s'écrie-t-elle.

Elle prend plusieurs grosses gorgées, puis s'arrête et me remet le thermos. Je ne peux résister à en prendre aussi plusieurs grosses gorgées. Je sens l'énergie du sucre se répandre dans mon corps. Je me penche et j'en verse prudemment dans le bol de Sasha. Elle lappe le tout et semble aimer ça aussi.

Mais j'ai encore faim. Dans un rare moment de faiblesse, je songe au pot de confiture et je me dis «pourquoi pas?» Après tout, il doit y en avoir plein d'autres dans ce chalet au sommet de la montagne, et si cette soirée n'est pas digne d'être célébrée, qu'est-ce qui l'est?

Je vais prendre le pot, dévisse le couvercle, y insère un doigt et en attrape une grosse portion. Je la dépose sur ma langue et la laisse ainsi dans ma bouche aussi longtemps que possible avant de l'avaler. C'est divin. Je tends le reste du pot encore à demi plein à Bree.

— Vas-y, dis-je, finis-le. Il y en a d'autres dans notre nouvelle maison.

Bree écarquille les yeux en tendant la main.

— Es-tu sûre? demande-t-elle. Nous ne devrions pas la conserver?

Je secoue la tête.

— Il est temps que nous nous gâtions.

Bree se laisse convaincre facilement. Quelques minutes plus tard, elle a englouti le reste après en avoir gardé pour Sasha.

Nous restons étendues là, adossées au canapé, nos pieds devant le feu, et finalement, je sens mon corps commencer à se détendre. Avec le poisson, l'eau d'érable et la confiture, je sens finalement mes forces me revenir petit à petit. Je jette un coup d'œil en direction de Bree qui est déjà en train de s'endormir, la tête de Sasha sur ses genoux, et même si elle paraît encore malade, je perçois pour la première fois de l'espoir dans ses yeux.

— Je t'aime, Brooke, dit-elle doucement.

— Je t'aime aussi, Bree.

Mais au moment où je la regarde, elle est déjà profondément endormie.

○ ○ ○

Bree est étendue sur le canapé devant le feu alors que je suis assise sur le fauteuil à côté d'elle. C'est une habitude que nous avons prise au fil des mois. Chaque soir, avant d'aller au lit, elle se couche sur le canapé, trop effrayée pour s'endormir seule dans sa chambre. Je lui tiens compagnie en attendant qu'elle s'endorme, après quoi je la transporte à son lit. La plupart du temps, nous n'avons pas de feu, mais nous restons là quand même. Ce soir, Bree s'est réveillée où elle était sur le plancher et elle a immédiatement grimpé sur le canapé, à demi endormie.

Bree fait toujours des cauchemars. Elle n'avait pas l'habitude d'en faire : je me souviens de l'époque, avant la guerre, où elle s'endormait si facilement. En fait, je la taquinais même à ce propos, l'appelant «Bree la Belle au bois dormant», parce qu'elle tombait endormie dans l'auto, sur un canapé, en lisant un livre dans un fauteuil — partout. Mais maintenant, tout a changé ; maintenant, elle reste éveillée pendant des heures et quand elle tombe finalement endormie, son sommeil est agité. Presque chaque nuit, je l'entends gémir ou crier à travers les murs minces. Qui pourrait le lui reprocher ? Après toutes les horreurs que nous avons vues, je suis étonnée qu'elle n'ait pas perdu la raison. Il y a trop de nuits où je peux à peine dormir moi-même.

La seule chose qui l'aide, c'est quand je lui fais la lecture. Heureusement, quand nous nous sommes échappées, Bree a eu la présence d'esprit de prendre son livre préféré, *L'arbre généreux*. Chaque soir, je le lui lis. Je le connais par cœur maintenant et quand je suis fatiguée, je ferme parfois les yeux et me contente de le lui réciter de mémoire. Par chance, il est court.

Tandis que je m'adosse au fauteuil, sentant moi aussi le sommeil me gagner, j'ouvre le livre écorné et je commence à lire. Sasha est couchée près de Bree, les oreilles relevées, et je me demande parfois si elle écoute aussi.

— *Il était une fois un arbre qui aimait un petit garçon. Et le garçon venait le voir tous les jours. Il cueillait ses feuilles et il s'en faisait des couronnes pour jouer au roi de la forêt.*

Je jette un coup d'œil à Bree sur le canapé, et elle est déjà profondément endormie. Je suis soulagée. C'était peut-être le feu, ou peut-être le repas. Le sommeil, c'est ce dont elle a le plus besoin maintenant pour récupérer. Je retire mon nouveau foulard et le dépose doucement sur sa poitrine. Finalement, son petit corps cesse de trembler.

Je dépose une dernière bûche dans le feu, me rassois dans mon fauteuil et contemple les flammes. Je regarde le feu mourir lentement et je me reproche de ne pas avoir apporté davantage de bûches. Mais c'est bien comme ça. Nous serons plus en sécurité de cette façon.

Une bûche crépite tandis que je m'installe confortablement, me sentant plus détendue que je ne l'ai été depuis des années. Parfois, après que Bree se fut endormie, je prends mon propre livre et lis pour moi-même. Je le vois là-bas, sur le plancher : *Sa Majesté des mouches*. C'est le seul livre qu'il me reste, et il est si usé d'avoir été lu tant de fois qu'il paraît avoir un siècle. C'est une étrange expérience que de n'avoir plus qu'un seul livre au monde. Ça me fait prendre conscience à quel point je tenais tant de choses pour acquises, me fait songer avec regret à l'époque où il y avait des bibliothèques.

Ce soir, je suis trop excitée pour lire. Je n'arrête pas de penser à demain, à notre nouvelle vie en haut de la montagne. Je repense sans cesse à toutes les choses que je devrai transporter d'ici à là-bas et à la façon dont je vais le faire. Il y a les choses indispensables — nos ustensiles, les allumettes, ce qu'il reste de nos chandelles, nos couvertures et nos matelas. À part ça, ni l'une ni l'autre n'avons beaucoup de vêtements et ne possédons pas grand-chose d'autre que nos livres. Cette maison était pratiquement vide quand nous y sommes arrivées, alors nous n'y avons aucun souvenir. J'aimerais apporter ce canapé et ce fauteuil, mais j'aurai besoin de l'aide de Bree pour ça, et je devrai attendre qu'elle aille suffisamment bien. Nous devrons le faire par étapes, en prenant d'abord les choses essentielles et en gardant les meubles pour la fin. Ça va ; du moment où nous serons là-haut en sécurité, c'est ce qui importe le plus.

Je me mets à songer aux façons dont je pourrais rendre ce petit chalet encore plus sécuritaire. Il faudra vraiment que je trouve un moyen de mettre des volets aux fenêtres pour pouvoir les fermer au besoin. Je fais des yeux le tour de la maison à la recherche de quoi que ce soit qui pourrait me servir. J'aurais besoin de pentures pour les volets et je lorgne celles de la porte du salon. Je pourrais peut-être enlever celles-là. Et pendant que j'y suis, je pourrais peut-être utiliser la porte de bois aussi et la découper en morceaux.

Plus je regarde autour de moi, plus je constate combien de choses je pourrais emporter. Je me souviens que papa avait laissé un coffre à outils dans le garage, avec une scie, un marteau, un tournevis et même une boîte de clous. C'est une des choses les plus précieuses que nous ayons, et je prends note de l'apporter en premier.

Après, bien sûr, la moto. C'est ce qui me préoccupe le plus : quand l'apporter et comment. Je ne peux supporter l'idée de l'abandonner. Alors, je l'apporterai lors de notre premier voyage là-haut. Je ne peux pas prendre le risque de la faire démarrer et d'attirer l'attention — et en plus, la montagne est trop escarpée pour que je puisse la conduire jusqu'au chalet. Je devrai marcher à côté tout au long du chemin. Je devine déjà à quel point ce sera épuisant, en particulier dans la neige, mais je ne vois aucun autre moyen. Si Bree n'était pas malade, elle pourrait m'aider, mais dans son état actuel, elle ne transportera rien, et je soupçonne que je pourrais même devoir la porter. Je me rends compte que nous n'avons d'autre choix que d'attendre l'obscurité demain soir avant de déménager. Peut-être suis-je seulement paranoïaque — il y a peu de chances qu'on nous voie, mais il vaut quand même mieux être prudentes. Surtout parce que je sais qu'il y a d'autres survivants non loin d'ici. J'en suis certaine.

Je me souviens du jour de notre arrivée ici. Nous étions toutes deux terrifiées, esseulées et épuisées. Cette première nuit, nous sommes allées au lit affamées, et je me rappelle m'être demandé comment nous pourrions survivre. Je me suis demandé si nous avions commis une erreur en quittant Manhattan, en abandonnant notre mère, en laissant derrière nous tout ce que nous connaissions.

Puis, au premier matin, je me suis réveillée, j'ai ouvert la porte et j'ai été renversée de trouver devant la maison la carcasse d'un cerf. Au début, j'étais terrifiée. J'ai interprété sa présence comme une menace, un avertissement, supposant que quelqu'un nous transmettait le message de partir, que nous n'étions pas les bienvenues ici. Mais après m'être remise de mon premier choc, je me suis rendue compte que ce n'était pas du tout le cas : c'était en fait un cadeau. Quelqu'un, un autre survivant, avait dû nous avoir observées. Il avait dû constaté à quel point nous avions l'air désespérées et dans un geste de suprême générosité, il avait dû décidé de nous donner son gibier, notre premier repas, suffisamment de viande pour des semaines. Je ne peux imaginer à quel point cette carcasse avait dû être précieuse pour lui.

Je me souviens d'avoir fait quelques pas à l'extérieur, d'avoir regardé tout autour, de haut en bas de la montagne, d'avoir scruté les arbres en m'attendant à ce qu'une personne apparaisse et me fasse un signe de la main. Mais je n'ai vu personne. Je n'ai vu que des arbres et même si j'ai attendu plusieurs minutes, je n'ai perçu que le silence. Mais je savais, j'étais convaincue, que quelqu'un m'observait. J'ai su alors que d'autres gens étaient ici, quelque part, tentant de survivre tout comme nous.

Depuis ce moment, j'ai éprouvé une sorte de fierté, senti que nous faisions partie d'une communauté silencieuse de survivants isolés qui vivaient dans ces montagnes, demeurant discrets, ne communiquant jamais les uns avec les autres par peur d'être découverts, par peur de révéler notre présence à un chasseur d'esclaves. Je me dis que c'est de cette façon que les autres ont survécu aussi longtemps : en ne laissant rien au hasard. Au début, je n'ai pas compris ça. Mais maintenant, j'en saisis toute l'importance. Et depuis ce temps, même si je ne vois jamais personne, je ne me sens jamais seule.

Mais ça m'a rendue aussi plus vigilante ; ces autres survivants, s'ils sont toujours en vie, doivent certainement manquer de nourriture et être aussi désespérés que nous le sommes. Surtout pendant les mois d'hiver. Qui sait si la famine, si le besoin de subvenir aux besoins de leurs familles, n'a pas poussé au désespoir quelques-uns parmi eux, si le pur instinct de survie n'a pas remplacé leur humeur charitable. Je sais que l'idée de Bree, Sasha et moi mourant de faim m'a parfois fait songer à des actes assez radicaux. Alors je ne laisserai rien au hasard. Nous allons déménager pendant la nuit.

Ce qui convient parfaitement, de toute façon. Je dois prendre la matinée pour regrimper là-haut, seule, afin d'aller d'abord en reconnaissance et de m'assurer une dernière fois que personne n'y est allé ou n'en est revenu. Il faut aussi que je retourne à l'endroit où j'ai aperçu le cerf pour l'attendre. Je sais qu'il est peu probable qu'il réapparaisse, mais si je peux le retrouver et le tuer, il nous nourrira pendant des semaines. J'ai perdu ce premier cerf qui nous avait été donné il y a des années, parce que j'ignorais comment le dépecer ou le conserver. J'ai tout gâché et je n'ai réussi à en tirer qu'un seul repas avant que la carcasse se mette à pourrir. C'était une terrible perte de nourriture, et je suis bien décidée à ne jamais refaire une chose pareille. Cette fois, compte tenu surtout de la neige, je vais trouver un moyen d'en conserver la viande.

Je prends dans ma poche le couteau que père m'a donné avant qu'il parte ; j'en frotte la poignée usée comme je l'ai fait chaque soir depuis notre arrivée ici. Il a gravé sur le manche ses initiales et le logo du corps des marines. Je me dis qu'il est toujours en vie. Même après toutes ces années, même si je sais que les chances de le revoir sont quasi inexistantes, je ne peux pas me résoudre à abandonner cette idée.

Chaque soir, je souhaite que père ne soit jamais parti, ne se soit jamais déclaré volontaire pour participer à la guerre. C'était une guerre stupide dès le départ. Je n'ai jamais tout à fait compris comment elle a commencé, et je l'ignore toujours. Papa me l'a expliqué plusieurs fois, et je ne comprends toujours pas. C'était peut-être seulement en raison de mon âge ; peut-être que je n'étais pas assez âgée pour comprendre à quel point les adultes peuvent se faire des choses insensées les uns aux autres.

D'après mon père, c'était une deuxième guerre civile américaine, mais cette fois, non pas entre le Nord et le Sud, mais entre les partis politiques. Entre les Démocrates et les Républicains. Il m'a dit que c'était une guerre qui se préparait depuis longtemps. Au cours du dernier siècle, m'a-t-il dit, les États-Unis se séparaient peu à peu en deux nations : les gens à l'extrême droite et ceux à l'extrême gauche. Au fil du temps, les positions se sont tellement durcies que le pays en est venu à représenter deux idéologies différentes et antagonistes. Il disait que les gens de la gauche, les Démocrates, voulaient un pays qui soit dirigé par un gouvernement de plus en plus gros, un gouvernement qui hausserait les taxes jusqu'à 70 % et qui se mêlerait de tous les aspects de la vie des gens. Il a dit que les gens de la droite, les Républicains, tenaient plutôt à un gouvernement de plus en plus petit, un gouvernement qui abolirait simplement les taxes, se retirerait de la vie des gens et leur permettrait de s'occuper d'eux-mêmes. Il a dit qu'à mesure que le temps passait, les tenants de ces deux idéologies, plutôt que de trouver des compromis, se sont simplement éloignés les uns des autres, devenant de plus en plus extrémistes jusqu'à ce qu'ils finissent par ne plus s'entendre sur quoi que ce soit.

Selon lui, ce qui avait empiré la situation, c'était le fait que les États-Unis étaient devenus si densément peuplés que les politiciens avaient de plus en plus de mal à attirer sur eux l'attention de la nation — et les politiciens des deux partis ont commencé à se dire que la seule façon d'obtenir l'attention dont ils avaient besoin était d'adopter des positions extrêmes. C'était la seule manière pour eux d'obtenir du temps de diffusion — et c'était ce dont ils avaient besoin pour s'élever jusqu'au sommet et satisfaire leurs propres ambitions.

En conséquence, c'étaient les gens les mieux connus des deux partis qui sont devenus les plus extrémistes, chacun adoptant des positions de plus en plus extrêmes pour surpasser l'autre, des positions, disait-il, auxquelles ils ne croyaient pas vraiment eux-mêmes, mais qu'ils n'avaient plus d'autre choix que de prendre. Naturellement, quand les deux partis discutaient, ils ne pouvaient que s'affronter, et c'est ce qu'ils ont fait dans un langage de plus en plus féroce. Au début, ils ne faisaient que se lancer des sobriquets et des attaques personnelles. Mais au fil du temps, il s'est produit une escalade dans cette guerre de mots. Puis un jour, ils ont franchi le point de non-retour.

Ce jour-là, il y a une dizaine d'années, le point tournant est survenu quand un des dirigeants politiques a menacé l'autre d'un mot fatidique : «sécession». Il a dit que si les Démocrates tentaient d'augmenter les impôts d'un seul cent, son parti ferait sécession. Il a dit que chaque village, chaque ville, chaque État serait divisé en deux. Pas par la géographie, mais par l'idéologie. Et le moment n'aurait pu être plus mal choisi : à cette époque, le pays luttait contre une dépression, et il y avait suffisamment de mécontents et de désœuvrés d'un bout à l'autre du pays pour le rendre populaire. Les médias adoraient les cotes qu'il obtenait, et ils lui attribuaient de plus en plus de temps d'antenne. Bientôt, sa popularité s'accrut. En fin de compte, comme il ne se trouvait plus personne pour l'arrêter et que les Démocrates ne voulaient faire aucun compromis et les choses suivant leur cours, ses idées se sont durcies. Son parti a proposé son propre drapeau pour le pays et même sa propre monnaie.

C'était le premier point tournant. Si quelqu'un était intervenu à ce moment et l'avait arrêté, tout pourrait avoir cessé. Mais personne ne l'a fait. Alors il a poussé les choses encore plus loin.

Devenu plus téméraire, ce politicien a proposé que la nouvelle union se dote de sa propre force policière, de ses propres tribunaux, de sa propre gendarmerie d'État et de sa propre armée. C'était le deuxième point tournant.

Si le président démocrate de l'époque avait été un bon dirigeant, il aurait pu mettre fin à tout ça. Mais il a empiré la situation en ne prenant que de mauvaises décisions. Plutôt que d'essayer de calmer le jeu, plutôt que de s'occuper des problèmes fondamentaux qui avaient mené à un tel mécontentement, il a décidé que la seule façon d'écraser ce qu'il appelait la «rébellion», c'était d'adopter la ligne dure : il a accusé de sédition tous les dirigeants républicains. Il a institué la loi martiale et un soir, au milieu de la nuit, il les a tous fait arrêter.

Cette décision a intensifié la querelle et fait l'unanimité dans tout leur parti. Elle a aussi rallié la moitié des militaires. Les gens étaient divisés dans chaque maison, chaque ville, chaque baraquement; peu à peu, la tension s'est accrue dans les rues, et les gens se sont mis à détester leurs voisins. Même les familles étaient divisées.

Une nuit, les militaires loyaux envers les dirigeants républicains ont obéi à des ordres secrets et fomenté un coup, puis les ont fait évader de prison. L'affrontement était devenu inévitable. Et sur les marches du Capitole, les premiers coups de feu fatidiques ont été tirés. Un jeune soldat a cru voir un officier saisir son arme et il a fait feu en premier. Et quand ce premier soldat est tombé, il n'était plus possible de reculer. La dernière limite avait été franchie. Un Américain avait tué un Américain. Un échange de coups de feu s'est ensuivi, et des dizaines d'officiers ont trouvé la mort. Les dirigeants républicains ont été rapidement emmenés dans un lieu secret. Et à partir de ce moment, les militaires se sont divisés. Le gouvernement s'est séparé en deux. Les villes, les villages, les comtés et les États se sont tous divisés en deux. On a appelé cet épisode la «Première vague».

Au cours des premiers jours, les gestionnaires de crise et les factions gouvernementales ont désespérément essayé de faire la paix. Mais c'était trop peu trop tard. Rien ne semblait pouvoir arrêter la débâcle imminente. Une faction de généraux favorables à la guerre a pris les choses en main, désirant la gloire, désirant être les premiers à faire la guerre, désirant l'avantage de la vitesse et de la surprise. Ils se disaient que la meilleure façon de mettre fin à tout ça était d'écraser immédiatement l'opposition.

La guerre a commencé. Des batailles ont eu lieu sur le sol américain. Pittsburgh est devenue la nouvelle Gettysburg avec deux cent mille morts en une semaine. Des chars d'assaut ont été lancés contre d'autres chars d'assaut. Des avions contre des avions. Chaque jour, chaque semaine, la violence s'intensifiait. On a dessiné des lignes dans le sable, les biens des militaires et de la police ont été répartis, et des batailles se sont engagées dans chaque État de la nation. Partout, tous se battaient, ami contre ami, frère contre frère. Ils en sont venus au point où les gens ne savaient plus pourquoi ils se battaient. Tout le pays était à feu et à sang. Et personne ne semblait en mesure d'arrêter les combats. Ce fut la « Deuxième vague ».

Jusqu'à ce moment, aussi sanglante qu'ait été la situation, il s'agissait encore d'une guerre conventionnelle. Mais vint ensuite la « Troisième vague », la pire de toutes. Le président, au désespoir, dirigeant ses forces à partir d'un bunker secret, a décidé qu'il n'y avait qu'une seule façon de mater ce qu'il insistait encore pour appeler la « rébellion ». Convoqués, ses meilleurs officiers militaires lui conseillèrent de se servir de ses armes les plus puissantes afin de réprimer la rébellion une fois pour toutes avant qu'elle n'engouffre tout le pays. Ils lui ont suggéré d'utiliser localement des missiles nucléaires ciblés. Il a donné son accord.

Le lendemain, des charges nucléaires ont été lancées sur des endroits stratégiques dans tous les États-Unis contre les bastions républicains. Des centaines de milliers de personnes sont mortes ce jour-là dans des États comme le Nevada, le Texas et le Mississippi. Des millions de gens sont morts en un instant sur tout le territoire.

Les Républicains ont riposté. Ils ont saisi leurs propres armes, capturé le NORAD[1] par une embuscade et lancé leurs propres missiles nucléaires sur les bastions des Démocrates. Les États comme le Maine et le New Hampshire ont été pratiquement anéantis. Pendant les dix jours suivants, presque tout le pays a été détruit, une ville après l'autre. Il y a eu vague après vague de pures dévastations, et ceux qui n'avaient pas été tués sur le coup sont morts peu après parce que l'eau et l'air étaient devenus toxiques. En l'espace d'un mois, il n'y avait même plus personne pour combattre. Les rues et les édifices se sont vidés les uns après les autres alors que les gens se précipitaient pour s'attaquer à leurs anciens voisins.

Mais papa n'a même pas attendu d'être appelé sous les drapeaux — et c'est pour cette raison que je le déteste. Il est parti bien avant. Il avait été officier dans le corps des marines pendant vingt ans avant que tout cela n'éclate, et il a vu venir les événements plus tôt que la plupart des gens. Chaque fois qu'il regardait les nouvelles, chaque fois qu'il voyait deux politiciens se crier des insultes, haussant les enjeux, papa secouait la tête et disait :

— Faites-moi confiance. Ceci va nous mener à la guerre.

Et il a eu raison. Ironiquement, papa avait déjà fait son temps et il était à la retraite depuis des années quand cela s'est produit; mais au moment où le premier coup de feu a été tiré ce jour-là, il s'est enrôlé de nouveau. Avant même qu'on parle d'une guerre à grande échelle. Il a probablement

---

1. N.d.T. : Commandement de la défense aérospatiale de l'Amérique du Nord.

été la première personne à se porter volontaire, et pour une guerre qui n'avait même pas encore éclaté.

Et c'est pourquoi je suis encore fâchée contre lui. Pourquoi croyait-il devoir faire ça? Pourquoi n'a-t-il pas simplement laissé les autres s'entretuer? Pourquoi n'aurait-il pas pu rester à la maison et nous protéger? Pourquoi se souciait-il davantage de son pays que de sa famille?

Je me rappelle encore comme si c'était hier le jour où il nous a quittées. Ce jour-là, je suis revenue de l'école et avant même d'ouvrir la porte, j'ai entendu crier à l'intérieur. Je me suis armée de courage. Je détestais ça quand mon père et ma mère se querellaient, c'est-à-dire presque tout le temps à ce moment-là, et je croyais que ce n'était qu'une autre de leurs chicanes.

J'ai ouvert la porte et j'ai tout de suite su que cette fois, c'était différent. Que quelque chose n'allait pas. Vraiment pas. Papa se tenait là, en grande tenue militaire. Ça n'avait pas de sens. Il ne l'avait pas portée depuis des années. Pourquoi la porterait-il maintenant?

— Tu n'es pas un homme! lui criait maman. Tu es un lâche! Et ta famille? Pour quelle raison? Pour aller tuer des innocents?

Papa avait rougi, comme toujours quand il se fâchait.

— Tu ne sais pas de quoi tu parles! lui a-t-il rétorqué en hurlant. Je fais mon devoir pour mon pays. C'est la bonne chose à faire.

— La bonne chose pour *qui*? lui a-t-elle répondu. Tu ne sais même pas pour quoi tu te bats. Pour une stupide bande de politiciens?

— Je sais exactement pour quoi je me bats. Pour que notre nation reste unie.

— Oh, excusez-moi, Monsieur États-Unis, lui a-t-elle crié. Tu peux justifier ça à tes propres yeux de la manière que tu veux, mais la vérité, c'est que tu pars parce que tu ne peux plus me supporter. Parce que tu n'as jamais su comment t'adapter à la vie de famille. Parce que tu es trop stupide pour faire quelque chose dans la vie après tes années dans l'armée. Alors, tu bondis sur tes pieds et tu t'enfuis à la première occasion...

Papa l'a fait taire en la giflant. J'entends encore le bruit dans ma tête.

J'étais renversée ; je ne l'avais jamais vu lever la main sur elle auparavant. J'en ai eu le souffle coupé, comme si c'était moi qu'il avait giflée. Je l'ai regardé sans presque le reconnaître. Était-ce vraiment mon père ? J'étais si ébahie que j'ai laissé tomber mon livre, et il a atterri avec un bruit mat.

Ils se sont retournés tous les deux vers moi en prenant conscience de ma présence. Profondément embarrassée, j'ai couru dans le vestibule jusqu'à ma chambre et claqué la porte derrière moi. Je ne savais pas comment réagir à tout ça, et il fallait que je m'éloigne d'eux.

Quelques instants plus tard, on a frappé doucement à ma porte.

— Brooke, c'est moi, a dit mon père d'un ton de regret. Je suis désolé que tu aies dû assister à ça. S'il te plaît, laisse-moi entrer.

— Va-t'en ! je lui ai crié.

Un long silence s'est ensuivi, mais il ne partait pas.

— Brooke, je dois m'en aller maintenant. J'aimerais te voir une dernière fois avant de partir. S'il te plaît. Sors et dis-moi au revoir.

J'ai commencé à pleurer.

— Va-t'en! ai-je répété.

J'étais si dépassée par les événements, si en colère contre lui pour avoir frappé maman et encore plus fâchée parce qu'il nous quittait. Et tout au fond de moi, j'avais tellement peur qu'il ne revienne jamais.

— Je pars maintenant, Brooke, a-t-il dit. Tu n'as pas à ouvrir la porte. Mais je veux que tu saches à quel point je t'aime. Et que je serai toujours avec toi. Souviens-toi, Brooke, que c'est toi qui es la plus forte. Prends soin de cette famille. Je compte sur toi. Occupe-toi d'elles.

Puis, j'ai entendu les pas de mon père s'éloigner. Quelques instants plus tard, j'ai entendu la porte d'entrée s'ouvrir et se refermer.

Puis, plus rien.

Quelques minutes plus tard — des minutes qui m'ont semblé des jours — j'ai ouvert lentement ma porte. Je savais qu'il était parti. Et je regrettais déjà de ne pas lui avoir dit au revoir. Parce que je sentais déjà, dans mes tripes, qu'il n'allait jamais revenir.

Maman était assise à la table de la cuisine, la tête dans les mains, pleurant doucement. Je savais que les choses venaient de changer pour toujours, qu'elles ne seraient jamais plus les mêmes — qu'*elle* ne serait plus jamais la même. Et moi non plus.

J'avais raison. Assise ici, maintenant, à regarder les tisons dans le feu déclinant, les yeux lourds, je me rends compte que depuis ce jour, rien n'a jamais plus été pareil.

○ ○ ○

Je suis debout dans notre ancien appartement à Manhattan. J'ignore ce que je fais ici ou comment j'y suis arrivée. Rien ne semble avoir du sens parce que l'appartement n'est plus du tout comme dans mon souvenir. Il est complètement vide, comme si nous n'y avions jamais vécu. Je suis toute seule ici.

On frappe tout à coup à la porte, et papa entre, en grande tenue militaire, un attaché-case à la main. Son regard est vide comme s'il revenait tout juste de l'enfer.

J'essaie de crier « Papa ! », mais les mots ne sortent pas. Je baisse les yeux et je constate que je suis collée au sol, cachée derrière un mur, et qu'il ne peut pas me voir. J'essaie de toutes mes forces de me libérer, de courir vers lui, de crier son nom, mais je ne peux pas. Je suis obligée de le regarder, impuissante, tandis qu'il traverse l'appartement vide en regardant autour de lui.

— Brooke ? crie-t-il. Tu es ici ? Il y a quelqu'un ?

J'essaie encore une fois de lui répondre, mais ma voix me trahit. Il cherche d'une pièce à l'autre.

— J'avais dit que je reviendrais. Pourquoi personne ne m'a attendu ?

Puis il éclate en sanglots.

Mon cœur se brise, et j'essaie de toutes mes forces de l'appeler. Mais j'ai beau faire de mon mieux, ça ne sert à rien.

Finalement, il tourne les talons et quitte l'appartement en refermant doucement la porte derrière lui. Le bruit de la serrure se répercute dans l'appartement vide.

— PAPA ! je crie en retrouvant ma voix.

Mais il est trop tard. Je sais qu'il est parti pour toujours et j'ai l'impression que c'est ma faute.

Je cligne des yeux et je me retrouve tout à coup de retour dans les montagnes, dans la maison de Papa, assise dans son fauteuil préféré près du foyer. Il est encore là, sur le canapé, tête inclinée, *jouant avec son couteau du corps des marines. Je suis horrifiée en constatant que la moitié de son visage a fondu jusqu'aux os ; en fait, je peux voir la moitié de son crâne.*

Il lève les yeux vers moi, et j'ai peur.

— Tu ne peux pas te cacher ici pour toujours, Brooke, dit-il sur un ton raisonnable. Tu crois que vous êtes en sécurité ici. Mais ils vont venir vous chercher. Emmène Bree, et cachez-vous.

Il se lève, vient vers moi, me saisit par les épaules et me secoue, ses yeux brillant d'intensité.

— TU M'AS ENTENDU, SOLDAT ? hurle-t-il.

Il disparaît, et en même temps, toutes les portes et les fenêtres s'ouvrent d'un coup dans une cacophonie de verre brisé.

Puis, une douzaine de chasseurs d'esclaves se précipitent dans la maison, l'arme au poing. Ils sont vêtus de leurs uniformes distinctifs complètement noirs de la tête aux pieds, masques noirs au visage, et ils s'élancent dans tous les coins de la maison. L'un d'eux arrache Bree du canapé et l'emmène pendant qu'elle hurle, tandis qu'un autre court vers moi, m'agrippe un bras et appuie son pistolet contre mon visage.

Il fait feu.

Je me réveille en criant, désorientée.

Je vois des doigts qui m'agrippent le bras et coincée entre le rêve et la réalité, je suis prête à me battre. Je lève les yeux et je vois que c'est Bree, debout près de moi, qui me secoue le bras.

Je suis toujours assise dans le fauteuil de papa, et maintenant, la pièce est inondée par la lumière du jour. Bree pleure de manière hystérique.

Je cligne plusieurs fois des yeux en m'assoyant et en essayant de m'orienter. N'était-ce qu'un rêve ? Ça m'avait semblé si réel.

— J'ai fait un cauchemar! crie Bree en agrippant toujours mon bras.

Je regarde autour et constate que le feu s'est éteint depuis longtemps. Je vois la lumière éclatante du jour et je me rends compte qu'on doit être en fin de matinée. Je n'arrive pas à croire que je me sois endormie dans le fauteuil — ça ne m'est jamais arrivé.

Je secoue la tête pour m'éclaircir les idées. Ce rêve me semblait si réel que j'ai encore de la difficulté à croire que ça ne s'est pas produit. J'ai déjà rêvé à papa, souvent, mais je n'ai jamais éprouvé ce sentiment d'urgence. J'ai du mal à concevoir qu'il n'est pas encore dans la pièce en ce moment et je regarde autour une autre fois, juste pour m'en assurer.

Bree me tire le bras, inconsolable. Je ne l'ai jamais vue dans un pareil état, elle non plus.

Je m'agenouille et l'étreins. Elle s'accroche à moi.

— J'ai rêvé que des hommes méchants étaient venus et m'avaient enlevée! Et tu n'étais pas là pour me sauver! dit Bree en pleurant contre mon épaule. Ne t'en va pas! S'il te plaît, ne t'en va pas. Ne me quitte pas!

— Je ne vais nulle part, je lui réponds en la serrant fortement. Chut… Tout va bien… Nous n'avons pas à nous inquiéter. Tout est O.K.

Mais au fond de moi, je ne peux m'empêcher de sentir que tout *ne* va *pas* bien. Au contraire. Mon rêve me perturbe vraiment, et le fait que Bree ait fait un cauchemar presque identique est loin de me rassurer. Je ne crois pas beaucoup aux présages, mais je ne peux pas m'empêcher de me demander si tout cela n'est pas un signe. Toutefois, je n'entends aucun bruit, aucune agitation, et s'il y avait quelqu'un dans un rayon d'un kilomètre, je le saurais sûrement.

Je soulève le menton de Bree et j'essuie ses larmes.

— Prends une bonne respiration, je lui dis.

Bree m'obéit, reprenant lentement son souffle. Je me force à sourire.

— Tu vois, je dis. Je suis ici. Tout va bien. C'était seulement un mauvais rêve. O.K?

Elle incline doucement la tête.

— Tu es seulement épuisée, je lui dis. Et tu as de la fièvre. Alors tu as fait des cauchemars. Tout va bien aller.

Agenouillée là avec Bree contre moi, je me rends compte que je dois agir, grimper la montagne et aller vérifier que tout est calme là-haut et nous trouver de la nourriture. Je sens mon estomac se nouer en pensant à l'annoncer à Bree et à la façon dont elle va réagir. De toute évidence, je n'aurais pu choisir un pire moment. Comment pourrais-je lui dire que je dois la quitter maintenant? Même si ce n'est que pour une heure ou deux? Une partie de moi veut rester ici, la surveiller toute la journée, mais je sais aussi qu'il faut que je parte, et que plus tôt ce sera fait, plus tôt nous serons en sécurité. Je ne peux pas simplement passer la journée ici à ne rien faire en attendant la nuit. Et je ne peux pas prendre le risque de modifier mon plan et de nous déménager pendant le jour seulement à cause de nos stupides rêves.

Je l'attire vers moi en écartant ses cheveux de son visage et en souriant le plus gentiment du monde. Je prends un ton aussi résolu, aussi adulte que je le peux.

— Bree, tu dois m'écouter, je lui dis. Je dois sortir maintenant, seulement pour un moment...

— NON! hurle-t-elle. JE LE SAVAIS! C'est exactement comme dans mon rêve! Tu vas me quitter! Et tu ne vas jamais revenir!

Je lui tiens fermement les épaules, essayant de la consoler.

— Ce n'est pas comme ça, je lui dis fermement. J'ai seulement besoin de partir pour une heure ou deux. Je dois m'assurer que notre nouvelle maison est sans danger avant que nous déménagions ce soir. Je dois chercher de la nourriture. S'il te plaît, Bree, comprends. Je t'emmènerais avec moi, mais tu es trop malade en ce moment, et il faut que tu te reposes. Je serai de retour dans seulement quelques heures. Je te le promets. Puis ce soir, nous allons monter là-haut ensemble. Et tu sais ce qui est génial?

Elle lève lentement les yeux vers moi, pleurant toujours, et elle finit par secouer la tête.

— À partir de ce soir, nous allons être là-haut ensemble, en parfaite sécurité, et nous allons faire un feu chaque soir et nous aurons toute la nourriture que nous voulons. Puis, je vais pouvoir chasser et pêcher et faire tout ce qu'il faut en face même du chalet. Je n'aurai jamais plus besoin de te quitter.

— Et Sasha peut venir aussi? demande-t-elle à travers ses larmes.

— Et Sasha aussi, je te le promets. S'il te plaît, fais-moi confiance. Je vais revenir te chercher. Je ne te quitterai jamais.

— Tu me le jures? demande-t-elle.

Je prends un air le plus solennel possible et la regarde droit dans les yeux.

— Je te le jure.

Ses sanglots diminuent, et elle incline finalement la tête, apparemment satisfaite.

Ça me brise le cœur, mais je me penche rapidement, l'embrasse sur le front, puis je me lève, traverse la pièce et sors. Je sais que si je reste seulement une seconde de plus, je ne vais jamais trouver le courage de partir.

Et tandis que le bruit de la porte qui se ferme se répercute derrière moi, je ne peux pas chasser le sentiment terrible que je ne reverrai plus jamais ma sœur.

3

Je grimpe tout droit dans la montagne sous la lumière brillante du soleil levant qui se reflète sur la neige. C'est un univers d'une blancheur immaculée, éblouissant. Je ferais n'importe quoi pour une paire de lunettes de soleil ou une casquette de baseball.

Heureusement, le vent est tombé, et la journée est plus chaude qu'hier. En grimpant, j'entends la neige fondre autour de moi, coulant en petites rigoles et tombant en gros paquets des branches des pins. La neige est plus molle aussi, et il est plus facile d'y marcher.

Je regarde par-dessus mon épaule, parcours des yeux la vallée en bas et je vois que les routes sont de nouveau partiellement visibles dans le soleil matinal. Cela m'inquiète, mais je m'adresse des reproches, agacée de me laisser perturber par des présages. Je devrais être plus solide. Plus rationnelle, comme papa.

J'ai relevé mon capuchon, mais, en baissant la tête contre le vent qui s'est levé à mesure que je monte, je regrette de n'avoir pas apporté mon foulard. Je me frotte les mains en souhaitant aussi avoir des gants et j'accélère mon allure. Je suis décidée à arriver rapidement là-haut, vérifier que tout est normal au chalet, rechercher ce cerf et vite retourner vers Bree. Peut-être aussi prendre quelques autres pots de confiture ; ça lui remontera le moral.

Je suis mes traces de pas d'hier encore visibles dans la neige fondante, et cette fois, la montée est plus facile. En une vingtaine de minutes, je suis de retour où j'étais hier, sur le plus haut plateau.

Je suis sûre d'être au même endroit, mais alors que je cherche le chalet, je ne le trouve pas. Il est si bien dissimulé que même en sachant où regarder, je ne peux pas le voir. Je commence à me demander si je suis au bon endroit. Je continue en suivant mes traces jusqu'à ce que j'arrive à l'endroit exact où je me tenais la veille. J'étire le cou et finalement, je l'aperçois. Je suis renversée de constater à quel point il est bien caché, ce qui m'incite encore davantage à y vivre.

Je reste immobile et je prête l'oreille. À l'exception du bruit du ruisseau qui s'écoule, tout est silencieux. J'examine la neige en cherchant d'autres empreintes que les miennes et n'en vois aucune.

Je me rends à la porte, reste debout devant la maison et en tournant sur moi-même, je scrute la forêt dans toutes les directions à la recherche d'un quelconque signe qu'une personne soit venue ici. Je reste là à écouter pendant au moins une minute. Il n'y a rien. Absolument rien.

Finalement, je suis satisfaite, soulagée que cet endroit soit vraiment le nôtre, qu'il n'appartienne qu'à nous seules.

J'ouvre la lourde porte bloquée par la neige, et la lumière éclatante inonde l'intérieur. Au moment où je penche la tête et entre, j'ai l'impression de voir l'endroit pour la première fois à la lumière. Il est aussi petit et ordonné que dans mon souvenir. Je vois que le plancher est fait de larges planches d'origine qui semblent avoir au moins un siècle. C'est tranquille ici. Les petites fenêtres de chaque côté laissent aussi entrer beaucoup de lumière.

Je parcours la pièce des yeux en cherchant ce que j'aurais pu rater la veille, mais ne trouve rien. Je baisse les yeux sur la poignée de la trappe, m'agenouille et l'ouvre. Un tourbillon de poussière s'élève, flottant dans la lumière.

Je descends rapidement l'échelle, et cette fois, avec toute cette lumière réfléchie, je vois beaucoup mieux ce qui s'y trouve. Il doit y avoir une centaine de pots. J'en vois plusieurs autres de confiture de framboises et j'en prends deux que je fourre dans chaque poche. Bree sera contente. Sasha aussi.

Je regarde rapidement les autres pots et vois toutes sortes d'aliments : des cornichons, des tomates, des olives, de la choucroute. Je vois aussi différentes saveurs de confitures, à peu près une douzaine de chaque. Il y en a encore davantage au fond, mais je n'ai pas le temps de tout examiner. Je m'inquiète énormément pour Bree.

Je grimpe de nouveau l'échelle, referme la trappe et m'empresse de sortir du chalet en prenant soin de bien refermer la porte derrière moi. Je reste immobile un moment pour regarder encore alentour, me préparant à réagir à toute personne qui aurait pu être en train de m'observer. Je crains encore que tout cela soit trop beau pour être vrai. Mais il n'y a toujours rien. Je suis peut-être simplement devenue trop nerveuse.

Je me dirige vers l'endroit où j'ai aperçu le cerf, à une trentaine de mètres. En l'atteignant, je sors le couteau de chasse de papa et l'empoigne solidement. Je sais que je n'ai peu de chance de le revoir, mais peut-être que ce cerf, comme moi, est un animal d'habitudes. Si je pouvais être assez chanceuse pour l'apercevoir encore, il est impossible que je sois suffisamment rapide pour le poursuivre ou pour bondir sur lui, et je n'ai ni fusil ni aucune véritable arme de chasse. Mais à la façon dont je vois les choses, j'ai une seule possibilité, et c'est mon couteau. J'ai toujours été fière de pouvoir atteindre une cible à trente mètres de distance. Le lancer du couteau était mon seul talent qui semblait impressionner mon père — suffisamment, en tout cas, pour qu'il n'essaie pas de me corriger ou de m'améliorer. Il s'en attribuait plutôt le mérite en disant que mon talent me venait de lui. Mais en réalité, il était loin de pouvoir lancer un couteau aussi bien que moi.

Je m'agenouille derrière un arbre en surveillant le plateau, tenant le couteau dans ma main, en attente. En priant. Tout ce que j'entends, c'est le bruit du vent.

Je songe à tout ce que je vais faire si je l'aperçois : je vais me relever lentement, viser et lancer le couteau. Au début, je pense à viser un œil, mais ensuite, j'opte plutôt pour la gorge : si je rate ma cible de quelques centimètres, j'aurai tout de même une chance de le frapper quelque part. Si mes mains ne sont pas trop gelées et si mon lancer est précis, je me dis que peut-être, seulement peut-être, je pourrais le blesser. Mais je me dis que ce sont là de gros « si ».

Les minutes passent. Dix, vingt, trente, il me semble… Le vent tombe, puis reprend en rafales, et je sens contre mon visage les minuscules flocons de neige soufflés des arbres. Plus le temps passe, plus j'ai froid et plus je suis engourdie, et je commence à me demander si ce n'était pas une mauvaise idée. Toutefois, mon estomac crie famine, et je sais que je dois essayer. J'aurai besoin de toutes les protéines que je pourrai obtenir pour ce déménagement — surtout si je dois pousser la moto le long de la montagne.

Mais après pratiquement une heure d'attente, je suis absolument transie de froid. Je me demande si je ne devrais pas simplement abandonner et redescendre la montagne. Je devrais peut-être plutôt essayer de pêcher encore une fois.

Je décide de me relever et de marcher pour me réchauffer et garder mes mains agiles ; si je devais m'en servir maintenant, elles seraient probablement inutiles. En me relevant, je sens mes genoux et mon dos douloureux après être restée si immobile. Je commence à marcher dans la neige à petits pas. Je lève les jambes et puis les genoux, tords mon dos à droite et à gauche. Je remets le couteau dans ma ceinture, puis me frotte les mains en soufflant dessus pour ranimer les sensations.

Tout à coup, je fige. À quelque distance, une branche se brise, et je sens un mouvement.

Je me retourne doucement. Là-bas, au sommet de la colline, un cerf apparaît. Il marche à petits pas dans la neige, avec hésitation, levant doucement ses sabots avant de les reposer sur le sol. Il baisse la tête, mâche une feuille, puis fait un autre pas.

Mon cœur bat la chamade. C'est exactement ce que j'avais souhaité. J'ai rarement l'impression que papa est avec moi, mais aujourd'hui, je sens sa présence. Je peux entendre sa voix dans ma tête maintenant :

Ne bouge pas. Respire lentement. Ne le laisse pas savoir que tu es ici. Concentre-toi.

Si je peux abattre cet animal, nous aurons de la viande — de la vraie viande — pour Bree, Sasha et moi pendant au moins une semaine. Il nous la *faut*.

Le cerf avance encore de quelques pas dans la clairière, et je le vois mieux : il se trouve à une trentaine de mètres de moi et il est énorme. Je me sentirais beaucoup plus confiante s'il n'était qu'à dix mètres ou même à vingt. J'ignore si je peux l'atteindre à cette distance. S'il faisait plus chaud et s'il ne bougeait pas, alors oui. Mais mes mains sont engourdies, le cerf bouge, et il y a tant d'arbres entre nous que je ne sais pas. Mais je sais que si je le rate, il ne reviendra plus jamais ici.

J'attends, le fixant des yeux en ayant peur de l'effrayer. J'attends qu'il s'approche, mais il ne semble pas vouloir.

J'essaie de décider quoi faire. Je peux m'élancer vers lui, m'approcher le plus possible, puis lancer le couteau, mais je me rends compte que ce serait stupide : après seulement un mètre, il s'enfuirait sûrement. Je me demande si je ne devrais pas m'en approcher à pas de loup. Mais je ne pense pas que ça fonctionne non plus. Au moindre bruit, il va disparaître.

Alors, je reste là en essayant de prendre une décision. J'avance d'un pas, me positionnant pour lancer le couteau en cas de nécessité. Mais ce seul pas se révèle être une erreur.

Une branche se brise sous mes pieds, et le cerf relève immédiatement la tête, puis se tourne vers moi. Nos regards se croisent. Je sais qu'il me voit et qu'il est sur le point de bondir. Mon cœur bat à grands coups dans ma poitrine parce que je sais que c'est ma seule chance. Mon esprit se fige.

Puis j'entre en action. Je tends la main, saisis le couteau, fais un grand pas dans sa direction et faisant appel à tout mon talent, j'étire le bras et lance le couteau en visant sa gorge.

Le lourd couteau du corps de marines de papa tournoie dans les airs, et je prie pour qu'il ne frappe pas un arbre. Alors que je le regarde tournoyer en réfléchissant la lumière, j'y vois une grande beauté. Au même moment, je vois le cerf se tourner et commencer à courir.

Il est trop éloigné de moi pour que je voie exactement ce qui arrive, mais un moment plus tard, je pourrais jurer avoir entendu le couteau pénétrer la chair. Pourtant, le cerf s'enfuit, et j'ignore s'il est blessé.

Je pars à sa poursuite. J'atteins l'endroit où il était et je suis surprise de voir du sang d'un rouge vif dans la neige. Je regagne espoir.

Je suis la piste ensanglantée en courant et en sautant par-dessus les rochers et au bout d'une cinquantaine de mètres, je le trouve : il est là, effondré dans la neige, gisant sur le côté, agitant ses pattes. Je vois le couteau enfoncé dans sa gorge. Exactement à l'endroit que je visais.

Il est toujours vivant, et j'ignore comment l'achever. Je peux sentir sa souffrance et j'éprouve du remords. Je voudrais le tuer d'une manière rapide et indolore, mais je ne sais pas comment.

Je m'agenouille et retire le couteau, puis je me penche et d'un mouvement vif, je lui tranche profondément la gorge en espérant que cela fonctionne. Son sang se met à gicler, et une dizaine de secondes plus tard, ses pattes arrêtent finalement de bouger. Son regard devient fixe aussi, et je sais qu'il est mort.

Je reste debout à le regarder, le couteau à la main, et je suis envahie par un sentiment de culpabilité. Je me sens barbare d'avoir tué une créature si belle et sans défense. À ce moment, j'ai du mal à songer à quel point nous avons vraiment besoin de cette nourriture, à quel point j'ai été chanceuse de pouvoir l'abattre. Tout ce à quoi je peux penser c'est qu'il y a seulement quelques minutes il était aussi vivant que moi. Et maintenant, il est mort. Je le regarde, si immobile dans la neige, et malgré moi, je me sens honteuse.

C'est à cet instant que j'entends le bruit pour la première fois. Je l'écarte de ma pensée au début, supposant que je dois halluciner, parce que ce n'est tout simplement pas possible. Mais après quelques secondes, il s'amplifie, devient plus distinct, et je sais qu'il est réel. Mon cœur se met à battre comme un fou tandis que je le reconnais. C'est un bruit que je n'ai entendu qu'une fois ici. C'est le vrombissement d'un moteur. Un moteur d'auto.

Je reste là, ébahie, trop figée, même, pour faire un geste. Le bruit se rapproche, et je sais qu'une auto ici ne peut signifier qu'une chose. Des chasseurs d'esclaves. Personne d'autre n'oserait venir si haut ni n'aurait de raison de le faire.

Abandonnant le cerf, je pars au pas de charge à travers la forêt, au-delà du chalet et vers le bas de la colline. Je ne peux pas aller plus vite. Je pense à Bree, seule dans la maison, tandis que le bruit s'intensifie. J'essaie de courir plus vite, dévalant la pente neigeuse, trébuchant, mon sang battant contre mes tempes.

Je cours tellement vite que je tombe, la tête la première, m'éraflant un genou et un coude. Je me remets sur pied avec difficulté, remarquant le sang sur mon genou et mon bras, mais je m'en fiche. Je recommence à courir, lentement, puis à toute vitesse.

En tombant et en glissant, j'atteins finalement le plateau, et d'ici, mon regard porte jusqu'au bas de la montagne et à notre maison. Mon cœur tressaute dans ma poitrine : je vois distinctement des traces d'auto dans la neige qui se dirigent tout droit vers la maison. La porte d'entrée est ouverte, et ce qui m'effraie encore davantage, c'est que je n'entends pas aboyer Sasha.

Je cours en descendant de plus en plus et je vois bien maintenant les deux véhicules stationnés devant notre maison : des autos de chasseurs d'esclaves. Complètement noires, basses sur roues, elles ressemblent à des bolides aux stéroïdes avec des pneus énormes et un quadrillage de métal à toutes les fenêtres. Imprimé sur leurs capots se trouve l'emblème d'Arène Un, évident même d'ici : un chacal au centre d'un losange. Ils sont ici pour alimenter l'arène.

Je dévale la colline encore plus vite. Je dois m'alléger. Je prends les pots de confiture dans mes poches et les jette par terre. J'entends le verre éclater derrière moi, mais ça n'a pas d'importance. Rien d'autre n'a d'importance en ce moment.

Je suis à peine à une centaine de mètres de distance quand je vois les véhicules démarrer et commencer à s'éloigner de la maison. Ils retournent le long de la route sinueuse. J'ai envie de fondre en larmes quand je saisis ce qui s'est produit.

Trente secondes plus tard, j'atteins la maison et je la dépasse en courant jusqu'au milieu de la route, espérant les rattraper. Je sais déjà que la maison est vide.

J'arrive trop tard. Les empreintes de pneus révèlent ce qui s'est passé. Je regarde vers le bas de la montagne et je les vois, déjà éloignés de presque un kilomètre et accélérant. C'est impossible que je puisse les rattraper à pied.

Je retourne à la maison, juste au cas où, par une bien mince possibilité, Bree ait réussi à se cacher ou qu'ils l'aient laissée tranquille. Je franchis la porte à toute vitesse, puis ce que j'aperçois me remplit d'horreur : du sang partout. Par terre gît un chasseur d'esclaves mort, vêtu de son uniforme noir, la gorge ensanglantée. Sasha est couchée près de lui, morte. Son sang s'écoule de ce qui ressemble à une blessure par balle. Ses crocs sont encore enfoncés dans la gorge du cadavre. Tout devient clair : Sasha doit avoir essayé de protéger Bree en s'élançant sur l'homme quand il est entré et en lui sautant à la gorge. Les autres doivent l'avoir abattue, mais malgré cela, elle n'a pas abandonné.

Je parcours la maison en courant de pièce en pièce, hurlant le nom de Bree, prenant conscience du désespoir dans ma voix. Ce n'est plus une voix que je reconnais : c'est la voix de quelqu'un qui a perdu la tête.

Mais toutes les portes sont grandes ouvertes, et la maison est complètement vide. Les chasseurs d'esclaves ont capturé ma sœur.

4

Je suis là, dans le salon de la maison de papa, en état de choc. J'ai toujours craint que ce jour arrive et pourtant, alors qu'il s'est produit, je peux à peine y croire. Je suis submergée par la culpabilité. Est-ce le feu d'hier soir qui nous a trahies ? Ont-ils vu la fumée ? Pourquoi n'ai-je pas été plus prudente ?

Je m'en veux aussi d'avoir laissé Bree seule ce matin — surtout après avoir fait toutes deux de si mauvais rêves. Je revois son visage en pleurs, me priant de ne pas la quitter. Pourquoi ne l'ai-je pas écoutée ? Pourquoi ne pas avoir obéi à mon instinct ? En y repensant, je ne peux m'empêcher d'avoir l'impression que papa m'a réellement prévenue. Pourquoi n'ai-je pas écouté ? Rien de tout cela n'a plus d'importance, et je ne m'arrête que pendant un moment. Je suis en mode action et nullement prête à abandonner Bree. Je cours déjà à travers la maison, ne voulant perdre aucune précieuse seconde pour me lancer à la poursuite des chasseurs d'esclaves et sauver Bree.

Je me rends jusqu'au cadavre du chasseur d'esclaves et je l'examine rapidement : il est comme eux tout vêtu de noir : un uniforme militaire et des bottes de combat noirs, des pantalons militaires noirs et une chemise noire à manches longues, recouverte d'un blouson noir serré. Il porte encore un masque noir avec l'insigne d'Arène Un — la marque de commerce d'un chasseur d'esclaves — et il porte également un petit casque noir. Ça ne l'a pas aidé : Sasha a quand même réussi à enfoncer ses dents dans sa gorge. Je jette un coup d'œil à Sasha et j'ai le cœur serré. Je lui suis tellement reconnaissante de s'être battue pour Bree. Je me sens coupable de l'avoir laissée seule, elle aussi. Je regarde son cadavre et je me fais le serment qu'après avoir libéré Bree, je reviendrai ici pour l'enterrer convenablement.

Je fouille rapidement le cadavre du chasseur d'esclaves pour y trouver des objets de valeur. Je commence par prendre sa ceinture d'armes et la passer autour de ma taille. Elle comporte un étui et une arme de poing que je vérifie immédiatement : remplie de munitions, elle semble en parfait état de fonctionnement. Cet objet vaut de l'or — maintenant il m'appartient. Je trouve aussi sur la ceinture plusieurs autres chargeurs.

Je lui retire son casque et regarde son visage. Je suis étonnée de constater qu'il est beaucoup plus jeune que je l'avais cru. Il n'a pas plus de dix-huit ans. Tous les chasseurs d'esclaves ne sont pas des chasseurs de primes impitoyables ; certains sont recrutés de force, à la merci des producteurs des jeux de l'arène qui détiennent le vrai pouvoir. Malgré cela, je n'éprouve aucune sympathie pour lui. Après tout, qu'il ait été ou non embauché de force, il est venu ici voler la vie de ma sœur et la mienne également.

Je voudrais me lancer immédiatement à leur poursuite, mais je me force à m'arrêter et à prendre d'abord ce que je peux. Je sais que je vais avoir besoin de ces choses là-bas et qu'une minute ou deux passées ici peuvent en fin de compte changer les choses. Alors je prends son casque et je suis soulagée de constater qu'il me convient. Sa visière noire sera utile pour filtrer la lumière aveuglante de la neige. J'examine ensuite ses vêtements dont j'ai désespérément besoin. Je lui retire ses gants, faits d'un matériau matelassé ultra léger, et je suis aussi soulagée qu'ils m'aillent parfaitement. Mes amis m'ont toujours taquinée à propos de mes grandes mains et de mes grands pieds, et je me suis toujours sentie gênée à ce propos, mais maintenant, pour une fois, j'en suis heureuse. Je lui enlève ensuite son blouson qui me convient également, n'étant qu'un peu trop grand. Je le regarde et je vois à quel point il est petit et me rends compte que je suis chanceuse. Nous sommes pratiquement de la même taille. Le blouson est épais et matelassé, rembourré d'une sorte de duvet. Je n'ai jamais rien porté d'aussi chaud et luxueux de ma vie et j'en suis reconnaissante. Finalement, je peux braver le froid.

Je le regarde de nouveau et je sais que je devrais aussi prendre sa chemise, mais je ne peux simplement pas me convaincre de la porter. D'une certaine façon, c'est trop personnel.

Je pose un pied contre le sien et je constate avec plaisir que nous portons la même pointure. Je m'empresse d'enlever mes vieilles bottes usées, d'une pointure trop petite, puis de lui retirer les siennes et de les enfiler. Je me lève. Elles me vont parfaitement et sont incroyablement confortables. Des bottes de combat à embouts d'acier, l'intérieur doublé de fourrure, elles me montent jusqu'aux mollets. Elles sont mille fois plus chaudes et confortables que les miennes.

Vêtue de ses bottes, de son manteau, de ses gants et avec sa ceinture d'armes autour de ma taille, je me sens comme une nouvelle personne, prête au combat. Je jette un dernier regard au cadavre de Sasha, puis aperçois tout près l'ours en peluche de Bree sur le plancher, couvert de sang. Je réprime mes larmes. Une partie de moi voudrait cracher au visage du chasseur d'esclaves avant de sortir, mais je tourne rapidement les talons et quitte la pièce.

Je sors de la maison à toute vitesse pour compenser le temps perdu. Dehors, je peux encore entendre le gémissement distant de leurs moteurs. Ils ont couvert à peine plus d'un kilomètre, et je suis décidée à les rattraper. Je n'ai besoin que d'un petit coup de chance : qu'ils se trouvent seulement pris dans une congère, qu'ils arrivent à une courbe difficile, et peut-être, seulement peut-être, je pourrai les rattraper. Et avec ce pistolet et les munitions, je pourrais même leur en donner pour leur argent. Sinon, je mourrai en combattant. Il est absolument hors de question que je revienne ici sans Bree à mes côtés.

Je grimpe la colline jusqu'à la forêt aussi rapidement que possible pour atteindre la moto de papa. Je jette un coup d'œil alentour. Je vois que les portes du garage sont grandes ouvertes et me dis que les chasseurs d'esclaves doivent avoir cherché un véhicule. Je suis profondément heureuse d'avoir eu l'idée de cacher la moto il y a si longtemps.

Je monte la colline en trébuchant dans la neige fondante et m'empresse d'atteindre le taillis où j'ai caché la moto. Mes nouveaux gants rembourrés me sont utiles : ils me permettent de saisir les branches épineuses et de les écarter de mon chemin. En quelques instants, j'ouvre une voie et j'aperçois la moto. Je suis soulagée qu'elle y soit encore et bien à l'abri des éléments. Sans perdre un instant, je serre mon nouveau casque, attrape la clé où je l'avais cachée entre les rayons et saute sur la moto. Je tourne la clé et je pousse du pied la pédale de démarrage.

Le moteur tourne, mais ne démarre pas. Mon cœur bat la chamade. Je ne l'ai pas démarrée depuis des années. J'ai peur qu'elle ne fonctionne plus. J'essaie de nouveau, encore et encore. Elle émet un bruit de plus en plus fort, mais ne démarre toujours pas. Je me sens de plus en plus agitée. Si je ne peux pas la faire démarrer, je n'ai aucune chance de les rattraper. J'aurai perdu Bree pour toujours.

— Allez, ALLEZ ! je crie en tremblant de tout mon corps.

Je pousse la pédale encore et encore. Chaque fois que le bruit s'amplifie, j'ai l'impression de me rapprocher de mon but.

Je lève les yeux vers le ciel.

— PAPA ! je hurle. S'IL TE PLAÎT !

Je donne encore un coup de pédale, et cette fois, elle démarre. Je déborde de soulagement. J'accélère plusieurs fois, et de petits nuages de fumée noire montent du tuyau d'échappement.

Maintenant, j'ai au moins une bonne chance de les rattraper.

o o o

Je tourne les lourdes poignées et recule la moto de quelques mètres ; elle est presque trop lourde pour moi. Je tourne de nouveau les poignées et accélère légèrement, puis la moto commence à descendre la pente abrupte de la montagne encore couverte de neige et de branches.

La route asphaltée se trouve à environ une cinquantaine de mètres de moi. Il est dangereux de descendre le long de la montagne à travers les bois. La moto glisse, et même quand je freine, je n'arrive pas à la maîtriser tout à fait. C'est davantage une glissade dirigée. Je glisse le long des arbres, les manquant de peu, et je tressaute quand la moto frappe de gros trous dans le sol, puis saute durement par-dessus les rochers. Je prie pour ne pas avoir une crevaison.

Après une trentaine de secondes de la descente la plus difficile et cahoteuse que je puisse imaginer, j'atterris finalement sur la route pavée. J'accélère, et la moto réagit bien : elle file à toute allure sur l'asphalte. Maintenant, je progresse rapidement.

J'atteins une bonne vitesse, le moteur rugissant, le vent soufflant contre mon casque. Il fait plus froid que jamais, et je me réjouis d'avoir pris les gants et le blouson. Je ne sais pas ce que j'aurais fait sans eux.

Pourtant, je ne peux pas aller trop vite. Il y a des courbes raides, et la route ne comporte pas d'accotement ; un seul virage abordé trop rapidement, et je vais m'envoler vers une chute d'une dizaine de mètres jusqu'en bas de la falaise. Je vais aussi vite que possible tout en ralentissant avant chaque courbe.

Je me sens vraiment bien de conduire de nouveau ; j'avais oublié à quel point on a une impression de liberté. Mon nouveau blouson claque dans le vent. J'abaisse la visière noire, et le blanc éclatant du paysage enneigé se transforme en un gris pâle.

Si j'ai un avantage sur les chasseurs d'esclaves, c'est que je connais ces routes mieux que quiconque. Je viens ici depuis ma plus tendre enfance et je connais les courbes de la route, à quel point elles sont raides et je connais aussi tous les raccourcis dont ils ne pourraient possiblement jamais connaître l'existence. C'est *mon* territoire maintenant. Et même si je me trouve sans doute à quelques kilomètres derrière eux, j'ai confiance de pouvoir trouver un moyen de les rattraper. Cette moto, aussi vieille soit-elle, doit être au moins aussi rapide que leurs bolides.

Je crois aussi savoir où ils vont. S'ils veulent atteindre l'autoroute, ce qui est sûrement le cas, alors il n'y a qu'une seule façon d'y parvenir, et c'est par la route 23, qui se dirige vers l'est. Et s'ils vont vers la ville, alors il n'y a aucune autre façon que de traverser l'Hudson par le pont Rip Van Winkle. C'est leur seule manière de sortir d'ici, et je suis bien décidée à y arriver avant eux.

Je m'habitue à la moto et gagne suffisamment de vitesse pour mieux entendre le grondement de leurs moteurs. Encouragée, j'accélère davantage que je le devrais : je baisse les yeux et constate que je roule à soixante kilomètres-heure. Je sais que c'est imprudent parce que ces virages en épingle me forcent à ralentir jusqu'à quinze kilomètres-heure si je veux éviter de déraper sur la neige. Alors, j'accélère, puis je décélère, courbe après courbe. Finalement, je progresse assez pour apercevoir, à un peu plus d'un kilomètre devant moi, le pare-choc d'un de leurs véhicules disparaissant dans un virage. J'ai de plus en plus confiance de pouvoir rattraper ces types. Sinon je mourrai en essayant.

J'atteins une autre courbe, ralentissant à une dizaine de kilomètres-heure et me préparant à accélérer de nouveau quand tout à coup, j'évite à la dernière seconde une personne debout sur la route, droit devant moi. Il apparaît de nulle part, et il est trop tard pour que je puisse même réagir.

Je suis sur le point de le heurter et je n'ai d'autre choix que de freiner brusquement. Heureusement, je roule lentement à ce moment, mais la moto glisse quand même dans la neige. Je glisse en faisant deux tours complets et m'arrête finalement alors que ma moto frappe la paroi de granite de la montagne.

Je suis chanceuse. Si j'avais tourné dans l'autre sens, je serais carrément tombée de la falaise.

Tout s'est produit si rapidement que je suis en état de choc. Je reste sur la moto, serrant les poignées, et je me tourne pour regarder derrière moi. Je pense tout d'abord qu'il s'agit d'un chasseur d'esclaves placé sur la route pour m'arrêter. D'un mouvement rapide, j'éteins la moto et je sors mon arme, visant directement l'homme qui se tient toujours debout au même endroit, à environ six mètres de moi. Je relâche le cran de sûreté et tire le chien, comme mon père me l'avait montré tant de fois dans le champ de tir. Je vise son cœur plutôt que sa tête, alors si je le rate, je le toucherai quand même quelque part.

Mes mains tremblent malgré les gants, et je me rends compte à quel point j'hésite à tirer la gâchette. Je n'ai jamais tué personne.

L'homme lève tout à coup les bras haut dans les airs et fait un pas vers moi.

— Ne tire pas ! crie-t-il.

— Reste où tu es ! je lui crie à mon tour, n'étant toujours pas prête à le tuer.

Il s'arrête immédiatement, obéissant.

— Je ne suis pas avec eux ! dit-il. Je suis un survivant. Comme toi. Ils ont enlevé mon frère !

Je me demande si c'est un piège, mais je lève ma visière et le regarde de haut en bas, vois son jean usé et constellé de trous tout comme le mien, constate qu'il ne porte qu'une chaussette. Je le regarde de plus près et vois qu'il n'a pas de gants et que ses mains sont bleuies par le froid ; il n'a pas de manteau non plus et ne porte qu'un vieux chandail thermique gris et troué. Mais je constate surtout que son visage est émacié, encore davantage que le mien, et je remarque les cercles sombres sous ses yeux. Il ne s'est pas rasé depuis longtemps, non plus. Et je ne peux pas m'empêcher de remarquer à quel point il est extrêmement attirant malgré tout ça. Il paraît à peu près mon âge, peut-être dix-sept ans, sa chevelure d'un brun pâle est épaisse, et il a de grands yeux bleus.

De toute évidence, il dit la vérité. Ce n'est pas un chasseur d'esclaves. C'est un survivant. Comme moi.

— Je m'appelle Ben ! crie-t-il.

Lentement, j'abaisse le pistolet en me détendant quelque peu, mais en me sentant quand même nerveuse, agacée qu'il m'ait arrêtée et trouvant urgent de poursuivre ma route. Il m'a fait perdre un temps précieux et m'a pratiquement fait quitter la route.

— Tu as failli me tuer ! je lui réponds d'une voix forte. Qu'est-ce que tu faisais comme ça au milieu de la route ?

Je tourne la clé et démarre la moto, prête à partir.

Mais Ben s'avance de plusieurs pas vers moi en agitant frénétiquement les bras.

— Attends! crie-t-il. Ne pars pas! S'il te plaît! Prends-moi avec toi! Ils ont mon frère! Il faut que je le retrouve. J'ai entendu le bruit de ta moto et j'ai pensé que tu étais des leurs, alors j'ai bloqué la route. Je ne savais pas que tu étais une survivante. S'il te plaît, laisse-moi venir avec toi!

Pendant un moment, j'éprouve de la sympathie pour lui, mais mon instinct de survie me revient, et je suis moins certaine. D'une part, il pourrait m'être utile en augmentant la force du nombre, mais d'autre part, je ne sais rien de lui et je ne connais pas sa personnalité. Est-ce qu'il va perdre son sang-froid dans un combat? Sait-il seulement comment se battre? Et si je le fais monter dans le sidecar, je vais dépenser plus d'essence et me ralentir. Je réfléchis quelques instants, puis je décide de refuser.

— Désolée, lui dis-je en rabaissant ma visière et en me préparant à partir. Tu vas seulement me ralentir.

Je tourne l'accélérateur, mais il crie de nouveau.

— Tu m'es redevable!

Je m'arrête une seconde, confuse. *Redevable?* Pour quelle raison?

— Le jour où tu es arrivée avec ta petite sœur, poursuit-il, je vous ai laissé un cerf. Il y avait de la nourriture pour une semaine. Je vous l'ai donnée. Et je n'ai jamais rien demandé en retour.

Ses paroles me bouleversent. Je me souviens de cette journée comme si c'était hier et à quel point cette nourriture était importante pour nous. Je n'ai jamais imaginé tomber sur la personne qui nous l'avait laissée. Il doit avoir été ici pendant tout ce temps, si proche, caché dans les montagnes, tout comme nous. À survivre. À rester discret. Avec son petit frère.

J'ai vraiment l'impression d'avoir une dette envers lui et je réfléchis de nouveau. Je n'aime pas devoir quoi que ce soit aux gens. Peut-être après tout est-ce mieux que nous soyons deux. Je sais ce qu'il ressent : son frère a été enlevé tout comme ma sœur. Il doit être motivé. Peut-être qu'ensemble, nous pourrons mieux combattre l'ennemi.

— *S'il te plaît*, plaide-t-il. Je dois à tout prix sauver mon frère.

— Monte, je lui dis en indiquant le sidecar.

Il monte sans hésiter.

— Il y a un autre casque à l'intérieur.

Une seconde plus tard, il est assis et tâtonne avec mon vieux casque. Je n'attends pas une seconde de plus. Je me tire d'ici au plus vite.

La moto est plus lourde, mais elle est aussi mieux équilibrée. En quelques secondes, je roule encore à cent kilomètres-heure. Cette fois, rien ne me fera arrêter.

○ ○ ○

Je file à toute allure le long de la route sinueuse, et à la sortie d'un virage, une vue panoramique de la vallée s'ouvre devant moi. Je peux voir toutes les routes d'ici et j'aperçois les deux véhicules de chasseurs d'esclaves au loin. Ils se trouvent à au moins trois kilomètres devant nous. Ils doivent avoir atteint la route 23 pour rouler aussi vite, ce qui signifie qu'ils ont quitté la montagne et sont maintenant sur une route large et droite. Je sens la colère monter en moi en pensant que Bree se trouve à l'arrière d'un de ces véhicules. Je pense à quel point elle doit être effrayée. Je me demande s'ils l'ont attachée, si elle souffre. La pauvre fille doit être dans tous ses états. J'espère qu'elle n'a pas vu mourir Sasha.

J'accélère la moto avec une énergie nouvelle, prenant les courbes beaucoup trop rapidement, puis je regarde Ben et remarque qu'il a agrippé le rebord du sidecar et semble terrifié. Après plusieurs virages en épingle, nous quittons la route de campagne et prenons à toute vitesse la 23. Finalement, nous sommes sur une autoroute normale, sur un terrain plat. Maintenant, je peux pousser la moto à son maximum.

Et c'est ce que je fais. Je passe en vitesse supérieure, tourne la poignée et accélère autant que je le peux. Je n'ai jamais conduit cette moto, ou quoi que ce soit, aussi rapidement de ma vie. Je regarde l'odomètre passer à cent soixante, puis à cent soixante-quinze, puis à cent quatre-vingt-dix… Il y a encore de la neige sur la route, et elle vole contre ma visière; je sens les flocons fouetter ma gorge. Je sais que je devrais ralentir, mais je ne le fais pas. Il faut que je rattrape ces gens.

Deux cents… deux cent vingt-cinq… J'ai du mal à croire que nous roulons si vite et je sais que si pour une raison ou pour une autre je devais freiner, j'en serais incapable. Nous déraperions et tournerions et ce serait impossible. Mais je n'ai pas le choix. Deux cent quarante… deux cent cinquante…

— RALENTIS! crie Ben. NOUS ALLONS NOUS TUER!

C'est exactement ce que je pense : nous allons *vraiment* nous tuer. En fait, j'en suis certaine. Mais je m'en fiche maintenant. Toutes ces années à demeurer prudentes, à nous cacher de tous, m'ont finalement rattrapée. Ce n'est pas dans ma nature de me cacher ; je préfère faire face aux situations. Je crois que je tiens ça de mon père : j'aime rester debout et me battre. Finalement, après toutes ces années, j'ai la possibilité de me battre. Et le fait de savoir que Bree est là-bas, à peu de distance devant nous, si proche, m'a rendue furieuse. Je ne peux pas me décider à ralentir. Je vois les véhicules maintenant et je me sens encouragée. Grâce à ma vitesse, je gagne du terrain. Ils sont à un peu plus d'un kilomètre devant nous, et pour la première fois, j'ai réellement l'impression que je vais les rattraper.

Ils atteignent un virage sur l'autoroute, et je les perds de vue, mais tandis que je tourne, je les aperçois de nouveau. Cette fois, ils ne sont pas sur l'autoroute. Je suis déconcertée jusqu'à ce que je lève les yeux et voie ce qui s'est produit. J'applique brusquement les freins.

Au loin, un arbre immense a été abattu et il bloque l'autoroute. Heureusement, j'ai encore le temps de freiner. Je vois les empreintes de roues des chasseurs d'esclaves qui quittent la route principale pour contourner l'arbre. Au moment où nous nous arrêtons presque à côté de l'arbre pour quitter la route et suivre la piste des chasseurs d'esclaves, je remarque qu'il a été récemment abattu. Et je saisis ce qui s'est produit : quelqu'un doit l'avoir fait tomber quelques minutes plus tôt. Un survivant, je suppose, l'un d'entre nous. Il doit avoir vu ce qui venait d'arriver, vu les chasseurs d'esclaves et abattu cet arbre pour les arrêter. Pour nous aider.

Le geste me surprend en même temps qu'il me réchauffe le cœur. J'ai toujours soupçonné qu'il existait un réseau clandestin de survivants tapis dans les montagnes, surveillant les arrières les uns des autres. Maintenant, j'en suis certaine. Personne n'aime les chasseurs d'esclaves et personne ne veut que cela lui arrive.

La piste des chasseurs est nette, et je la suis tandis qu'elle longe l'accotement pour revenir sur l'autoroute. Je suis bientôt de retour sur la 23 et je les vois clairement maintenant, à quelques centaines de mètres devant. Je me suis encore rapprochée d'eux. J'accélère de nouveau en poussant la moto à fond, mais ils font de même. Ils doivent m'avoir aperçue. Un vieux panneau rouillé indique : « Cairo : 3 km ». Nous approchons du pont. Seulement quelques kilomètres encore.

Il y a davantage de constructions ici, et tandis que nous filons à toute vitesse, je vois les structures qui tombent en ruine sur le côté de la route. Des usines abandonnées. Des entrepôts, des centres commerciaux et même des maisons. Tous ont été brûlés, pillés, détruits. Il y a même des véhicules abandonnés dont il ne reste que l'armature. C'est comme s'il n'y avait plus rien au monde en état de fonctionner.

À l'horizon, je vois leur destination : le pont Rip van Winkle. C'est un petit pont à seulement deux voies, encadré de poutres d'acier, qui traverse l'Hudson en reliant la petite ville de Catskill à l'ouest à la plus grande ville d'Hudson à l'est. C'est un pont peu connu que seuls les habitants des alentours utilisaient, mais dont seuls se servent maintenant les chasseurs d'esclaves. Il convient tout à fait à leurs activités puisqu'il les mène tout droit à la route 9, laquelle les mène au Taconic Parkway, puis, cent quarante kilomètres plus loin, droit au cœur de Manhattan. C'est leur artère principale.

Mais j'ai perdu trop de temps et peu importe à quel point j'accélère, je ne peux pas les rattraper. Je ne pourrai pas atteindre le pont avant eux. Toutefois, je réduis la distance, et si je gagne suffisamment de vitesse, peut-être que je peux les rattraper avant qu'ils ne traversent le fleuve.

À l'entrée du pont, il y a un ancien poste de péage où les véhicules doivent se mettre à la file indienne. Auparavant, il y avait une barricade qui empêchait les autos de passer, mais elle a depuis longtemps été défoncée. Les chasseurs d'esclaves parcourent rapidement l'étroit passage sous un panneau rouillé sur lequel on peut lire « E-Z PASS ».

Je les suis dans le passage et m'engage à toute vitesse sur le pont maintenant flanqué de lampadaires rouillés qui n'ont pas fonctionné depuis des années, leur métal tordu. En gagnant de la vitesse, je vois un des véhicules au loin s'arrêter tout à coup. Je suis étonnée. Je ne comprends pas ce qu'ils font. Puis, je vois un des chasseurs d'esclaves sauter du véhicule, planter quelque chose sur la route, puis remonter et repartir. Ce qui me fait gagner un temps précieux. Je me rapproche de leur véhicule jusqu'à environ quatre cents mètres et je sens que je vais les rattraper, mais je ne comprends toujours pas pourquoi ils se sont arrêtés et je ne sais pas ce qu'ils ont planté.

Je le vois tout à coup et je freine brusquement.

— Qu'est-ce que tu fais ? crie Ben. Pourquoi tu t'arrêtes ?

Mais je l'ignore et je freine encore davantage… trop durement, trop vite. Notre moto commence à tournoyer sur la neige en décrivant de grands cercles. S'il n'y avait pas de garde-fous, nous glisserions carrément du pont pour plonger dans les eaux glacées. Heureusement, il y en a, et nous les heurtons violemment.

Nous revenons en tournoyant vers le milieu du pont. Nous ralentissons lentement, et je peux seulement espérer que nous arrêtions à temps parce que je comprends, trop tard, ce qu'ils ont planté sur la route.

Il y a une forte explosion, et des flammes s'élèvent dans le ciel tandis que leur bombe saute.

Une vague de chaleur nous frappe directement, et des morceaux de métal volent dans tous les sens. L'explosion est intense, et sa force s'abat sur nous comme une tornade, nous projetant vers l'arrière. Je sens la chaleur brûler ma peau même à travers mes vêtements. Des centaines de fragments de métal rebondissent sur mon casque, le son se répercutant dans ma tête.

La bombe était si puissante qu'elle a coupé le pont en deux, créant un écart d'une dizaine de mètres entre les deux parties. Maintenant, c'est impossible de le traverser. Et pis encore, nous glissons toujours vers un trou qui va nous envoyer plonger des dizaines de mètres plus bas. C'est une chance que j'aie freiné au moment où je l'ai fait et que cette explosion soit encore à cinquante mètres devant nous. Mais notre moto n'arrête pas de glisser, nous emmenant tout droit vers l'abîme.

Finalement, nous ralentissons jusqu'à cinquante, puis trente, puis quinze… Mais la moto ne s'arrête pas complètement sur la glace, et je ne peux faire cesser la glissade vers le milieu du pont devenu un trou béant.

J'applique les freins autant que je le peux pour tout essayer. Mais je prends conscience du fait que rien ne fonctionnera maintenant tandis que nous continuons notre course inarrêtable vers la mort.

Et la dernière chose à laquelle je pense avant que nous plongions, c'est que j'espère que Bree subisse une mort plus douce que la mienne.

DEUXIÈME PARTIE

5

Cinq mètres... trois mètres... deux mètres... La moto ralentit, mais pas suffisamment, et nous ne sommes qu'à environ un mètre du bord. Je me raidis en appréhendant la chute, concevant difficilement que c'est de cette façon que je vais mourir.

Puis, la chose la plus incroyable se produit : j'entends un bruit sourd et je suis projetée vers l'avant tandis que la moto frappe un objet et s'arrête complètement. Un morceau de métal arraché durant l'explosion dépasse du pont et s'est logé dans les rayons de notre roue avant, la bloquant net.

Je suis en état de choc, assise ici, sur la moto. Je regarde lentement en bas, et mon cœur cesse de battre en constatant que je pends dans les airs au-dessus de l'abîme. Il n'y a rien sous moi. Des dizaines de mètres plus bas, je vois la glace blanche de l'Hudson. Je ne comprends pas pourquoi je ne tombe pas.

Je me retourne et vois que l'autre moitié de ma moto — le sidecar — se trouve encore sur le pont. Ben, qui paraît encore davantage ébahi que moi, y est toujours assis. Il a perdu son casque quelque part en chemin, et ses joues sont couvertes de suie provenant de l'explosion. Il me regarde, jette un coup d'œil à l'abîme, puis me regarde de nouveau d'un air incrédule comme s'il était renversé que je sois encore vivante.

Je me rends compte que son poids dans le sidecar est la seule chose qui me tienne en équilibre et m'empêche de tomber. Si je ne l'avais pas pris à bord, je serais morte maintenant.

Je dois agir avant que la moto tombe. Lentement, délicatement, j'extirpe mon corps endolori de la moto et je grimpe dans le sidecar sur Ben. Puis, je me glisse par-dessus lui, pose les pieds sur la chaussée et tire lentement la moto.

Ben voit ce que je suis en train de faire et il descend de la moto et la tire aussi. Ensemble, nous l'éloignons du rebord et la ramenons en terrain solide.

Il me regarde de ses grands yeux bleus et il ressemble à un homme qui vient de se tirer vivant d'une guerre.

— Comment savais-tu que c'était une bombe? demande-t-il.

Je hausse les épaules. J'ignore comment, mais je le savais, tout simplement.

— Si tu n'avais pas freiné au moment où tu l'as fait, nous serions morts, dit-il, reconnaissant.

— Si tu n'avais pas été assis dans le sidecar, je serais morte, je lui réponds.

Touché. Nous avons une dette l'un envers l'autre.

Nous jetons tous les deux un regard vers le trou dans le pont. Je regarde au loin et vois les véhicules des chasseurs d'esclaves qui franchissent le pont et parviennent de l'autre côté.

— Qu'est-ce qu'on fait, maintenant ? demande-t-il.

Je regarde autour avec nervosité, soupesant nos options. Je jette de nouveau un coup d'œil au fleuve. Il est complètement blanc, gelé par la glace et la neige. Je porte les yeux plus loin, cherchant d'autres ponts, d'autres moyens de traverser, mais n'en vois aucun.

À ce moment, je prends conscience de ce que je dois faire. C'est risqué. En fait, nous allons probablement mourir, mais je dois essayer. Je m'en suis fait le serment. Quoi qu'il arrive, je n'abandonnerai pas.

Je remonte sur la moto. Ben me suit en sautant dans le sidecar. Je remets mon casque, redémarre la moto et accélère dans la direction d'où nous sommes venus.

— Où tu vas ? me crie-t-il. C'est la mauvaise direction !

Je fais mine de ne pas l'avoir entendu, accélérant pour traverser le pont et retourner de notre côté de l'Hudson. Aussitôt sortie du pont, je tourne à gauche sur Spring Street, me dirigeant vers la petite ville de Catskill.

Je me souviens d'être venue ici, plus jeune, avec mon père, et d'une route qui menait tout droit sur la rive du fleuve. Nous avions l'habitude d'y pêcher en reculant notre camion sur la berge sans même avoir à le quitter. Je me souviens d'avoir été étonnée que nous puissions rouler jusqu'au bord de l'eau. Et maintenant, un plan s'articule dans mon esprit. Un plan extrêmement dangereux.

Nous passons devant une petite église abandonnée et un cimetière sur notre droite, et je vois les pierres tombales qui dépassent de la neige, un paysage si courant dans une ville de Nouvelle-Angleterre. Je suis surprise qu'alors que le monde entier est pillé et détruit, les cimetières demeurent apparemment intacts. C'est comme si les morts régnaient sur la terre.

Nous arrivons à un embranchement. Je tourne à droite sur Bridge Street et descends une colline abrupte. Plus loin, j'arrive aux ruines d'un immense édifice de marbre sur lequel est encore inscrit «Greene County Court House» au-dessus des portes. Je prends à gauche sur Main Street et parcours à toute vitesse ce qui a déjà été la petite ville tranquille de Catskill. La rue est flanquée de magasins, de structures carbonisées, d'édifices effondrés, de fenêtres brisées et de véhicules abandonnés. Il n'y a pas une âme en vue. Je roule au milieu de Main Street où les feux de circulation ne fonctionnent plus. De toute façon, je ne m'arrêterais pas même s'ils fonctionnaient.

Je dépasse les ruines du bureau de poste sur ma gauche et contourne une pile de débris dans la rue, les restes d'une maison de ville qui doit s'être effondrée à un moment donné. La rue continue de descendre en tournant, et la route se rétrécit. Je passe devant les proues rouillées de bateaux maintenant échoués sur la rive, leurs carcasses détruites. Derrière se trouvent les immenses structures rouillées d'anciens dépôts circulaires de carburant s'élevant à une trentaine de mètres.

Je tourne à gauche, vers le parc riverain maintenant envahi de mauvaises herbes. Je peux lire sur ce qu'il reste d'un panneau : «Dutchman's Landing». Le parc s'étend jusque dans le fleuve, et tout ce qui sépare la route de l'eau, ce sont quelques rochers éparpillés. Je m'y dirige, abaisse ma visière et pousse la moto à son maximum. C'est maintenant ou jamais. Je sens déjà mon cœur battre à tout rompre.

Ben doit comprendre ce que je suis en train de faire. Terrorisé, il s'agrippe rapidement aux côtés du sidecar.

— ARRÊTE ! crie-t-il. QU'EST-CE QUE TU FAIS !?

Mais il n'est plus question d'arrêter maintenant. Il s'est engagé dans cette aventure et il ne peut plus revenir en arrière. Je lui offrirais de le laisser descendre, mais il n'y a pas de temps à perdre ; de plus, si j'arrête, je ne retrouverai peut-être pas le courage de faire ce que je m'apprête à faire.

Je regarde l'odomètre : cent… cent quinze… cent trente…

— TU NOUS MÈNES TOUT DROIT DANS LE FLEUVE ! crie Ben.

— IL EST GLACÉ ! je lui crie en retour.

— LA GLACE NE TIENDRA PAS ! crie-t-il.

Cent quarante… cent soixante… cent quatre-vingts…

— NOUS ALLONS LE DÉCOUVRIR ! je réponds.

Il a raison. La glace pourrait céder, mais je ne vois aucun autre moyen. Il faut que je traverse ce fleuve, et je n'ai pas d'autres idées.

Cent quatre-vingt-dix… deux cent dix… deux cent vingt-cinq…

Le fleuve se rapproche de nous à toute allure.

— LAISSE-MOI DESCENDRE ! crie Ben d'une voix désespérée.

Mais je n'ai pas le temps. Il savait dans quoi il s'embarquait.

J'accélère une dernière fois.

Puis, le monde entier devient blanc.

6

Je conduis la moto dans l'espace étroit entre les rochers, et la première chose dont je me rends compte, c'est que nous volons. Pendant une seconde, nous nous trouvons dans les airs, et je me demande si la glace tiendra le coup quand nous atterrirons — ou si nous allons carrément passer à travers et tomber dans l'eau glacée vers une mort aussi certaine que brutale.

Un instant plus tard, mon corps tout entier sursaute tandis que nous frappons la glace.

Nous la frappons à deux cent vingt-cinq kilomètres-heure, plus vite que j'aurais même pu l'imaginer, et en touchant le sol, je perds la maîtrise. Les pneus n'ont aucune prise sur la glace, et ma conduite ressemble plus à un dérapage plus ou moins maîtrisé ; je fais de mon mieux pour seulement orienter la moto qui glisse d'un côté et de l'autre. Mais, à mon grand soulagement, la glace a tenu le coup. Nous filons à toute allure sur la couche de glace solide du fleuve Hudson en zigzaguant, mais tout de même dans la bonne direction. Je prie Dieu qu'elle continue de résister.

Tout à coup, j'entends derrière moi l'horrible bruit de la glace qui se fendille, un bruit encore plus fort que celui de mon moteur. Je regarde par-dessus mon épaule et j'aperçois une énorme fissure qui s'étire en suivant la piste de notre moto. Le fleuve s'ouvre droit derrière nous, laissant paraître ses eaux. La seule chose qui nous sauve, c'est que nous roulons si vite que la fissure ne s'ouvre pas assez rapidement pour nous rattraper, mais elle est toujours à environ un mètre derrière nous. Si notre moteur et nos pneus peuvent seulement résister, seulement quelques secondes de plus, peut-être, seulement peut-être, pourrons-nous atteindre l'autre rive.

— VITE! crie Ben, les yeux écarquillés de peur tandis qu'il regarde par-dessus son épaule.

J'accélère encore, atteignant deux cent quarante kilomètres-heure. Nous sommes à environ trente mètres de l'autre rive.

« Allez, allez! » je me dis.

Nous n'avons besoin que de quelques mètres de plus.

Tout à coup, j'entends un énorme bruit, et tout mon corps est secoué d'avant en arrière. J'entends Ben gémir de douleur. Mon univers entier branle et tourne, et c'est alors que je constate que nous sommes arrivés sur l'autre rive. Nous l'atteignons à une vitesse folle, frappant la berge abrupte, et l'impact projette notre tête vers l'arrière. Mais après quelques secousses éprouvantes, nous dépassons la rive.

Nous avons réussi. Nous sommes revenus sur la terre ferme.

Derrière nous, le fleuve est complètement fissuré, coupé en deux, l'eau se répandant sur la glace. Je ne crois pas que nous aurions pu le faire une deuxième fois.

Mais ce n'est pas le moment d'y penser. J'essaie de reprendre la maîtrise de la moto, de la ralentir, car nous allons plus vite que je le souhaiterais. La moto me résiste encore, ses pneus essayant toujours de trouver une prise sur le sol — et soudainement, nous roulons sur quelque chose d'incroyablement dur et inégal qui me fait claquer les mâchoires. J'ai l'impression de rouler par-dessus des rochers.

Je baisse les yeux : une voie ferrée. Je l'avais oubliée. Il existe encore de ces vieilles voies, tout au long du fleuve, du temps où les trains roulaient encore. Nous frappons durement les traverses sur le sol alors que nous franchissons le fleuve, et tandis que nous sautons par-dessus, elles secouent si violemment la moto que j'ai du mal à tenir les poignées. Étonnamment, les pneus tiennent encore le coup. Nous atteignons une route de campagne parallèle au fleuve, et je parviens finalement à ralentir la moto jusqu'à cent quinze. Nous dépassons un énorme train rouillé gisant sur le côté, brûlé, et je tourne brusquement à gauche sur une autre route de campagne auprès de laquelle on peut lire «Greendale», sur un vieux panneau. C'est un étroit chemin qui monte une colline en s'éloignant du fleuve.

Nous perdons de la vitesse sur cette pente si raide. Je prie pour que la moto ne se mette pas à reculer en glissant sur la neige. Nous sommes descendus à environ trente kilomètres-heure, quand nous dépassons finalement le sommet de la colline. Nous nous retrouvons en terrain plat, et j'accélère de nouveau sur cette route de campagne qui nous mène à travers une forêt, puis des terres agricoles, et encore une forêt, puis nous dépassons une vieille caserne de pompiers abandonnée. La route sinueuse continue, par monts et par vaux, nous entraînant au-delà de maisons de campagne abandonnées, devant des hordes de cerfs, sous des volées d'oies sauvages et par-dessus un petit pont qui traverse un ruisseau.

Finalement, elle tourne sur une autre route, Church Road, un nom bien choisi, puisque nous passons devant les ruines d'une énorme église méthodiste sur notre gauche et son cimetière, encore intact, bien sûr. Je sais qu'il n'y a qu'une seule voie que peuvent emprunter les chasseurs d'esclaves. S'ils veulent se rendre jusqu'au Taconic Parkway, ce qui est certainement le cas, alors ils n'ont d'autre choix que d'emprunter la route 9. Ils se dirigent du nord au sud, et nous, d'ouest en est. Mon plan, c'est de leur couper la route. Et maintenant, j'ai finalement l'avantage. J'ai traversé le fleuve environ un kilomètre plus au sud qu'eux. Si je parviens seulement à rouler assez vite, je peux y arriver avant eux. Je me sens plus optimiste. Je peux les rattraper, et ils ne s'y attendront aucunement. Je vais les frapper perpendiculairement et peut-être que je pourrai les battre.

J'accélère encore, poussant la moto à plus de deux cent vingt-cinq.

— OÙ TU VAS? hurle Ben.

Il paraît encore sous le choc, mais je n'ai pas le temps de lui donner des explications : au loin, j'aperçois leurs véhicules. Ils se trouvent exactement à l'endroit où je pensais qu'ils seraient. Ils ne me voient pas venir. Ils ne voient pas que je me dirige droit sur eux.

Ils roulent en file indienne, à une vingtaine de mètres l'un de l'autre, et je prends conscience du fait que je ne peux pas les attaquer tous les deux. Je vais devoir en choisir un. Je décide de viser celui de devant : si je peux le projeter hors de la route, peut-être que celui d'en arrière devra freiner rapidement ou qu'il glissera et s'écrasera hors de la route lui aussi. C'est un plan risqué : l'impact peut très bien nous tuer, mais je ne vois aucune autre issue. Je ne peux pas vraiment leur demander d'arrêter. Je prie seulement pour que, si je réussis, Bree survive à la collision.

J'accélère encore, me rapprochant d'eux. Je suis à une centaine de mètres... puis à cinquante... puis à trente... Finalement, Ben saisit ce que je m'apprête à faire.

— QU'EST-CE QUE TU FAIS !? crie-t-il, et je peux entendre la peur dans sa voix. TU VAS LES FRAPPER !

Il a tout compris. C'est exactement ce que j'espère faire.

J'accélère une dernière fois, jusqu'à deux cent quarante, et je respire à peine tandis que nous nous élançons à vitesse maximum sur la route de campagne. Quelques secondes plus tard, nous filons sur la route 9 et entrons directement en collision avec le premier véhicule. En plein dans le mille.

L'impact est terrible. J'entends le bruit du métal froissé, sens mon corps se soulever et s'envoler. Je vois tout un monde étoilé et tandis que je vole, je me dis que c'est ce qu'on ressent au moment de mourir.

7

Je vole dans les airs, cul par-dessus tête, et je me sens finalement atterrir dans la neige, le choc m'écrasant les côtes et me coupant le souffle. Je roule encore et encore, incapable de m'arrêter, et tout mon corps est perclus de douleur. J'ai toujours mon casque et j'en suis heureuse parce que je sens ma tête frapper contre les rochers sur le sol. Derrière moi, j'entends le son sourd du métal contre le métal.

Je reste étendue là, figée, me demandant ce que j'ai fait. Pendant un moment, je suis incapable de bouger. Puis, je pense à Bree, et le courage me revient. Petit à petit, je bouge une jambe, puis lève un bras pour voir si je n'ai rien de cassé. J'éprouve une douleur épouvantable au côté droit et j'en ai le souffle coupé. J'ai l'impression d'avoir une côte brisée. Dans un suprême effort, je réussis à me tourner sur le flanc. Je lève ma visière et je regarde la scène.

Il semble que j'aie frappé la première voiture avec une telle force que je l'ai renversée sur le côté ; elle gît là avec ses roues qui tournent encore. L'autre véhicule a quitté la route pour se retrouver dans un fossé, environ cinquante mètres devant nous. Ben est encore dans le sidecar, mais j'ignore s'il est toujours vivant. Il semble que je sois la première à reprendre conscience. Il n'y a de signe de vie chez aucun des autres.

Je ne perds pas un instant. Je sens tout mon corps endolori, comme si un camion m'avait frappé, mais je pense de nouveau à Bree et je réussis à trouver l'énergie de bouger. Maintenant que tous sont en train de récupérer, j'ai l'avantage.

Boitant, sentant l'affreuse douleur dans mes côtes, je clopine jusqu'à l'auto renversée. Je prie pour que Bree y soit, qu'elle ne soit pas blessée et que je puisse réussir à l'en sortir. En approchant, je sors mon pistolet en le tenant prudemment devant moi.

Je vois les deux chasseurs d'esclaves affalés dans leurs sièges, couverts de sang. L'un d'eux a les yeux ouverts et est manifestement mort. L'autre semble mort aussi. Je regarde rapidement sur le siège arrière en espérant voir Bree.

Mais elle n'y est pas. J'aperçois plutôt deux adolescents, un garçon et une fille. Ils sont assis là, terrorisés. Je n'arrive pas à y croire. J'ai frappé le mauvais véhicule.

Je regarde immédiatement l'autre véhicule dans le fossé. Son moteur s'accélère, et ses roues tournent. Il essaie de se dégager. Je me prépare à m'élancer vers lui, à l'atteindre avant qu'il sorte du fossé. Je sens mon cœur battre dans mes tempes en sachant que Bree est juste là, à peine à cinquante mètres de moi.

Au moment où je m'apprête à passer à l'action, j'entends une voix.

— AIDE-MOI !

Je tourne la tête et je vois Ben qui essaie de descendre du sidecar. Je regarde derrière lui et vois des flammes qui se répandent sur la moto, derrière le réservoir d'essence. Ma moto est en feu, et Ben est coincé. Je reste debout, immobile, à regarder tour à tour Ben et l'auto où ma sœur est prisonnière. Il faut que j'aille la sauver, mais en même temps, je ne peux pas le laisser mourir. Pas comme ça.

Furieuse, je m'élance vers lui. Je l'agrippe, sentant la chaleur des flammes derrière moi, et je tire son corps en essayant de le dégager. Mais le métal du sidecar retient ses jambes, et ce n'est pas facile. Il essaie de s'en sortir aussi, et je le tire encore et encore alors que les flammes montent de plus en plus haut. Je sue, je grogne et je tire de toutes mes forces. Finalement, je réussis à le dégager.

Et juste à ce moment, la moto explose.

8

L'explosion nous projette tous les deux dans les airs, et j'atterris brutalement sur le dos dans la neige. Pour la troisième fois ce matin, j'ai le souffle coupé.

Je regarde le ciel. J'ai la tête qui tourne et j'essaie de reprendre mes esprits. Je peux encore sentir sur mon visage la chaleur dégagée par les flammes, et mes oreilles bourdonnent du bruit de la déflagration.

Je m'agenouille péniblement et j'éprouve une douleur atroce au bras droit. Je regarde et vois qu'un petit éclat de métal d'environ cinq centimètres s'est fiché dans mon biceps ; ça fait un mal fou. En un geste rapide, sans réfléchir, j'en saisis le bout, je serre les dents et je tire. Pendant un moment, je subis la pire douleur de ma vie parce que le métal traverse complètement mon bras. Le sang dégouline sur mon manteau, puis tombe sur la neige.

Je relève rapidement une manche du manteau et aperçois le sang sur ma chemise. Je déchire un morceau de la manche avec mes dents et le serre sur la blessure, puis je remets mon vêtement. J'espère que ça contiendra le flot de sang. Je réussis à m'asseoir et j'aperçois ce qu'il reste de la moto de mon père : ce n'est maintenant qu'un amas de métal inutile, en feu. De toute évidence, elle ne roulera plus. Maintenant, nous sommes coincés.

Je regarde Ben. Il semble étourdi aussi, se tenant à quatre pattes, la respiration difficile, les joues noires de suie. Mais au moins, il est en vie.

J'entends le rugissement d'un moteur, relève la tête et aperçois au loin l'autre véhicule qui est sorti du fossé. Il s'éloigne déjà sur l'autoroute, accélérant, avec ma sœur à l'intérieur. Je suis furieuse contre Ben pour me l'avoir fait perdre. Il faut que je les rattrape. Je me tourne vers l'auto des chasseurs d'esclaves près de moi, toujours sur le flanc, et je me demande si elle fonctionne encore. Je cours vers elle, décidée à essayer.

Je la pousse de toutes mes forces pour la faire retomber sur ses quatre roues, mais elle est trop lourde et bouge à peine.

— Aide-moi! je crie à Ben.

Il se lève et s'empresse de me rejoindre en boitant. Il se place près de moi, et ensemble, nous poussons de toutes nos forces. Avec ses barres de fer devant les vitres, l'auto est plus lourde que je le croyais. Elle se balance de plus en plus, et finalement, après une forte poussée, nous la ramenons à l'horizontale. Elle s'écrase dans la neige avec un son mat.

Je ne perds pas de temps. J'ouvre la portière, agrippe des deux mains le conducteur mort et le tire hors du siège. Son torse est couvert de sang, et mes mains deviennent rouges tandis que je le jette dans la neige.

Je me penche et examine le chasseur d'esclaves dans le siège du passager. Son visage est ensanglanté aussi, mais je ne suis pas certaine qu'il soit mort. En fait, tandis que je l'examine de plus près, je détecte quelques signes de mouvement. Puis, il bouge dans son siège. Il est vivant.

Je me penche par-dessus le siège du conducteur et l'agrippe fermement par la chemise. J'appuie mon pistolet contre sa tête et le secoue brutalement. Finalement, il ouvre les yeux et cligne des paupières, désorienté.

Je suppose que les autres chasseurs d'esclaves se dirigent vers l'Arène Un. Mais je dois m'en assurer. J'approche mon visage du sien. Il tourne la tête et me regarde, puis pendant un instant, je suis renversée : la moitié de son visage est fondu. C'est une ancienne blessure, ce qui signifie qu'il doit être une biovictime. J'ai entendu des rumeurs à propos de ces gens, mais je n'avais jamais vu une victime de près. Quand les charges nucléaires ont été lancées sur les villes, les rares personnes qui ont survécu à une attaque directe en ont porté les cicatrices, et on disait qu'elles étaient plus sadiques et agressives que les autres. Nous les appelons les « Cinglés ».

Je dois être extrêmement prudente avec celui-ci. Je resserre ma poigne sur le pistolet.

— Où l'emmènent-ils ? je lui demande, les dents serrées.

Il porte sur moi un regard hébété, comme s'il essayait de comprendre. Pourtant, je suis pratiquement certaine qu'il comprend.

Je pousse le canon de l'arme contre sa joue pour lui faire savoir que je suis sérieuse. Et c'est un fait. Chaque seconde qui passe est précieuse, et je peux sentir Bree qui s'éloigne de plus en plus de moi.

— J'ai dit : « Où l'emmènent-ils ? »

Finalement, ses yeux s'ouvrent complètement sur un regard effrayé. Je pense qu'il comprend le message.

— À l'Arène, dit-il finalement d'une voix rauque.

Mon cœur se serre en entendant mes pires craintes être confirmées.

— Laquelle ? j'aboie.

Je prie pour qu'il ne réponde pas l'Arène Un.

Il hésite, et je vois bien qu'il se demande s'il devrait me répondre ou non. Je pousse davantage le pistolet contre sa joue.

— Tu me le dis maintenant ou tu meurs ! je crie, étonnée de la colère dans ma voix.

Après une longue pause, il répond :

— Arène Un.

Mon cœur palpite dans ma poitrine. Arène Un. Manhattan. On dit que c'est la pire de toutes. Cela ne peut signifier qu'une seule chose : une mort certaine pour Bree.

Je sens de nouveau la colère m'envahir à l'endroit de cet homme, ce charognard, ce chasseur d'esclaves, le plus bas échelon de la société, qui est venu ici kidnapper ma sœur, et Dieu sait qui d'autre, pour alimenter la machine de mort, seulement pour que d'autres puissent regarder, impuissants, des gens s'entretuer. Toutes ces morts insensées seulement pour leur propre divertissement. C'est assez pour que je veuille le tuer à l'instant.

Mais j'éloigne le pistolet et desserre ma poigne. Je sais que je devrais le tuer, mais je n'arrive pas à m'y décider. Il a répondu à mes questions, et j'ai l'impression qu'il serait injuste de le tuer maintenant. Alors, je décide de l'abandonner ici. Je vais le tirer hors de l'auto et le laisser ici, ce qui signifie pour lui une mort lente par manque de nourriture. Il est impossible qu'un chasseur d'esclaves puisse survivre seul dans la nature. Ce sont des citadins et non des survivants comme nous.

Je me relève pour dire à Ben de tirer ce chasseur d'esclaves de l'auto quand tout à coup, je détecte un mouvement du coin de l'œil. Je m'arrête soudainement et je le vois porter la main à sa ceinture. Il agit plus rapidement que je l'en croyais capable. Il m'a bernée : en fait, il est en assez bonne forme.

Il tire un pistolet. Avant même que je puisse comprendre ce qui se produit, il le lève déjà dans ma direction. Stupidement, je l'ai sous-estimé. Quelque instinct en moi prend le dessus, peut-être un instinct hérité de papa, et sans même y penser clairement, je lève mon arme et une fraction de seconde avant qu'il tire, je fais feu.

9

Le coup de feu est assourdissant, et un moment plus tard, le véhicule est éclaboussé de sang. Je suis tellement submergée par l'adrénaline que je ne sais même pas qui a tiré le premier. Je suis ébahie quand je le regarde et constate que je lui ai fait éclater la tête.

Un hurlement se fait entendre soudainement. Je jette un coup d'œil sur le siège arrière et vois la jeune fille assise derrière le siège du conducteur. Tout à coup, elle se penche, sort de l'arrière du véhicule et part en courant dans la neige.

Pendant un moment, je me demande si je dois la poursuivre — elle est, de toute évidence, en état de choc et elle ne sait peut-être même pas où elle s'en va. À cette température et dans cet endroit isolé, je doute qu'elle puisse survivre longtemps.

Mais je pense à Bree et je dois rester concentrée. C'est elle qui m'importe le plus, en ce moment. Je ne peux pas me permettre de perdre du temps à poursuivre cette fille. Je tourne la tête et la regarde s'éloigner en courant et j'éprouve un sentiment étrange en songeant qu'elle semble tellement plus jeune que moi. En réalité, elle a sans doute à peu près mon âge.

Je vérifie comment réagit le garçon d'une douzaine d'années sur le siège arrière, mais il reste simplement assis là, le regard vide, immobile. Il semble être dans un état catatonique. Il ne cligne même pas des yeux. Je me demande s'il ne subit pas une sorte de crise psychotique. Je me relève et regarde Ben, qui est toujours debout à côté de moi, fixant le cadavre. Il ne dit pas un mot.

La gravité de ce que je viens de faire me frappe soudainement : j'ai tué un homme. Je n'ai jamais cru que, de ma vie, je ferais une telle chose. Je me suis toujours sentie coupable même en tuant un animal et je me rends compte que je devrais éprouver un sentiment terrible. Mais je suis trop secouée. Pour l'instant, tout ce que je ressens, c'est que j'ai fait ce qu'il fallait pour me défendre. Après tout, c'était un chasseur d'esclaves, et il était venu ici pour nous faire du mal. Je me rends compte que je devrais éprouver du remords, mais ce n'est pas le cas. Cela m'effraie. Je ne peux m'empêcher de me demander si je suis davantage comme mon père que je n'ose l'admettre.

Ben se tient toujours au même endroit, le regard fixe, inutile, alors je contourne l'auto, ouvre la portière du passager et commence à tirer le corps à l'extérieur. Il est lourd.

— Aide-moi ! je lui crie.

Sa passivité m'agace — en particulier alors que les autres chasseurs d'esclaves s'éloignent de plus en plus.

Finalement, Ben s'empresse de venir m'aider. Nous tirons le cadavre, le sang tachant nos vêtements. Nous marchons quelques mètres, puis le jetons dans la neige, qui rougit elle aussi. Je me penche sur le cadavre pour prendre son pistolet et ses munitions, voyant que Ben est trop passif ou qu'il n'a pas l'esprit clair.

— Prends ses vêtements, je dis. Tu en auras besoin.

Je ne perds pas davantage de temps. Je cours vers l'auto, ouvre la portière du conducteur et saute sur le siège. Je m'apprête à tourner la clé quand je me rends compte qu'elle n'est pas dans le contact.

Mon cœur s'arrête. Je cherche frénétiquement sur le plancher de l'auto, puis sur les sièges, puis sur le tableau de bord. Rien. Les clés doivent être tombées au moment de la collision.

Je regarde à l'extérieur dans la neige et je remarque des traces inhabituelles qui pourraient indiquer où les clés ont été éjectées. Je m'agenouille dans la neige et fouille nerveusement par terre. Je me sens de plus en plus désespérée. C'est comme chercher une aiguille dans une botte de foin.

Mais tout à coup, un miracle se produit : ma main frôle un petit objet. Je fouille la neige plus minutieusement, et le soulagement m'envahit quand j'aperçois les clés.

Je saute de nouveau dans l'auto, tourne la clé, et le moteur rugit. Ce véhicule est une sorte d'auto modifiée, quelque chose comme une vieille Camaro, et le moteur rugit beaucoup trop fort ; je devine tout de suite que ce sera une course folle. J'espère seulement qu'il est assez rapide pour rattraper l'autre.

Je suis sur le point de passer en première vitesse et de partir quand je lève la tête et vois Ben, debout au même endroit, fixant toujours le cadavre. Il n'a pas encore pris ses vêtements, même s'il est en train de geler sur place. Je suppose que le fait de voir la mort de près l'a davantage touché que moi. J'ai perdu toute patience et pendant un moment, je me demande si je ne devrais pas simplement partir, mais je me dis alors que ce serait injuste de le laisser seul ici, surtout parce que lui — ou le poids de son corps tout au moins — m'a sauvé la vie là-bas, sur le pont.

— JE PARS! je lui crie. MONTE!

Mon cri le sort de sa torpeur. Il accourt, bondit sur le siège et claque la portière. Au moment où je suis sur le point d'accélérer, il se retourne et regarde sur le siège arrière.

— Et lui? demande-t-il.

Je suis son regard et vois le garçon toujours assis là, les yeux vitreux.

— Tu veux sortir? je demande au garçon. C'est le moment.

Mais il continue de regarder devant lui sans répondre. Je n'ai pas le temps d'y réfléchir; nous avons déjà pris trop de retard. S'il ne prend pas de décision, je dois le faire pour lui. S'il vient avec nous, il risque de se faire tuer, mais si nous le laissons ici, il mourra certainement. Il vient avec nous.

Je reprends l'autoroute. Je suis heureuse de constater que l'auto fonctionne toujours et qu'elle est plus rapide que je l'aurais imaginé. Je me réjouis aussi du fait qu'elle se conduise bien sur la route enneigée. J'appuie sur la pédale d'embrayage, pousse les gaz et passe en deuxième vitesse, puis en troisième, puis en quatrième... Je suis reconnaissante à mon père de m'avoir enseigné à conduire une auto à vitesses manuelles — une autre caractéristique masculine que je n'aurais probablement jamais acquise étant une jeune fille, et une autre chose que je détestais à l'époque, mais qui me réjouit maintenant. Je regarde grimper l'aiguille de l'odomètre : cent vingt... cent quarante... cent soixante...

cent quatre-vingts… cent quatre-vingt-quinze… Je ne sais trop jusqu'à quelle vitesse pousser le véhicule. Je crains de glisser dans la neige si je roule trop vite, en particulier parce que cette autoroute n'a pas été entretenue depuis des années — et parce que, avec la couverture de neige, je ne peux même pas voir les nids-de-poule. Si nous heurtons seulement un gros trou, ou une plaque de glace, nous pourrions nous retrouver dans le décor. J'accélère juste un peu, jusqu'à deux cent dix, et je décide de m'y maintenir.

Je jette un coup d'œil à Ben et vois qu'il vient de boucler sa ceinture et qu'il s'agrippe maintenant au tableau de bord, les jointures blanches, regardant droit devant lui avec des yeux épouvantés.

— Tu l'as tué, dit-il.

Je l'entends à peine par-dessus le rugissement du moteur et je me demande si je l'ai seulement imaginé, ou si c'était la voix de ma conscience, mais il tourne la tête, me regarde et répète :

— Tu as tué cet homme, dit-il d'une voix plus forte, comme s'il était renversé qu'une telle chose ait pu se produire.

Je ne sais trop comment réagir.

— Oui, je l'ai fait, dis-je finalement, agacée parce que je n'ai pas besoin qu'il me le rappelle. Tu as un problème avec ça ?

Il secoue lentement la tête.

— C'est seulement que je n'ai jamais vu un homme se faire tuer auparavant.

— J'ai fait ce que je devais faire, je lui réponds, sur la défensive. Il allait prendre son arme.

J'accélère jusqu'à deux cent quinze et alors que nous prenons un virage, je suis soulagée d'apercevoir l'autre auto à l'horizon. Je les rattrape parce que je roule plus vite qu'ils ne l'osent. À cette vitesse, je pourrais les rattraper en seulement quelques minutes. Je me sens plus optimiste.

Je suis certaine qu'ils nous ont repérés — j'espère seulement qu'ils ne pensent pas que c'est nous. Ils pensent peut-être que les autres chasseurs d'esclaves ont remis leur auto sur la route. Je ne pense pas qu'ils aient vu ce qui s'est passé après la collision.

J'accélère encore jusqu'à deux cent vingt-cinq et la distance commence à diminuer.

— Qu'est-ce que tu vas faire, quand nous allons les rattraper ? crie tout à coup Ben, et je peux entendre la panique dans sa voix.

C'est exactement ce que j'étais en train de me demander. Je ne sais pas encore. Je sais seulement que je dois les rattraper.

— Nous ne pouvons pas faire feu sur eux, si c'est ce que tu as en tête, dit-il. La balle pourrait tuer mon frère ou ta sœur.

— Je sais. Nous n'allons pas tirer. Nous allons leur faire quitter la route, je lui dis en prenant la décision.

— C'est débile ! hurle-t-il en serrant encore davantage le tableau de bord tandis que nous nous approchons d'eux.

La neige fouette sans arrêt le pare-brise, et je me sens comme lorsqu'on perd la tête dans un jeu vidéo. L'autoroute est sinueuse et devient de plus en plus étroite.

— Ça pourrait les tuer ! crie Ben. Qu'est-ce que ça va nous apporter ? Mon frère va mourir !

— Ma sœur est là aussi ! je rétorque. Tu crois que je veux qu'elle meure ?

— Alors à quoi tu penses ? hurle-t-il.

— Tu as une autre idée ? Tu t'attends à ce que je me place à leur hauteur et leur demande de se ranger sur le côté ?

Il ne répond pas.

— Nous *devons* les arrêter, je continue. S'ils atteignent la ville, nous n'allons jamais pouvoir les libérer. Ils vont vers une mort certaine. Au moins, je leur donne une possibilité de s'en sortir.

Au moment où je m'apprête à accélérer encore, les chasseurs d'esclaves me surprennent en décélérant. Ils ralentissent tellement qu'en quelques secondes, j'arrive à leur hauteur. Tout d'abord, je ne comprends pas pourquoi ils font ça, puis je vois qu'ils croient que nous sommes leurs acolytes. Ils ne se sont pas encore rendu compte que c'est nous.

Nous sommes vis-à-vis d'eux, et à l'instant où je me prépare à tourner le volant pour les frapper, leur fenêtre teintée côté passager s'abaisse. Le visage souriant d'un chasseur apparaît, sa visière levée ; il croit encore que je suis des leurs.

Je baisse ma fenêtre et lui jette un regard méchant : je veux qu'il voie bien mon visage avant de l'expédier en enfer.

Son sourire disparaît subitement tandis qu'il prend un air étonné. J'ai encore l'avantage de la surprise, et comme je m'apprête à tourner le volant, je suis distraite en apercevant Bree sur le siège arrière. Elle est vivante. Elle me regarde, et je peux voir la peur dans ses yeux.

Tout à coup, nous frappons un nid-de-poule. Le son est assourdissant, et notre véhicule est secoué comme si une bombe venait d'exploser. Je vole de mon siège, ma tête heurte le toit de métal, et mes mâchoires s'entrechoquent. J'ai l'impression d'avoir perdu un plombage. Notre auto serpente d'un côté à l'autre de la route, et il me faut un moment pour en reprendre la maîtrise. Nous l'avons échappé belle. C'était stupide de ma part : je n'aurais jamais dû quitter la route des yeux. Nous avons perdu de la vitesse, et l'autre véhicule a accéléré, et il se trouve actuellement à une bonne cinquantaine de mètres devant nous. Plus grave encore : maintenant, ils savent que nous ne sommes pas des leurs.

J'appuie à fond sur l'accélérateur : deux cent dix... deux cent vingt-cinq... Je pousse la pédale jusqu'au plancher, mais nous n'accélérons plus. L'odomètre indique deux cent cinquante kilomètres-heure. Je suppose que l'auto devant moi peut rouler tout aussi vite, mais ils sont, de toute évidence, plus prudents. Sur cette route glacée, il est dangereux de rouler même à cent trente kilomètres-heure et ils ne sont pas prêts à prendre ce risque. Mais je dois foncer. Si je perds Bree, je n'ai plus aucune raison de vivre, de toute façon.

Nous nous rapprochons de nouveau. Ils sont à trente mètres devant nous... puis à vingt.

Tout à coup, la fenêtre côté passager s'abaisse, et la lumière se reflète sur une surface brillante. Je réalise trop tard que c'est une arme. Je freine de toutes mes forces au moment même où ils tirent plusieurs coups. Je me penche de côté tandis que les balles rebondissent sur notre capot et notre pare-brise, et le son métallique des balles qui ricochent nous emplit les oreilles. Je crois d'abord qu'ils nous ont eus, mais je constate que les balles n'ont pas pénétré l'habitacle : cette auto doit être blindée.

— Tu vas nous faire tuer, crie Ben. Arrête ça ! Il doit y avoir un autre moyen !

— Il n'y a pas d'autre moyen ! je réplique en hurlant, davantage pour me rassurer moi-même.

J'ai franchi une sorte de frontière en moi et je refuse absolument de reculer.

— Il n'y a pas d'autre moyen, je me répète doucement, mes yeux rivés sur la route.

Je pousse de nouveau l'accélérateur, puis je me place tout près d'eux. Je tourne violemment les roues et les frappe durement au moment même où le chasseur d'esclaves lève son arme. Mon pare-choc avant heurte leur roue arrière. Leur auto fait plusieurs écarts, tout comme la mienne. Pendant un moment, nous passons tous les deux d'un côté à l'autre de la route. Ils tamponnent le garde-fou, puis rebondissent contre mon auto, et je frappe le garde-fou de mon côté.

L'autoroute s'élargit de nouveau, et les garde-fous disparaissent. J'aperçois des terres agricoles de chaque côté de nous. C'est parfait. Je sais maintenant que je peux leur faire quitter la route. J'accélère en me préparant à les percuter encore une fois. J'aperçois une lueur métallique au moment où le chasseur d'esclaves sort son arme.

— ATTENTION ! crie Ben.

Mais il est trop tard. Les coups de feu résonnent, et avant que je puisse m'écarter, les balles déchirent un de nos pneus avant. Je perds complètement la maîtrise du véhicule. Ben hurle tandis que nous nous envolons. Je hurle aussi malgré moi.

Le monde se retrouve à l'envers tandis que l'auto fait plusieurs tonneaux.

Ma tête frappe le toit. Je sens la ceinture de sécurité me labourer la poitrine, et tout est indistinct à travers le pare-brise. J'entends le son du métal qui s'écrase si bruyamment que je peux à peine penser.

La dernière chose qui me vienne à l'esprit, c'est le souhait que mon père ait été ici maintenant pour voir à quel point je suis venue près de réussir. Je me demande s'il aurait été fier de moi.

Puis, j'entends un dernier bruit assourdissant et je perds conscience.

10

J'ignore combien de temps je reste inconsciente. J'ouvre les yeux et j'éprouve une terrible douleur dans la tête. Quelque chose ne va pas, et je n'arrive pas à comprendre ce que c'est. Puis je comprends : le monde est sens dessus dessous.

Le sang me descend au visage. Je regarde autour de moi en essayant de saisir ce qui s'est passé, où je me trouve et si je suis même encore en vie. Puis, lentement, je commence à comprendre.

L'auto s'est renversée, le moteur a calé, et je suis toujours attachée dans le siège du conducteur. Tout est silencieux. Je me demande depuis combien de temps je suis là. Je tends lentement un bras pour voir si je suis blessée. Je ressens une vive douleur dans mes bras et mes épaules. Je ne sais pas si je suis blessée, ou à quel endroit, et il m'est impossible de le savoir tant que je pends, la tête en bas, dans mon siège. Je me dis que je dois détacher ma ceinture de sécurité.

Je tends une main, incapable de voir la boucle, puis je glisse les doigts le long de la courroie jusqu'à ce que j'atteigne le plastique. Je l'enfonce avec le pouce. Au début, il ne cède pas. J'appuie plus fort.

« Allez ! »

Puis, le clic se fait soudain entendre, et la ceinture se relâche et je tombe, atterrissant en plein visage contre le toit de métal ; la chute n'est que d'une trentaine de centimètres, mais elle amplifie de beaucoup mon mal de tête.

Il me faut quelques secondes pour reprendre mes esprits, et lentement, je m'agenouille. Je vois Ben à côté de moi ; il est encore attaché, tête en bas. Son visage est ensanglanté, et des gouttes s'écoulent lentement de son nez sur son front. Je ne sais pas s'il est vivant ou mort. Mais ses yeux sont fermés, ce qui me semble de bon augure — tout au moins, ils ne sont pas ouverts, fixant le vide.

Je regarde notre passager sur le siège arrière et je le regrette aussitôt. Il gît au fond de l'auto, le cou tordu dans une position impossible, les yeux grands ouverts, le regard vitreux. Mort.

Je me sens responsable. J'aurais peut-être dû l'obliger à sortir de la voiture tantôt. Ironiquement, ce garçon aurait peut-être été mieux s'il était resté avec les chasseurs d'esclaves plutôt qu'avec moi. Mais il n'y a rien que je puisse y faire maintenant.

En le voyant mort, je me rends davantage compte de la gravité de l'accident. Je cherche de nouveau des blessures sur mon corps, ne sachant même pas où regarder puisqu'il est tout entier douloureux. Mais en me retournant, je sens une douleur atroce dans mes côtes, et en prenant une profonde inspiration, la douleur s'amplifie. J'y porte la main et j'ai l'impression de m'être fracturé une autre côte.

Je peux bouger, mais les élancements sont atroces. J'éprouve encore une vive douleur dans mon bras à cause

du fragment de métal qui l'a frappé lors du premier accident. Je sens ma tête comprimée comme si elle était dans un
étau, mes oreilles bourdonnent, et j'ai un mal de tête épouvantable qui ne me quitte pas. J'ai probablement une com-
motion cérébrale.

Mais je n'ai pas le temps de m'y attarder en ce moment.
Je dois voir si Ben est vivant. Je le secoue, mais il ne réagit
pas.

J'essaie de trouver la meilleure façon de le sortir du
véhicule et je vois bien qu'il n'y en a aucune qui soit facile.
Alors je tends la main et j'appuie fermement sur le bouton
de déclenchement de la ceinture de sécurité. La courroie
se détend, et Ben plonge la tête la première sur le toit de
métal. Il pousse un grognement, et le soulagement m'envahit : il est vivant.

Il reste là, le corps plié, gémissant. Je le secoue brutalement à plusieurs reprises. Je veux le réveiller pour voir à
quel point il est blessé. Il remue, mais ne semble pas encore
tout à fait conscient.

Je dois sortir de cette auto : je m'y sens claustrophobe,
en particulier du fait d'être si près de ce garçon mort qui
me regarde encore de ses yeux immobiles. Je tends la main
à la recherche de la poignée. Ma vision est un peu floue, et
j'ai du mal à la trouver, surtout dans cette position. Je me
sers de mes deux mains, et finalement, je trouve la poignée.
Je la tire, et rien ne se produit. Génial. La porte doit être
coincée. Je tire la poignée encore et encore, mais en vain.

Alors, je me penche vers l'arrière, ramène mes genoux
contre ma poitrine et frappe la porte de toutes mes forces
avec mes deux pieds. Il y a un grand fracas métallique, et
une poussée d'air frais entre au moment où la porte s'ouvre
à toute volée.

Je roule sur la neige dans un monde plein de blancheur. Il neige de nouveau et cette fois, sans arrêt. Mais je me sens mieux hors de l'auto et je m'agenouille, puis me redresse lentement. Le sang afflue dans ma tête, et pendant un moment, je suis étourdie. Lentement, mon mal de tête diminue, et je me réjouis d'être de nouveau sur pied à respirer de l'air frais. Tandis que j'essaie de me tenir droite, la douleur augmente dans mes côtes, tout comme dans mon bras. Je fais bouger mes épaules qui me semblent raides, complètement contusionnées. Mais je n'ai pas l'impression que quoi que ce soit d'autre soit brisé et je ne vois pas de sang. Je suis chanceuse.

Je me précipite vers la porte du passager, m'agenouille et l'ouvre d'un coup sec. J'agrippe Ben par son chandail et essaie de le tirer à l'extérieur. Il est plus lourd que je m'y attendais ; je le tire lentement mais fermement, et je réussis en fin de compte à le faire glisser dans la neige fraîchement tombée. Il se réveille au moment où son visage se retrouve contre le sol gelé. Il se retourne en enlevant la neige de sa figure. Ensuite, il se met à quatre pattes et ouvre les yeux en regardant le sol et en respirant lourdement. Des gouttes de sang s'écoulent de son nez et tachent la neige immaculée.

Désorienté, il cligne des yeux plusieurs fois, puis se tourne et me regarde, une main sur le front pour protéger ses yeux de la neige qui tombe.

— Qu'est-ce qui s'est passé ? demande-t-il d'une voix traînante.

— Nous avons eu un accident, je lui réponds. Tu vas bien ?

— J'ai du mal à respirer, dit-il d'une voix nasillarde en portant ses mains à son nez pour retenir le sang.

Il penche la tête vers l'arrière, et je constate finalement qu'il est fracturé.

— Tu as le nez cassé, je dis.

Il baisse les yeux vers moi alors qu'il commence lentement à comprendre, et son regard se remplit d'effroi.

— Ne t'en fais pas, je lui dis en m'approchant.

Je lève les mains et les pose sur son nez. Je me souviens lorsque mon père m'a enseigné comment replacer un nez brisé. C'était un soir, tard, après qu'il fut revenu à la maison à la suite d'une bagarre dans un bar. Je n'arrivais pas à y croire. Il m'a obligée à regarder en disant que ce serait bien pour moi d'apprendre quelque chose d'utile. Il s'est tenu debout dans la salle de bain tandis que je l'observais, penché sur le miroir, puis il a levé les mains et il l'a fait. Je me souviens encore du bruit de ses os qui se replaçaient.

— Ne bouge pas, je dis.

En un mouvement rapide, j'appuie de chaque côté de son nez et le redresse. Il hurle de douleur, et je me sens mal. Je sais que c'est ce dont il a besoin pour le remettre en place et qu'il arrête de saigner. Je prends une poignée de neige, la pose dans ses mains et guide ses bras pour qu'il la tienne contre son nez.

— Ça arrêtera le sang et diminuera l'enflure, je lui dis.

Ben tient la poignée de neige contre son nez, et en quelques instants, elle devient rouge. Je détourne les yeux.

Je jette un coup d'œil à notre auto renversée, son châssis braqué vers le ciel. Ses trois pneus intacts tournent encore, très lentement. Je regarde vers l'autoroute. Nous sommes à une trentaine de mètres de celle-ci — nous avons vraiment fait de nombreux tonneaux. Je me demande à quel point ils ont pris de l'avance sur nous.

C'est renversant. Nous sommes toujours vivants malgré la vitesse à laquelle nous roulions. Je scrute l'étendue de l'autoroute et me rends compte à quel point nous avons été chanceux : si nous avions dévié de l'autre côté, nous aurions plongé dans un précipice. Et si l'épaisseur de la neige ne nous avait pas protégés, je suis certaine que l'impact aurait été plus violent.

Je regarde l'auto, me demandant s'il existe un quelconque moyen de la redémarrer. J'en doute fort.

Ce qui signifie ne jamais retrouver Bree et demeurer en plan ici, au milieu de nulle part, et probablement mourir dans les vingt-quatre prochaines heures. Nous n'avons pas le choix : nous devons trouver un moyen de la faire redémarrer.

— Il faut la retourner, je lui dis d'un ton subitement urgent. Il faut la remettre sur ses roues et voir si elle fonctionne toujours. J'ai besoin de ton aide.

Ben comprend lentement ce que je lui dis, puis s'em- ~ de venir me rejoindre en trébuchant quelque peu. , nous plaçons côte à côte derrière l'auto et commen- s à pousser ensemble.

Nous parvenons à la faire bouger d'un côté à l'autre, puis profitant de notre élan, nous la poussons encore et encore. J'y mets toute ma force et je me sens glisser sur la neige, sens la douleur atroce dans mon biceps et dans mes côtes.

L'auto se balance de plus en plus, et au moment où je me demande si je peux continuer, nous appliquons une dernière poussée. Je pose mes mains plus haut en poussant de plus en plus fort. Cela suffit tout juste. L'auto atteint un point d'équilibre, puis retombe soudain sur ses quatre roues avec un bruit de ferraille. Un énorme nuage de neige s'élève. Ben et moi restons là à reprendre notre souffle.

J'examine les dommages. Ils sont graves. Le capot, le toit et le coffre arrière semblent avoir été frappés par un marteau-pilon. Mais étonnamment, le châssis est encore intact. Toutefois, il y a un problème criant. Le pneu crevé est en si mauvais état qu'il est complètement inutilisable.

— Il y en a peut-être un de rechange, dit Ben en devinant mes pensées.

Je tourne les yeux, et il s'élance déjà vers le coffre arrière. Je suis impressionnée. Je m'y dirige aussi. Il appuie plusieurs fois sur le bouton, mais le coffre ne s'ouvre pas.

— Écarte-toi, je lui dis, et tandis qu'il recule, je lève une jambe et frappe durement le coffre avec mon talon.

Il s'ouvre.

Je regarde à l'intérieur et je suis soulagée en y voyant un pneu de rechange. Ben l'enlève, tire le tapis et trouve dessous un cric et une manivelle. Je les prends et suis Ben qui apporte le pneu de rechange à l'avant du véhicule. Avec une facilité déconcertante, il prend le cric, le glisse sous le châssis, puis saisit la manivelle et commence à la tourner. L'aisance avec laquelle il manie les outils et la rapidité avec laquelle il soulève l'auto m'impressionnent. Il enlève les écrous et retire le pneu inutile qu'il jette dans la neige.

Il installe le nouveau pneu, et je le tiens immobile tandis qu'il remet les écrous un à un. Il les serre et retire le cric, puis nous reculons d'un pas et regardons le travail : c'est comme si nous avions un tout nouveau pneu. Ben m'a surprise avec ses talents de mécanicien; je ne me serais jamais attendu à cela de sa part.

Je m'empresse d'ouvrir la porte du conducteur, saute sur le siège et tourne la clé. Rien ne se produit. L'auto ne démarre pas. Je tourne la clé encore et encore. Toujours rien. Il semble que l'accident ait rendu l'auto hors d'usage. Le désespoir m'envahit. Nous avons fait tout cela pour rien?

— Ouvre le capot, dit Ben.

Je tire le levier, et il se rend rapidement devant le véhicule, puis je sors et le rejoins. Je l'observe tandis qu'il commence à manipuler plusieurs fils, boutons et commutateurs. Sa dextérité m'étonne.

— Es-tu mécanicien? je lui demande.

— Pas vraiment, répond-il. Mon père l'est. Il m'a appris beaucoup de choses, à l'époque où nous avions encore des autos.

Il frotte deux fils l'un contre l'autre, et des étincelles en jaillissent.

— Essaie maintenant, dit-il.

Je retourne au volant et tourne la clé en espérant, en priant. Cette fois, le moteur rugit.

Ben referme le capot, et je vois un sourire de fierté sur son visage qui enfle déjà à cause de son nez brisé. Il se rend à grands pas jusqu'à la portière, l'ouvre et il est sur le point de s'asseoir quand son corps se fige complètement tandis qu'il regarde sur le siège arrière.

Je suis son regard et je me souviens. Le garçon à l'arrière.

— Qu'est-ce que nous devrions faire de lui? demande Ben.

Nous ne pouvons plus nous permettre de perdre du temps. Je sors de l'auto, saisis le garçon et le tire à l'extérieur en essayant de ne pas le regarder. Je le tire sur plusieurs mètres dans la neige jusqu'à un gros arbre et l'étends dessous. Je le regarde pendant une seconde, puis me retourne et cours vers l'auto.

Ben est toujours debout à côté de l'auto.

— C'est tout ? demande-t-il d'un ton déçu.

— À quoi tu t'attendais ? je rétorque. À un service funéraire ?

— Ça me semble seulement… un peu sans cœur, dit-il. Il est mort à cause de nous.

— Nous n'avons pas de temps pour ça, je lui dis, agacée. Nous allons tous mourir, de toute façon !

Je retourne dans l'auto, mes pensées concentrées sur Bree, sur la distance qu'ont déjà parcourue les chasseurs d'esclaves. Ben est encore en train de refermer sa porte au moment où je démarre.

Notre auto file à travers le champ enneigé, grimpe le fossé et avec un bruit sec, reprend l'autoroute. Nous glissons dans un sens et dans l'autre, puis les pneus s'accrochent à la route. Nous roulons de nouveau. Je pousse l'accélérateur, et nous atteignons encore une fois une bonne vitesse. Je suis ébahie : cette auto est indestructible. J'ai l'impression qu'elle est comme neuve.

En un rien de temps, nous roulons à cent soixante. Cette fois, encore sous le choc de l'accident, je suis plus prudente. J'accélère jusqu'à cent quatre-vingts, sans plus. Je ne peux pas risquer une embardée.

À mon avis, ils ont au moins dix minutes d'avance sur nous, et nous pourrions ne pas pouvoir les rattraper. Mais n'importe quoi peut se produire. Il faudrait seulement qu'ils frappent un nid-de-poule ou effectuent une mauvaise manœuvre… sinon, nous n'avons qu'à suivre leurs traces en espérant les retrouver.

— Il faut les rattraper avant qu'ils atteignent la ville, dit Ben comme s'il lisait dans mon esprit.

Il a cette habitude agaçante, je remarque.

— S'ils y arrivent avant nous, nous ne les retrouverons jamais, poursuit-il.

— Je sais.

— Et si nous entrons dans la ville, nous n'en ressortirons jamais. Tu sais ça, n'est-ce pas ?

Je pensais exactement la même chose. Il a raison. D'après tout ce que j'ai entendu, la ville est un piège mortel où abondent les prédateurs. Nous ne sommes vraiment pas équipés pour nous frayer un chemin au retour.

J'enfonce l'accélérateur. Le moteur rugit, et nous filons maintenant à cent quatre-vingt-dix. La neige est toujours aussi abondante et fouette le pare-brise. Je songe au garçon mort sur le siège arrière ; je vois son visage, ses yeux fixes, et je me souviens à quel point nous avons frôlé la mort, puis une partie de moi voudrait ralentir, mais je n'ai pas le choix.

Le temps semble s'éterniser. Nous devons rouler sur trente kilomètres, puis quarante, puis cinquante… interminablement, toujours plus avant dans la neige. Penchée vers l'avant, je tiens le volant à deux mains en observant la route avec plus d'intensité que jamais auparavant. Je zigzague pour éviter les nids-de-poule, comme dans un jeu vidéo. C'est difficile à cette vitesse et dans la neige. Malgré tout, je réussis à éviter la plupart d'entre eux. Mais une ou deux fois, je n'y parviens pas, et nous en payons chèrement le prix : ma tête frappe le toit, et mes mâchoires claquent l'une contre l'autre. Mais peu importe, je continue.

Alors que nous sortons d'un virage, j'aperçois au loin quelque chose qui m'inquiète : les traces de l'auto des chasseurs d'esclaves semblent quitter la route pour s'engager dans un champ. Ça n'a pas de sens, et je me demande si j'ai bien vu dans ce blizzard.

Plus nous approchons, plus j'en suis certaine. Je ralentis considérablement.

— Qu'est-ce que tu fais ? demande Ben.

Mon sixième sens me dit de ralentir, et à mesure que nous approchons, je suis heureuse de l'avoir fait.

Je freine à fond, et heureusement, nous ne roulons qu'à quatre-vingts kilomètres-heure à ce moment. Nous glissons sur une vingtaine de mètres pour finalement nous arrêter.

Juste à temps. L'autoroute se termine brusquement devant un énorme cratère qui s'enfonce profondément dans la terre. Si je n'avais pas freiné, nous serions sûrement morts maintenant.

Je regarde par-dessus le rebord du précipice. Le cratère mesure probablement une centaine de mètres de diamètre. Il semble qu'une énorme bombe ait été lâchée sur cette autoroute à un moment ou un autre pendant la guerre.

Je tourne le volant et suis la piste des chasseurs d'esclaves qui me mène à travers un champ enneigé, puis sur de petites routes sinueuses. Après plusieurs minutes, elle nous conduit de nouveau sur l'autoroute. J'accélère de nouveau, cette fois jusqu'à deux cent dix.

Je roule et roule et roule, et j'ai l'impression de rouler jusqu'à l'autre bout de la terre. Je parcours probablement une soixantaine de kilomètres et je me demande jusqu'où cette autoroute peut aller. Le ciel enneigé commence à s'assombrir, et la nuit va bientôt tomber. Je me sens pressée par le temps et je pousse l'auto jusqu'à deux cent vingt-cinq. Je sais que c'est risqué, mais il faut que je les rattrape.

En roulant, nous passons quelques vieux panneaux indiquant des artères principales, toujours suspendus, rouillant tranquillement : la Sawmill Parkway ; la Major Deegan ; la 287 ; la Sprain... Les fourches de la Taconic, et je tourne sur la Sprain Parkway, puis sur la Bronx River Parkway en suivant la piste des chasseurs d'esclaves. Nous approchons de la ville maintenant, le ciel cédant progressivement la place à de grands édifices en ruine. Nous sommes dans le Bronx.

Je suis impatiente de les rattraper et j'augmente la vitesse jusqu'à deux cent quarante. Le rugissement du moteur devient si fort que j'entends à peine.

Alors que nous sortons d'un autre virage, mon cœur s'accélère : là-bas, au loin, je les vois à un peu plus d'un kilomètre.

— Ils sont là ! hurle Ben.

Mais à mesure que nous nous approchons d'eux, je vois où ils se dirigent. Un panneau tordu indique «Willis Avenue Bridge». C'est un petit pont flanqué de poutres de métal, à peine assez large pour deux voies. À l'entrée se trouvent plusieurs Humvee, des chasseurs d'esclaves assis sur les capots, des mitrailleuses sur trépieds dirigées vers la route. J'aperçois d'autres Humvee, à l'autre extrémité du pont.

Je pousse l'accélérateur à fond, et nous dépassons les deux cent quarante kilomètres-heure. Les édifices défilent à toute vitesse. Mais nous ne les rattrapons pas. Ils accélèrent aussi.

— On ne peut pas les suivre ! crie Ben. Nous n'y arrive-rons jamais !

Mais nous n'avons pas le choix. Ils sont à au moins une centaine de mètres devant nous, et le pont est à peu près à la même distance d'eux. Nous n'allons pas arriver à les rejoindre. Je fais tout ce que je peux, et notre auto tremble de partout à cette vitesse. Il n'y a pas de solution de rechange : nous allons devoir entrer dans la ville.

Alors que nous approchons du pont, je me demande si les gardes savent que nous ne sommes pas des leurs. J'espère seulement que nous pourrons traverser suffisamment vite avant qu'ils comprennent et commencent à nous canarder.

L'auto des chasseurs file entre les gardes, traversant le pont en trombe. Nous les suivons à une cinquantaine de mètres, et les gardes ne comprennent toujours pas qui nous sommes. Bientôt, nous nous rapprochons à trente mètres… puis vingt… puis dix derrière eux.

Au moment où nous franchissons l'entrée du pont, nous sommes suffisamment près pour que je distingue les expressions horrifiées sur le visage des gardes. Maintenant, ils savent.

Ils orientent leurs mitrailleuses vers nous. Une seconde plus tard, les coups de feu éclatent.

Nous subissons un feu nourri, les balles ricochant sur le capot et le pare-brise. Je penche la tête.

Pis encore, un objet commence à descendre un peu plus loin devant nous, et je vois que c'est un portail de fer hérissé de pointes. Quelqu'un le fait descendre sur le pont pour nous empêcher d'entrer dans Manhattan.

Nous allons trop vite, et il m'est impossible d'arrêter à temps. Le portail s'abaisse trop vite, et je me rends compte trop tard que dans seulement quelques secondes, nous allons nous écraser contre lui, et qu'il va réduire notre auto en pièces. Je me prépare au choc.

11

J e me prépare à l'impact alors que nous fonçons sur le portail. Il est trop tard pour faire marche arrière maintenant et trop tard pour freiner. D'après l'apparence de ces lourdes barres d'acier renforcées, avec des pointes de fer à leur extrémité, je ne peux pas concevoir que nous puissions les traverser. Je me dis que notre seule chance est d'aller suffisamment vite pour se glisser dessous avant que le portail soit complètement descendu. Alors, j'appuie à fond sur l'accélérateur, l'auto rugissant et tremblant. Quand nous parvenons à quelques mètres, les gardes bondissent hors du chemin.

J'entends le terrible bruit du métal déchiré et celui du verre brisé. Il est assourdissant, comme si une bombe venait d'exploser tout près de mon oreille. Il me fait penser à ces énormes machines qui servent à aplatir les autos pour la ferraille.

La nôtre est violemment secouée, et pendant un moment, j'ai l'impression que je vais mourir. Le verre brisé vole dans toutes les directions, et je fais de mon mieux pour garder la maîtrise de l'auto tout en levant une main pour protéger mes yeux. Puis, une seconde plus tard, c'est terminé. À ma grande surprise, nous roulons toujours, filant à toute vitesse sur le pont, et nous entrons dans Manhattan.

J'essaie de comprendre ce qui s'est produit. Je jette un coup d'œil au toit et regarde par-dessus mon épaule, puis je comprends que nous sommes passés sous les pointes de fer même si les chasseurs ont réussi à les abaisser suffisamment pour que les pointes déchirent notre toit. Il est maintenant perforé, lacéré. Il donne l'impression d'avoir été passé dans une trancheuse de pain. Les pointes ont brisé aussi le haut de notre pare-brise, le fissurant suffisamment pour nuire à ma vision. Je peux encore conduire, mais ce n'est pas facile.

L'intérieur de l'auto est parsemé de morceaux de verre brisé et de métal tordu. L'air glacial s'y engouffre, et je sens les flocons de neige atterrir sur ma tête.

Je regarde Ben. Il est secoué, mais sain et sauf. Je l'ai vu se pencher à la dernière seconde, tout comme moi, ce qui lui a probablement sauvé la vie. Je regarde par-dessus mon épaule et vois les gardes se rassembler et partir à notre poursuite, mais le portail est toujours descendu, et ils semblent incapables de le remonter. De toute façon, nous roulons si vite que nous avons une bonne avance sur eux. J'espère qu'au moment où ils auront réussi à le remonter, nous serons déjà loin.

Je me retourne vers la route et j'aperçois, à peut-être quatre cents mètres devant nous, les autres chasseurs d'esclaves qui filent à travers Manhattan. Je prends conscience que nous avons dépassé le point de non-retour. J'ai peine à croire que nous soyons maintenant sur l'île de Manhattan, que nous ayons réellement traversé le pont — probablement le seul qui permette encore d'entrer sur l'île et d'en sortir.

Jusqu'à ce moment, j'envisageais de rescaper Bree et de la ramener à la maison, mais maintenant, je n'en suis plus aussi certaine. Je suis toujours résolue à la sauver, mais je ne sais plus trop comment nous sortir d'ici. Je me sens pessimiste. J'ai de plus en plus l'impression que nous n'en reviendrons pas. Une mission-suicide. Mais il n'y a que Bree qui compte. Si je dois mourir en essayant de la sauver, tant pis.

J'accélère encore jusqu'à deux cent vingt-cinq. Mais les chasseurs d'esclaves font de même, toujours décidés à nous semer. Ils ont une bonne longueur d'avance, et à moins qu'ils rencontrent un obstacle, ce ne sera pas facile de les rattraper. Je me demande quelle est leur destination. Manhattan est immense, et ils pourraient se rendre n'importe où. Je me sens comme Hansel et Gretel pénétrant dans la forêt.

Les chasseurs d'esclaves tournent brusquement à droite sur un large boulevard. Je lève les yeux et j'aperçois un panneau rouillé indiquant 125th Street. Je les suis et constate qu'ils se dirigent vers l'ouest en traversant la ville. Tout en roulant, je regarde autour de moi et je vois que 125th Street présente une image d'apocalypse : partout gisent des autos abandonnées, calcinées, stationnées de travers au milieu de la rue. Tout a été démantelé et récupéré. Tous les immeubles ont été pillés, les vitrines des magasins, défoncées, ne laissant rien d'autre que du verre brisé sur les trottoirs. La plupart des édifices, incendiés à la suite des campagnes de bombardements, ne sont plus que des coquilles vides. D'autres se sont effondrés, et je dois contourner un peu partout des piles de débris. Inutile de dire qu'il n'y a aucun signe de vie.

Les chasseurs tournent à gauche, et je les suis. Un panneau renversé indique «Malcolm X Boulevard». C'est une autre grande artère, et nous nous dirigeons vers le sud, à travers Harlem. Le centre-ville. Je me demande encore quelle est leur destination. Nous tournons si rapidement que nos pneus crissent, laissant des marques sur la chaussée. Le son est encore plus fort maintenant que notre toit est à la merci des éléments. Il y a de la neige dans les rues, et notre auto glisse sur plusieurs mètres jusqu'à ce que je puisse la redresser. Je tourne le coin plus vite que les chasseurs d'esclaves et gagne quelques secondes.

Ce boulevard est en aussi mauvais état que la 125th : tout autour n'est que ruines. Pourtant, il a quelque chose d'autre : des blindés et des véhicules abandonnés. J'aperçois un Humvee renversé et incendié, et je me demande quelles batailles ont eu lieu ici. Une énorme statue de bronze gît sur le flanc, au milieu de la route. Je la contourne, ainsi que le blindé en roulant sur le trottoir, fauchant une boîte aux lettres avec un bruit fracassant. La boîte rebondit contre notre toit, et Ben se penche par réflexe.

Je reprends la route et accélère. Je me rapproche. Ils ne sont plus qu'à une centaine de mètres devant nous. Ils zigzaguent aussi pour éviter les débris, les nids-de-poule, les carcasses d'autos. Ils doivent ralentir chaque fois, mais je n'ai qu'à suivre leurs pistes, alors je peux maintenir ma vitesse. Je gagne du terrain et je commence à croire vraiment que je vais les rattraper.

— Tire dans leurs pneus ! je crie à Ben par-dessus le rugissement du moteur.

Je prends le pistolet supplémentaire à ma taille, tends la main et l'enfonce brutalement dans ses côtes en gardant toujours les yeux sur la route.

Ben le tient devant ses yeux, l'examinant, et il est évident qu'il ne s'est jamais servi d'une arme. Je peux ressentir son anxiété.

— Vise bas ! je dis. Assure-toi de ne pas frapper le réservoir d'essence !

— Je suis un mauvais tireur ! dit-il. Je pourrais atteindre mon frère ou ta sœur !

— Contente-toi de viser bas ! je hurle. Nous devons essayer. Nous devons les arrêter !

Ben déglutit, puis se penche et ouvre sa fenêtre. L'air glacial s'engouffre dans l'auto tandis que Ben sort la tête en tenant le pistolet.

Nous nous rapprochons davantage, et Ben s'apprête à viser quand, soudainement, nous frappons un énorme nid-de-poule. Nous bondissons tous les deux de notre siège, et ma tête heurte violemment le toit. Je me tourne et je vois l'arme s'envoler des mains de Ben par la fenêtre, puis je l'entends cliqueter alors qu'elle atterrit sur la chaussée derrière nous. Mon cœur s'arrête. Je ne peux pas croire qu'il ait laissé tomber le pistolet. Je suis furieuse.

— Tu as perdu notre arme ! je crie.

— Je suis désolé ! me crie-t-il à son tour. Tu as frappé ce nid-de-poule ! Pourquoi tu ne regardes pas la route ?

— Pourquoi tu ne l'as pas tenu à deux mains ? Tu viens de perdre notre seule chance !

— Tu peux retourner le chercher, dit-il.

— Nous n'avons pas le temps ! j'aboie.

Je rougis de colère. Je commence à croire que Ben est complètement inutile et je regrette de l'avoir pris à bord. Je me force à penser à quel point il m'a aidée avec ses talents de mécanicien en réparant l'auto et comment il m'a sauvée avec le poids de son corps quand nous étions à moto sur le pont. Mais je suis si furieuse que j'ai du mal à m'en souvenir. Je me demande si je peux me fier à lui pour quoi que ce soit.

Je prends mon arme dans sa gaine et la lui tends d'un geste vif.

— Celle-là, c'est la mienne, je dis. Si tu l'échappes, je te sors de l'auto à coups de pied.

Ben la tient fermement avec ses deux mains tandis qu'il se penche de nouveau à la fenêtre. Il vise.

Mais tout à coup, un parc apparaît devant nous, et les chasseurs d'esclaves disparaissent à l'intérieur.

C'est incroyable. Central Park se trouve droit devant nous, et un immense arbre en bloque l'entrée. Les chasseurs le contournent, pénètrent dans le parc, et à la dernière seconde, je fais de même. Ben se rassoit dans l'auto. Il a raté cette occasion, mais au moins, il tient encore le pistolet.

Central Park a énormément changé depuis la dernière fois où je l'ai vu. Envahi par les hautes herbes qui émergent de la neige, personne ne l'a entretenu ces dernières années, et il ressemble maintenant à une forêt. Des arbres sont tombés ici et là. Les bancs sont vides. Les statues ont été réduites en miettes ou renversées. Il y a aussi des signes de batailles : des blindés et des Humvee, carbonisés, renversés, gisent un peu partout dans le parc. Tout est recouvert de neige, et j'ai l'impression de me trouver dans un paysage d'hiver surréaliste.

J'essaie de détourner les yeux et de me concentrer plutôt sur les chasseurs d'esclaves devant moi. Ils doivent savoir où ils s'en vont parce qu'ils restent sur une voie de service sinueuse qui traverse le parc. Je les suis de près tandis qu'ils contournent les obstacles. Sur notre droite, près de la 110th Street, nous dépassons les vestiges d'une vaste piscine vide. Peu après, nous filons sur ce qu'il reste d'une patinoire, son petit abri réduit en miettes et pillé.

Les chasseurs tournent brusquement sur un chemin étroit, à peine un sentier. Mais je les suis toujours tandis que nous roulons au cœur d'une épaisse forêt, évitant les arbres de justesse, chevauchant des collines. Je n'avais jamais pris conscience que Central Park pouvait être si primitif : sans l'éclairage des édifices autour, j'ai l'impression que je pourrais me trouver dans n'importe quelle forêt.

Notre auto glisse d'un côté et de l'autre dans les sentiers boueux et enneigés, mais je ne m'éloigne pas d'eux. Nous arrivons bientôt en haut d'une vaste colline, et le parc s'ouvre devant nous. Nous volons pratiquement par-dessus le sommet pendant quelques secondes et atterrissons avec fracas. Les chasseurs descendent la pente à toute vitesse, et je les suis toujours de près.

Nous traversons à vive allure d'anciens terrains de base-ball. Nous les passons l'un après l'autre, en plein milieu. Le marbre et les coussins n'y sont plus — ou s'ils y sont, la neige les a recouverts, mais j'aperçois quand même ce qu'il reste des clôtures rouillées qui marquaient les contours des terrains. Tout est enneigé, et notre auto glisse tandis que nous les suivons. Il est évident que nous nous rapprochons. Nous ne sommes plus qu'à une trentaine de mètres d'eux. Je me demande s'ils ont un problème de moteur ou s'ils ralentissent volontairement. Quoi qu'il en soit, nous avons maintenant notre chance.

— Qu'est-ce que tu attends ! je crie à Ben. Tire !

Il ouvre sa fenêtre et se penche, serrant le pistolet des deux mains pour viser.

Tout à coup, les chasseurs d'esclaves tournent brusquement à gauche, et je me rends compte, trop tard, de la raison pour laquelle ils ont ralenti : droit devant moi se trouve un étang à peine gelé. C'était un piège : ils espéraient que je fonce directement dans l'eau.

Je donne un coup de volant à la dernière seconde, et nous évitons de justesse de plonger dans l'étang. Mais nous avons tourné trop vite, et notre auto glisse sur l'étendue de neige, tournoyant en de grands cercles. Je me sens étourdie tandis que le monde tourne autour de moi en une masse indistincte et je prie pour que nous ne nous écrasions pas contre un quelconque obstacle.

Heureusement, ça ne nous arrive pas. Il n'y a aucune structure autour de nous. S'il y en avait eu, nous les aurions sûrement frappées, mais après quelques cercles de plus, nous arrêtons finalement de tourner. Je reste assise là pendant un moment, l'auto immobile, respirant bruyamment. Nous l'avons échappé belle.

Ces chasseurs d'esclaves sont plus malins que je ne le croyais. C'était un geste audacieux, et ils doivent bien connaître le terrain. Ils savent précisément où ils vont. Je suppose que jamais personne n'a réussi à les suivre aussi loin que nous. Je regarde Ben et constate qu'il a réussi, cette fois, à maintenir sa prise sur le pistolet ; un autre coup de chance momentané. Je reprends mes esprits, passe les vitesses et pousse l'accélérateur au plancher.

Tout à coup, un signal sonore se fait entendre, puis je baisse les yeux et vois une lumière rouge clignoter sur le tableau de bord : NIVEAU D'ESSENCE BAS.

Mon cœur s'arrête. Pas maintenant. Pas après tout ce que nous avons traversé. Pas au moment où nous sommes si près du but.

« S'il te plaît, Dieu, laisse-nous seulement assez d'essence pour les rattraper. »

Le signal sonore continue de se faire entendre puissamment à mon oreille comme un glas annonciateur de mort tandis que je suis leurs pistes à travers les champs enneigés parce que je les ai perdus de vue. J'arrive à une intersection et j'aperçois des traces qui s'entrecroisent dans toutes les directions. Je ne sais pas où tourner et je crains que ce soit un autre piège. Je décide de continuer droit devant et j'ai soudain l'impression que ces pistes sont vieilles et que les chasseurs pourraient avoir tourné n'importe où.

Je me retrouve soudain à rouler sur un étroit sentier près de ce qui a été le réservoir de Central Park. Je le regarde et je suis renversée par ce que je vois : c'est comme un immense cratère dans la terre, maintenant vidé de son eau et cerclé de neige. De hautes herbes s'élèvent du fond. Ce sentier fait à peine la largeur de notre auto, et en regardant sur ma gauche, j'aperçois une pente abrupte le long de la colline. Mais sur ma droite, il y a une pente encore plus raide vers le fond du réservoir. Un faux mouvement dans l'une ou l'autre des directions, et nous sommes cuits. Je regarde devant en me demandant pourquoi les chasseurs d'esclaves choisiraient une voie si périlleuse, mais je ne vois encore aucun signe de leur véhicule.

Je sens tout à coup une collision, et ma tête est projetée vers l'avant. Au début, je suis déconcertée, puis je me rends compte qu'on nous a frappés par l'arrière.

Je regarde dans le rétroviseur et constate qu'ils sont juste derrière nous. Je peux voir sur leurs visages leurs sourires sadiques. Ils ont relevé leurs masques, et à leurs visages grotesques, déformés, je constate que tous deux sont des biovictimes. Je perçois la joie qu'ils éprouvent tandis qu'ils prennent de la vitesse et nous heurtent à nouveau. Ma tête est encore projetée vers l'avant sous l'impact. Ils sont beaucoup plus futés que je ne le pensais : ils ont réussi à se placer derrière nous et maintenant, ils ont l'avantage. Je ne m'étais pas attendu à cela. Je n'ai aucune marge de manœuvre et je ne peux pas freiner brusquement.

Ils nous tamponnent encore, sur le côté cette fois, et notre auto dévie de sa route. Nous entrons en collision avec la rampe d'acier du réservoir, puis glissons de l'autre côté jusqu'au bord du gouffre. Ils nous ont placés dans une mauvaise situation. S'ils nous tamponnent encore, nous allons tomber, et ce sera la fin.

J'écrase l'accélérateur, me disant que la seule manière de nous en sortir est de rouler plus rapidement qu'eux. Mais ils roulent tout aussi vite et nous frappent de nouveau. Cette fois, nous heurtons la cloison de métal et glissons un peu plus, sur le point de tomber. Heureusement, nous frappons un arbre qui nous en empêche et nous revenons sur la route.

Je me sens de plus en plus désespérée. Je regarde Ben, qui semble secoué aussi, plus pâle encore qu'auparavant. Tout à coup, il me vient une idée.

— Tire-leur dessus ! je crie.

Il ouvre immédiatement sa fenêtre et s'y penche avec le pistolet.

— Je ne peux pas atteindre leurs pneus d'ici ! crie-t-il par-dessus le bruit du vent. Ils sont trop près ! L'angle est trop étroit !

— Vise le pare-brise ! je lui réponds. Ne tue pas le conducteur, mais le passager !

Je vois dans mon rétroviseur qu'ils ont eu la même idée : le passager abaisse sa fenêtre et sort son arme aussi. Je prie silencieusement pour que Ben tire le premier, qu'il n'ait pas peur de faire feu. Puis j'entends plusieurs coups assourdissants.

Je tressaille, m'attendant à recevoir une balle dans la tête.

Mais je vois que c'est Ben qui a fait feu. Je lève les yeux vers le rétroviseur et j'ai du mal à croire ce que je vois. Ben a parfaitement visé. Il a atteint plusieurs fois le pare-brise côté passager — tant de fois au même endroit qu'il semble avoir fissuré le verre anti-balles. Je vois du sang qui a éclaboussé l'intérieur du pare-brise, et ça ne peut signifier qu'une chose : il a atteint l'homme.

Je n'arrive pas à y croire. Ben a réussi à tuer le passager. Ben. Le garçon qui, il y a seulement quelques minutes, était traumatisé de voir un cadavre. Je ne peux pas croire qu'il l'ait vraiment atteint, et à cette vitesse en plus.

Ça fonctionne. Leur auto ralentit rapidement, et je saisis cette occasion pour accélérer.

Quelques instants plus tard, nous quittons le terrain du réservoir et revenons dans des champs. Maintenant, la situation s'est retournée : ils ont un homme à terre, et nous les avons rejoints. Finalement, nous avons l'avantage. Si seulement la jauge d'essence pouvait arrêter de me hurler dans les oreilles, je me sentirais plus optimiste.

Leur auto arrive à toute vitesse derrière nous, et je ralentis en la laissant se placer à notre hauteur, puis j'aperçois le regard inquiet du conducteur. C'est la confirmation dont j'avais besoin : je suis soulagée de constater que c'était vraiment le passager qui avait été atteint et non Bree. Je l'aperçois brièvement, vivante, sur le siège arrière, et mon cœur se remplit d'espoir. Pour la première fois, j'ai l'impression de vraiment pouvoir réussir. Je peux la ramener.

Nous roulons maintenant côte à côte dans le champ, et je tourne brusquement le volant pour les frapper. Leur auto s'envole à travers le champ en dérapant. Mais ils ne s'arrêtent pas, et immédiatement, le conducteur reprend le dessus et fonce sur nous. Maintenant, c'est nous qui glissons sur la neige. Ce gars n'est pas du genre à abandonner la partie.

— Tire ! je crie de nouveau à Ben. Tue le conducteur !

Je sais que leur auto va faire une embardée, mais je n'ai pas le choix. Si cela doit arriver, ce champ entouré d'arbres est le meilleur endroit.

Ben abaisse immédiatement sa fenêtre et vise, plus confiant cette fois. Nous roulons vis-à-vis l'un de l'autre, parfaitement alignés, et le conducteur fait une cible idéale. C'est le moment.

— TIRE ! je crie de nouveau.

Ben appuie sur la détente, et tout à coup, j'entends un bruit qui me noue l'estomac.

Le chargeur est vide. Ben appuie sur la détente encore et encore, mais en vain. Il a utilisé toutes les munitions du réservoir.

J'aperçois un sourire méchant et victorieux sur le visage du chasseur d'esclaves au moment où il tourne directement vers nous. Il nous frappe durement, et nous glissons à travers le champ enneigé jusqu'à une colline herbeuse, puis je lève les yeux et je vois un mur de verre. Trop tard.

Je me raidis tandis que nous traversons le mur qui éclate comme une bombe tout autour de nous en laissant pleuvoir des fragments de verre par les trous dans le toit. Ce n'est qu'après un moment que je comprends où nous sommes : dans le Metropolitan Museum of Art. La section égyptienne.

Je regarde autour de moi, et il est évident que tout a été pillé ; mais je vois l'immense pyramide encore dans la pièce. Je réussis finalement à l'éviter et à arrêter l'auto. L'autre chasseur d'esclaves s'est rapproché et il se trouve maintenant à une cinquantaine de mètres devant sur ma droite, et une fois de plus, je pousse l'accélérateur à fond.

Je le suis tandis qu'il continue sa course vers le sud à travers le parc, grimpant et descendant les collines. Je vérifie avec inquiétude la jauge d'essence qui n'arrête pas de carillonner. Nous passons devant les vestiges d'un amphithéâtre flanqué d'un étang dans l'ombre du Belvedere Castle, maintenant en ruine au sommet de la colline. Il est envahi par la neige et les mauvaises herbes, ses gradins, rouillés.

Nous roulons à présent sur ce qui était la Great Lawn, et je suis ses traces dans la neige en évitant les trous. Je me sens si mal pour Bree en songeant à ce qu'elle doit endurer. Je souhaite seulement qu'elle n'en sorte pas trop traumatisée. Je prie pour qu'une quelconque partie de notre père l'habite, la garde forte et résistante à travers tout ça.

Tout à coup, la chance me sourit : devant nous, ils frappent un énorme nid de poule. L'auto tremble, puis dévie violemment, et son conducteur en perd la maîtrise et effectue un grand cercle. Je me surprends à tressaillir avec eux, espérant que Bree ne se blesse pas.

Leur auto est intacte. Les pneus glissent quelques secondes, et ils recommencent à prendre de la vitesse. Mais maintenant, j'ai comblé l'écart qui nous séparait et je me rapproche rapidement d'eux. Quelques secondes plus tard, je me trouverai tout près.

Mais je fixais leur véhicule et stupidement, je détourne les yeux de la route. Je relève la tête juste à temps et je fige : il y a un énorme animal droit devant nous.

Je dévie de ma route, mais il est trop tard. Nous le frappons, et il rebondit contre le pare-brise qui s'émiette et il roule par-dessus le toit. Il y a du sang partout, et j'active les essuie-glaces, heureuse qu'ils fonctionnent encore. Le sang visqueux se répand sur la vitre, et je peux à peine voir devant.

Je regarde dans le rétroviseur en me demandant ce que nous avons bien pu frapper et je vois une énorme autruche morte derrière nous. Je suis abasourdie, mais je n'ai pas le temps d'y réfléchir parce que soudainement, j'aperçois un lion devant nous.

Je donne un coup de volant et l'évite de peu. J'y regarde à deux fois et je suis surprise de voir qu'il est réel. Il est maigre et semble mal nourri. Je suis encore plus étonnée. Puis, finalement, j'en comprends la raison : là, sur ma gauche, se trouve le zoo de Central Park, ses portails, ses portes et ses fenêtres grands ouverts. Quelques animaux flânent tout près, alors que d'autres, beaucoup plus nombreux, gisent dans la neige, leurs corps depuis long-temps nettoyés de leur viande.

J'écrase la pédale d'accélérateur en essayant de ne pas regarder tandis que je suis la piste du chasseur d'esclaves. Elle nous mène en haut d'une petite colline, puis le long d'une pente abrupte, tout droit dans un cratère. Je vois qu'il s'agissait auparavant d'une patinoire. Un grand panneau pend de travers, ses lettres à demi effacées, où on peut lire «Trump». Au loin, j'aperçois finalement l'extrémité du parc. Le chasseur d'esclaves tourne brusquement à gauche. Je le suis, et nous grimpons tous deux une colline. Quelques ins-tants plus tard, nous quittons en trombe Central Park — en même temps, côte à côte — à l'angle de 59th Street et de Fifth Avenue. Je m'élance vers le sommet de la colline, et pendant un instant, nous volons. Nous atterrissons violem-ment, et je perds momentanément la maîtrise de l'auto alors que nous glissons contre une statue, puis la renversons.

Devant nous se trouve une immense fontaine ronde; je l'évite à la dernière seconde et poursuis le chasseur autour de celle-ci. Il saute sur le trottoir et se dirige tout droit vers un immense édifice. Le Plaza Hotel. Son ancienne façade, autrefois immaculée, est maintenant souillée de haut en bas. Ses fenêtres sont brisées, et il ressemble à un taudis.

Le chasseur d'esclaves heurte les tiges rouillées qui sou-tiennent l'auvent, lequel s'effondre en bondissant sur le capot du véhicule. Je m'écarte du chemin et le suis tandis qu'il tourne à gauche et traverse Fifth Avenue en essayant, de toute évidence, de me semer. Il grimpe à toute vitesse un petit escalier de pierre, et je le suis toujours, notre auto tremblant violemment à chaque marche. Je lève les yeux et constate qu'il se dirige vers l'énorme boîte de verre qui était jadis le magasin Apple. Étonnamment, sa façade est toujours intacte. En fait, c'est la seule chose intacte que j'aie vue depuis le début de la guerre.

Mais ce n'est plus le cas. À la dernière seconde, le chasseur d'esclaves dévie de sa route, et il est trop tard pour que je tourne. Notre auto fonce directement dans l'édifice. Il y a une terrible explosion de verre dont les fragments pleuvent à travers les trous de notre toit alors que je traverse le magasin. Je me sens quelque peu coupable d'avoir détruit la seule chose qui restait encore debout, mais je songe au prix que j'ai payé pour mon iPad à l'époque, et mes scrupules s'envolent.

Je reprends la maîtrise et je le suis tandis qu'il tourne à gauche sur Fifth Avenue. Il est à une trentaine de mètres devant moi, mais comme un chien qui essaie d'attraper un os, je n'abandonnerai pas. J'espère seulement ne pas manquer d'essence.

En roulant sur Fifth Avenue, je suis ébahie de voir ce qu'elle est devenue. Cette célèbre artère, jadis un symbole de prospérité et de matérialisme, est devenue, comme tout le reste, un endroit abandonné, dilapidé, avec ses magasins pillés, ses boutiques détruites. De longues herbes poussent en plein milieu, et elle ressemble à un marécage. Nous dépassons le Bergdorf à toute allure sur ma droite, ses étages complètement vides, aucune fenêtre intacte, comme une maison hantée. Je contourne les autos abandonnées et en arrivant sur 57th Street, j'aperçois ce qui a été Tiffany's. Cet endroit jadis synonyme de beauté n'est plus qu'un autre manoir hanté, comme tout ce qui l'entoure. Il ne reste pas un seul bijou dans ses vitrines vides.

J'accélère, et nous traversons 55th Street, puis 54th, puis 53rd... Sur ma gauche je dépasse une cathédrale, Saint

Patrick's, ses énormes portes en forme d'arche depuis long-temps arrachées, étalées sur son escalier. Je peux voir à travers sa structure ouverte jusqu'au verre teinté à l'autre extrémité.

J'ai été distraite trop longtemps, et tout à coup, le chasseur d'esclaves tourne brusquement sur 48th Street. Je roule trop vite, et quand j'essaie de virer, la voiture glisse de nouveau en faisant un cercle. Heureusement, je ne frappe rien.

Je reprends la route et continue de le suivre, mais son petit truc lui a fait gagner une certaine distance. Je le pourchasse à travers 48th Street en direction de l'ouest et me retrouve devant ce qui était jadis le Rockefeller Center. Je me souviens d'y être venue avec mon père à l'époque de Noël et d'à quel point l'endroit était magique à mes yeux. Maintenant, j'ai du mal à en croire mes yeux : il y a partout des débris et des édifices croulants. Le Rock Center est devenu un immense terrain vague.

Une fois de plus, je quitte trop longtemps la route des yeux et quand je me tourne, j'applique les freins de toutes mes forces, mais il est trop tard. Droit devant moi, étendu sur le côté, se trouve le grand sapin de Noël du Rockefeller Center. Nous allons le percuter. Juste avant la collision, j'aperçois quelques lumières et décorations qui ornent encore les branches. L'arbre est brun, et je me demande depuis combien de temps il gît à cet endroit.

Je fonce droit dessus à cent quatre-vingt-quinze kilomètres-heure. Je le frappe avec une telle force que tout l'arbre glisse sur la neige et je le pousse sur plusieurs mètres. Finalement, je réussis à tourner brusquement sur la droite et à contourner son sommet. Des milliers d'aiguilles de pin pleuvent à travers les trous du toit. D'autres encore se collent au sang sur notre pare-brise. J'ai du mal à imaginer à quoi peut ressembler notre auto de l'extérieur.

Ce chasseur d'esclaves connaît trop bien la ville : ses gestes réfléchis lui ont encore donné un avantage, et il est maintenant hors de vue. Mais je vois toujours ses traces et je constate qu'il a tourné à gauche sur Sixth Avenue. Je le suis.

Sixth Avenue est un autre terrain vague, ses rues remplies de blindés et de Humvee abandonnés, la plupart renversés, tous vidés de ce qui aurait pu être utile, y compris les pneus. Je zigzague à travers les carcasses alors que j'aperçois le chasseur d'esclaves devant. Pour la millionième fois, je me demande où il va. Est-ce qu'il parcourt la ville dans tous les sens seulement pour me semer ? A-t-il une destination à l'esprit ? Je réfléchis, essayant de me rappeler où est situé l'Arène Un, mais je n'en ai aucune idée. Jusqu'à ce jour, je n'avais même jamais été certaine qu'elle existait réellement.

Il accélère sur la Sixth, et je fais de même, gagnant finalement de la vitesse. En traversant la 43rd, sur ma gauche, j'aperçois brièvement Bryant Park et l'arrière de ce qui était la New York Public Library. Mon cœur s'arrête. Dans le passé, j'adorais aller dans ce magnifique édifice. Maintenant, il n'est plus que ruines.

Le chasseur tourne sur 42nd Street, et cette fois, je suis juste derrière lui. Nous glissons tous les deux, puis nous redressons. Nous filons à toute allure sur 42nd vers l'ouest, et je me demande si nous nous dirigeons vers l'autoroute du West Side.

La rue s'élargit, et nous voilà à Times Square. Il arrive en trombe dans la place, et je le suis sur la vaste intersection. Je me souviens d'être venue ici alors que j'étais une enfant et d'avoir été tellement impressionnée par l'immensité de l'endroit, par tous les gens. Je me rappelle aussi avoir été émerveillée devant les lumières et les panneaux publicitaires clignotants. Maintenant, tout y est détruit, comme ailleurs. Évidemment, aucune lumière ne fonctionne, et on ne voit pas un chat. Tous les panneaux publicitaires qui s'affichaient si fièrement s'agitent dangereusement dans le vent ou gisent dans la rue en bas. L'intersection est envahie de grandes herbes. Ironie du sort, son milieu, où il y avait jadis un centre de recrutement de l'armée, est maintenant parsemé de carcasses de plusieurs blindés, tous tordus et calcinés. Je me demande quelle bataille a eu lieu ici.

Tout à coup, le chasseur tourne brusquement à gauche en descendant Broadway. Je tourne aussi et, ce faisant, je m'étonne d'apercevoir devant moi un immense rempart de ciment, comme un mur de prison, qui s'élève haut dans le ciel et est surmonté de fils de fer barbelés. La muraille s'étire à perte de vue, bloquant tout ce qu'on pourrait voir au sud de Times Square. Comme pour essayer d'empêcher quelque chose d'en sortir. Il y a une ouverture dans le mur, et le chasseur d'esclaves y fonce tout droit ; au moment où il entre, une gigantesque grille de fer retombe derrière lui, le séparant complètement de moi.

Je freine en faisant crisser les pneus, évitant de justesse de foncer dans la grille. Plus loin, je vois le chasseur d'esclaves qui s'éloigne. Il est trop tard. Je les ai perdus.

Je n'arrive pas à y croire. Je me sens hébétée. Je reste assise là, figée dans le silence, notre auto arrêtée pour la première fois depuis des heures, et je sens mon corps qui tremble. Je n'avais pas prévu ça. Je me demande pourquoi ce mur est ici, pourquoi ils emmureraient tout un secteur de Manhattan. De quoi ils auraient besoin de se protéger.

Puis, un instant plus tard, je comprends. Un étrange bruit s'élève tout autour de moi, le son du métal contre le métal, et je sens les poils se hérisser sur ma nuque. Je me retourne et je vois des gens sortir de terre, surgissant de trous d'hommes dans toutes les directions. Des biovictimes. Partout sur Times Square. Ils sont décharnés, en guenilles, et paraissent désespérés. Les Cinglés.

Ils existent vraiment.

Ils sortent de terre tout autour et se dirigent droit vers nous.

12

Avant même que j'aie pu réagir, je perçois un mouvement au-dessus de moi et je lève les yeux. Debout, au
sommet du mur se trouvent plusieurs chasseurs d'esclaves
portant leurs masques noirs, mitraillettes à la main. Ils les
orientent vers nous.

— ROULE! hurle Ben, en panique.

J'écrase déjà l'accélérateur, nous éloignant à toute vitesse
tandis que les premiers coups de feu éclatent. Une grêle de
plomb s'abat sur l'auto, rebondissant sur le toit et sur les
vitres blindées. J'espère seulement que les balles ne passe-
ront pas à travers les fissures du toit.

En même temps, les Cinglés nous assaillent de toutes
parts. L'un d'eux arrive derrière nous et lance une bouteille
de verre munie d'un chiffon brûlant. Un cocktail Molotov
atterrit juste devant notre auto et explose, élevant un mur
de flammes. Je tourne juste à temps, et les flammes lèchent
le côté de notre auto.

Un autre Cinglé arrive en courant et saute sur le pare-
brise. Il s'y accroche de toutes ses forces, son visage

grimaçant dans ma direction à travers la vitre, à quelques centimètres seulement. Je tourne encore, accrochant un poteau, et il roule par terre.

Plusieurs autres bondissent sur le capot et le coffre, alourdissant notre véhicule. J'accélère encore en essayant de les projeter au sol tandis que je continue vers l'ouest sur la 42th.

Mais trois d'entre eux réussissent à se maintenir sur notre auto. L'un d'eux est accroché au pare-choc arrière, et un autre rampe sur le capot jusqu'à nous. Il lève un pied de biche avec lequel il s'apprête à frapper contre le pare-brise.

Je vire brusquement à gauche sur Eighth Avenue, et il disparaît. Tous les trois tombent de l'auto et vont s'étaler dans la neige.

C'était juste. Trop juste.

Je file sur Eighth Avenue, puis j'aperçois une autre ouverture dans le mur. Plusieurs chasseurs d'esclaves montent la garde devant, et je me dis qu'ils pourraient ignorer que nous ne sommes pas des leurs. Après tout, l'entrée de Times Square est à une avenue entière de là. Si je m'y dirige avec assurance, peut-être qu'ils croiront que je fais partie de leur bande et la garderont ouverte.

Je tourne et m'approche de plus en plus vite. Une centaine de mètres… cinquante… trente… Je fonce droit vers l'ouverture, et jusqu'ici, elle est encore ouverte. Il n'est plus question d'arrêter maintenant. Et s'ils abaissent la grille, nous sommes morts.

Mon corps se tend et celui de Ben aussi. Je m'attends presque à une collision.

Mais un moment plus tard, nous nous retrouvons de l'autre côté. Nous avons réussi. Je pousse un soupir de soulagement.

Nous voici à l'intérieur. Je roule à cent soixante maintenant en descendant Eighth Avenue en sens contraire. Je m'apprête à tourner à gauche pour les rattraper sur Broadway, quand tout à coup Ben se penche et pointe l'index.

— LÀ ! crie-t-il.

Je cligne des yeux en essayant de repérer ce qu'il me montre. Le pare-brise est encore couvert de sang et d'aiguilles de pin.

— LÀ ! crie-t-il de nouveau.

Je regarde encore et cette fois, je vois : là-bas, à dix pâtés de maisons plus loin. Un groupe de Humvee stationnés à l'extérieur de Penn Station. J'aperçois le véhicule du chasseur d'esclaves que je poursuivais. Il est placé devant les autres, son pot d'échappement encore fumant. Le conducteur est sorti de l'auto et se précipite vers les marches de Penn Station en entraînant Bree et le frère de Ben, tous deux menottés ensemble. Mon cœur fait un bond dans ma poitrine en la voyant.

Le signal d'alerte de la jauge d'essence résonne encore plus fort, et j'accélère. Je n'ai besoin d'essence que pour quelques pâtés de maisons de plus.

« Allez. Allez ! »

Nous parvenons près de l'entrée. Je freine brusquement devant celle-ci et je suis sur le point de m'arrêter et de bondir de l'auto quand je me rends compte que nous avons perdu trop de temps. Il n'y a qu'une seule manière de les rattraper maintenant. Je dois continuer de rouler jusque dans la station. La pente est raide, le long d'étroites marches de pierre, jusqu'à l'entrée. Ce n'est pas un escalier conçu pour les autos, et je me demande si la nôtre peut tenir le coup. Ce sera douloureux. Je me raidis.

— TIENS-TOI! je crie.

Je vire à gauche et j'écrase le champignon. J'atteins deux cent vingt-cinq. Ben s'accroche au tableau de bord en saisissant ce que je fais.

— RALENTIS! crie-t-il.

Mais il est trop tard maintenant. Mon corps est secoué dans tous les sens, les pneus bondissant sur chaque marche, et je suis incapable de garder la maîtrise de l'auto. Nous descendons de plus en plus vite, portés par notre élan, et je me raidis tandis que nous fonçons droit dans les portes de Penn Station. Elles s'arrachent de leurs gonds, puis nous nous retrouvons à l'intérieur.

Je reprends finalement la maîtrise de l'auto alors que nous roulons pour la première fois sur un sol sec. Nous descendons un autre escalier en volant presque et nous atterrissons avec un fracas épouvantable.

Nous sommes dans l'immense gare d'Amtrak, et je roule dans une grande pièce, les pneus crissant tandis que j'essaie de redresser l'auto. Devant nous se trouvent des dizaines de chasseurs d'esclaves qui semblent flâner. Ils se tournent vers moi d'un air paniqué, de toute évidence incapables de comprendre comment une auto s'est rendue ici. Je ne veux pas leur laisser le temps de reprendre leurs esprits. Je me dirige droit sur eux, comme une boule sur une allée de quilles.

Ils essaient de s'écarter, mais j'accélère et en renverse plusieurs. Ils frappent l'auto avec un bruit mat, les corps se tordant et volant par-dessus le capot.

Je continue de rouler et je vois au loin le chasseur d'esclaves qui a enlevé ma sœur. J'aperçois le frère de Ben, qu'on fait monter dans un train. Je suppose que Bree y est déjà.

— C'est mon frère! crie Ben.

La porte du wagon se ferme, et de toutes mes forces, j'appuie sur l'accélérateur une dernière fois en ciblant le chasseur qui a kidnappé Bree. Il reste figé comme un cerf dans la lumière de phares d'auto, juste après avoir poussé le frère de Ben dans le train. Il me regarde directement alors que je me rapproche.

Je fonce sur lui, l'écrasant contre le train et le coupant en deux. Nous heurtons le train à cent trente kilomètres-heure, et ma tête frappe violemment le tableau de bord. Je sens le choc dans mon cou au moment où l'auto s'arrête net.

J'ai la tête qui tourne et les oreilles qui bourdonnent. J'entends vaguement le bruit des autres chasseurs d'esclaves qui se rassemblent pour se lancer à ma poursuite.

Le train avance encore — notre auto ne l'a même pas ralenti. Ben est inconscient, et je me demande s'il est mort.

Avec un effort surhumain, je réussis à sortir de l'auto.

Maintenant, le train roule de plus en plus vite, et je dois courir pour le rattraper. Je cours le long de la voie et je saute finalement en prenant pied sur un rebord et en agrippant une barre de métal. Je passe la tête par une fenêtre en cherchant Bree. J'avance tant bien que mal à l'extérieur du wagon en jetant un coup d'œil à chaque fenêtre et en progressant vers une porte qui me permettra d'entrer.

Le train roule tellement vite que je sens le vent dans mes cheveux, et j'essaie désespérément d'atteindre la porte. Je regarde devant moi, et mon cœur s'arrête en voyant que nous allons pénétrer dans un tunnel. Il n'y a pas assez d'espace. Si je n'entre pas bientôt, je vais heurter le mur de plein fouet.

Finalement, j'atteins la porte et saisis la poignée. À l'instant où je m'apprête à l'ouvrir, je sens une douleur intense sur le côté de ma tête.

Je suis projetée dans les airs et un moment plus tard, j'atterris sur le plancher de ciment. C'est une chute de trois mètres, et je reste là, le souffle coupé, étendue sur le dos, à regarder le train s'éloigner. Je me rends compte que quelqu'un a dû me frapper à la tempe pour me faire tomber du train.

Je lève les yeux et j'aperçois le visage d'un chasseur d'esclaves qui se dresse au-dessus de moi en me regardant d'un air sadique. Plusieurs autres chasseurs se dirigent vers moi en courant. Ils se rapprochent, et je constate que je suis foutue.

Mais ça n'a plus d'importance : le train s'éloigne à toute vitesse en emportant ma sœur.

C'en est déjà fini de ma vie.

TROISIÈME
PARTIE

13

Je m'éveille dans l'obscurité. Je suis si désorientée et mon corps est si douloureux que je me demande d'abord si je suis morte ou vivante. Je suis étendue sur un froid plancher de métal, le corps tordu dans une position qui n'a rien de naturel, le visage contre le sol. Je me retourne, place mes paumes contre le plancher et essaie de me relever.

Chaque mouvement est douloureux. Je crois qu'aucune partie de mon corps n'a été épargnée. Tandis que je m'assois lentement, j'ai l'impression que ma tête va éclater. Je me sens en même temps étourdie, nauséeuse, faible et affamée. Je prends conscience que je n'ai pas mangé depuis une journée. J'ai la gorge sèche et je meurs de soif. Je me sens comme si on m'avait passée au malaxeur.

Je reste assise là, l'univers tournant autour de moi. Je ne sais trop comment, mais je suis encore vivante.

Je parcours la pièce des yeux, essayant de m'orienter, me demandant où je suis. Il fait noir ici, et la seule lumière filtre par une fente étroite sous une porte quelque part à l'autre bout de la pièce. Elle ne suffit pas pour que je voie quoi que ce soit.

Lentement, je me lève sur un genou, me tenant la tête pour essayer d'atténuer la douleur. Ce seul petit geste m'étourdit encore davantage. Je me demande si on m'a droguée, ou si mes étourdissements proviennent seulement de toutes les blessures que j'ai subies ces dernières vingt-quatre heures.

Avec un effort suprême, je réussis à me mettre sur pied. Grave erreur. La douleur surgit d'au moins une douzaine d'endroits sur mon corps : la blessure à mon bras ; mes côtes fêlées ; mon front quand il a frappé le tableau de bord ; et le côté de mon visage. Je lève une main et je sens une marque de coup : ça doit être à l'endroit où le chasseur d'esclaves m'a frappée quand je me tenais hors du train.

J'essaie de me souvenir... Penn Station... quand j'ai renversé les chasseurs d'esclaves... quand j'ai foncé dans le train... ma course le long du quai... quand j'ai sauté sur le train... et quand on m'a frappée... Puis, je me souviens que Ben n'était pas avec moi. Je me rappelle qu'il était assis dans l'auto, inconscient. Je me demande s'il a pu survivre à la collision.

— Ben ? je crie sans trop d'espoir dans l'obscurité.

J'attends, espérant une réponse, espérant qu'il puisse être ici avec moi. Je plisse les yeux dans les ténèbres, mais je suis incapable de voir quoi que ce soit. Il n'y a rien d'autre que le silence. Je me sens de plus en plus désespérée.

Je me demande si Bree était réellement sur ce train et où il allait. Je me souviens d'avoir aperçu le frère de Ben, mais je ne peux pas me souvenir si j'ai vraiment vu Bree. Je m'étonne que des trains puissent encore fonctionner. Est-ce qu'on transporte les captifs jusqu'à l'Arène Un ?

Rien de cela n'a d'importance. Qui sait pendant combien d'heures j'ai été évanouie, combien de temps j'ai perdu. Qui sait où le train s'en va ou combien de centaines de kilomètres il a déjà parcourus. Je n'ai plus aucun moyen de les rattraper même en supposant que je puisse m'évader d'ici, ce dont je doute. J'éprouve un sentiment de colère et de désespoir en prenant conscience que j'ai fait tout cela pour rien. Maintenant, il ne me reste plus qu'à attendre ma sentence, ma mort certaine, mon châtiment de la part des chasseurs d'esclaves. Ils vont probablement me torturer, puis me tuer. Je souhaite seulement que ce soit rapide.

Je me demande s'il existe un quelconque moyen de m'enfuir d'ici. Je commence à faire quelques pas hésitants dans l'obscurité en tenant mes mains devant moi. Chaque pas est une torture, mon corps si las, perclus de douleurs. De plus, il fait froid ici, et je grelotte ; je n'ai pas pu me réchauffer depuis des jours et j'ai l'impression d'avoir de la fièvre. Même si par chance je peux trouver une façon de m'évader, je ne crois pas être assez en forme pour aller très loin.

Je touche un mur et j'y fais courir mes doigts en avançant lentement vers la porte. J'entends tout à coup un son provenant de l'extérieur. Il est suivi par des bruits de pas, plusieurs paires de bottes de combat marchant le long d'un plancher d'acier. À mesure qu'ils approchent, ils se répercutent de manière menaçante.

J'entends le bruit de plusieurs clés qui s'entrechoquent, et la porte de ma cellule s'ouvre. La lumière envahit l'intérieur, et je lève les mains devant mes yeux, éblouie.

Mes yeux ne se sont pas encore adaptés, mais je vois suffisamment pour distinguer les silhouettes de plusieurs hommes dans l'entrée. Ils sont grands et musclés et semblent porter des uniformes de chasseurs d'esclaves, avec leurs masques noirs.

Je baisse lentement les mains pendant que mes yeux s'adaptent à la lumière. Ils sont cinq. Celui qui se trouve au centre me tend sans un mot une paire de menottes ouvertes. D'après son attitude, je comprends que je dois marcher jusqu'à lui pour qu'il me les passe autour des poignets. Ils semblent attendre pour me conduire quelque part.

Je jette un coup d'œil rapide à ma cellule maintenant inondée de lumière et je constate que c'est une pièce simple, de trois mètres par trois, avec des murs et un plancher d'acier, et rien d'autre. Et aucune autre issue que la porte. Je parcours lentement ma taille des mains et sens qu'on m'a débarrassée de ma ceinture d'armes. Je suis sans défense. Ça ne servirait à rien d'essayer de lutter contre ces soldats armés jusqu'aux dents.

Je ne vois pas ce que j'ai à perdre en les laissant me menotter. Ce n'est pas comme si j'avais le choix. D'une façon ou d'une autre, ça me permettra de sortir d'ici. Et si c'est pour aller me faire tuer, au moins tout sera terminé.

Je marche lentement vers eux, puis me retourne. Je sens le métal froid se refermer brutalement sur mes poignets ; les menottes sont trop serrées. Puis, on saisit mon chandail par derrière et on me pousse dans le corridor.

J'avance en trébuchant, les chasseurs d'esclaves derrière moi, leurs bottes se répercutant contre les murs comme celles d'un escadron de membres de la Gestapo. Le corridor est faiblement éclairé par des lumières d'urgence à plusieurs mètres les unes des autres, et chacune éclaire à peine suffi-samment pour permettre d'avancer. C'est un long corridor stérile aux murs et au plancher de métal. On me pousse une fois de plus pour que j'accélère le pas. Je souffre terrible-ment, mais plus je marche, plus la raideur de mon corps s'atténue.

Le corridor prend fin, et je n'ai d'autre choix que de tourner à droite, et ce faisant, je constate qu'il s'ouvre sur un plus grand espace au loin. On me pousse encore le long de ce nouveau corridor, et je me retrouve debout dans une vaste salle.

Je suis surprise en constatant qu'elle fourmille de cen-taines de chasseurs d'esclaves. Ils sont alignés en rangées bien droites le long des murs, formant un demi-cercle, vêtus de leurs uniformes et de leurs masques noirs. Nous devons encore nous trouver sous terre quelque part, car je ne vois aucune fenêtre ni lumière naturelle, la pièce sombre n'étant éclairée que par des torches placées le long des murs. Leurs flammes crépitent dans le silence.

Au centre du demi-cercle se trouve ce que je ne peux décrire que comme un trône : une énorme chaise montée sur une plateforme de bois improvisée. Un homme y est assis, qui est de toute évidence leur chef. Il paraît jeune, peut-être dans la trentaine, et pourtant, il a des mèches de cheveux blancs qui s'étirent en pointant dans toutes les directions, comme un savant fou. Il porte un uniforme recherché en velours vert, orné de boutons militaires, et un haut col qui lui entoure le cou. Il a de grands yeux gris pro-tubérants, sans vie, qui me fixent. Il ressemble à un maniaque.

Les rangées de chasseurs d'esclaves s'écartent, et on me pousse encore. J'avance en trébuchant jusqu'au centre de la salle, et on me guide jusqu'à ce que je me tienne debout devant le chef.

Je suis à une dizaine de mètres de lui et le regarde, les chasseurs montant la garde derrière moi. Je ne peux m'empêcher de me demander s'ils vont m'exécuter sur place. Après tout, j'ai tué plusieurs des leurs. Je parcours l'endroit des yeux en espérant apercevoir Bree, ou Ben, ou son frère. Ils n'y sont pas. Je suis seule.

J'attends patiemment dans le silence tendu pendant que le chef me toise de haut en bas. Il n'y a rien que je puisse faire d'autre qu'attendre. Apparemment, mon sort repose entre les mains de cet homme.

Il me jette un regard de prédateur, puis après ce qui me semble une éternité, il me surprend en m'adressant lentement un sourire. C'est davantage un rictus, enlaidi par une large cicatrice le long de sa joue. Il se met à rire, de plus en plus. C'est le bruit le plus cynique que j'aie jamais entendu, et il se répercute dans la pièce mal éclairée. Il me fixe avec des yeux brillants.

— Alors c'est toi, dit-il finalement.

Sa voix est étrangement graveleuse et profonde, comme si elle appartenait à un centenaire.

Je le fixe à mon tour, ne sachant quoi répondre.

— C'est *toi* qui as semé un pareil chaos parmi mes hommes. C'est toi qui as réussi à nous poursuivre à travers toute la ville. À travers MA ville. New York m'appartient maintenant. Tu savais ça ? demande-t-il, sa voix devenant soudain furieuse tandis que ses yeux s'écarquillent.

Il agrippe les accoudoirs de son trône, et je vois que ses bras tremblent. Il donne l'impression de s'être tout juste évadé d'un hôpital psychiatrique.

Une fois de plus, j'ignore quoi répondre, alors je reste muette.

Il secoue lentement la tête.

— Quelques autres ont déjà essayé, mais aucun n'a jamais réussi à traverser ma ville auparavant. Ou à se rendre jusque chez moi. Tu savais que ça signifiait une mort certaine. Et pourtant tu es venue.

Il m'examine de nouveau de haut en bas.

— Je t'aime bien, conclut-il.

Tandis qu'il me fixe des yeux, m'évaluant, je me sens de plus en plus mal à l'aise, me préparant au sort qui m'attend, quel qu'il soit.

— Et regarde-toi, poursuit-il. Juste une fille. Une stupide jeune fille. Pas même costaude ou forte. Sans aucune arme digne de ce nom. Comment se peut-il que tu aies tué tant de mes hommes ?

Il secoue encore la tête.

— C'est parce que tu as du cœur. C'est ce qui est précieux, dans ce monde. Oui, c'est ce qui a de la valeur.

Il éclate de rire.

— Évidemment, tu n'as pourtant pas réussi. Comment aurais-tu pu ? C'est MA ville ! hurle-t-il tout à coup, le corps tremblant.

Il reste là à trembler pendant ce qui me semble une éternité. J'ai de plus en plus peur ; de toute évidence, mon sort est entre les mains de ce maniaque.

Finalement, il se racle la gorge.

— Tu as un esprit fort. Presque autant que moi. Je t'admire. C'est suffisant pour que je veuille te tuer rapidement plutôt que lentement.

Je n'aime pas du tout ce que j'entends et je déglutis avec difficulté.

— Oui, continue-t-il en me fixant toujours. Je le vois dans tes yeux. Tu as l'esprit d'une guerrière. Oui, tu me ressembles.

J'ignore ce qu'il voit en moi, mais j'espère n'avoir rien en commun avec cet homme.

— Il est rare de trouver quelqu'un comme toi. Peu de gens ont réussi à survivre là-bas pendant toutes ces années. Peu ont une pareille volonté… Alors, plutôt que de t'exécuter maintenant, comme tu le mérites, je vais te récompenser. Je vais t'offrir un immense cadeau. Le don du libre arbitre. Un choix… Tu peux te joindre à nous. Devenir l'une d'entre nous. Un chasseur d'esclaves. Tu auras tous les avantages que tu puisses imaginer — plus de nourriture que tu n'en as jamais rêvé. Tu seras à la tête d'une division de chasseurs d'esclaves. Tu connais bien ton territoire. Ces montagnes. Oui, tu peux m'être utile. Tu dirigeras des expéditions pour capturer tous les survivants qu'il reste. Tu vas contribuer à accroître notre armée. Et en retour, tu vivras. Et tu vivras dans le luxe.

Il s'arrête, me fixant toujours, comme s'il attendait une réponse.

Évidemment, cette idée me rend malade. Un chasseur d'esclaves. Il n'y a rien que je puisse mépriser davantage. J'ouvre la bouche pour répondre, mais au début, mon gosier est si sec que rien n'en sort. Je me racle la gorge.

— Et si je refuse ? je lui demande sur un ton plus doux que je l'aurais souhaité.

Ses yeux s'écarquillent d'étonnement.

— Si tu refuses ? dit-il, alors tu seras mise à mort dans cette arène. Tu mourras d'une manière atroce, pour notre plus grand divertissement. C'est ton autre choix.

Je réfléchis à toute vitesse, essayant de gagner du temps. Il est hors de question que j'accepte sa proposition, mais je dois trouver un moyen de m'en sortir.

— Et ma sœur ? je demande.

Il se penche vers moi, tout sourire.

— Si tu te joins à nous, je vais la libérer. Elle pourra retourner dans la montagne. Évidemment, si tu refuses, je vais la faire exécuter aussi.

Mon cœur tressaute dans ma poitrine à cette idée. Alors, ça signifie que Bree est encore en vie, en supposant qu'il dise la vérité.

Je réfléchis intensément. Si en devenant chasseur d'esclaves je sauvais la vie de Bree, est-ce qu'elle souhaiterait que je le fasse ? Non. Bree ne voudrait jamais être responsable du fait que je kidnappe d'autres jeunes filles et garçons en m'appropriant leurs vies. Je ferais n'importe quoi pour la sauver, mais je dois tracer une limite ici.

— Vous devrez me mettre à mort, je réponds finalement. Il est hors de question que je devienne chasseur d'esclaves.

Un murmure court dans la foule, et le chef frappe de sa paume l'accoudoir de sa chaise. Le silence se fait immédiatement.

Il se lève en me jetant un regard mauvais.

— Tu seras mise à mort, rugit-il. Et je serai sur la première rangée pour te regarder crever.

14

On me ramène dans le corridor, toujours menottée. En marchant, je me demande malgré moi si j'ai pris la mauvaise décision. Non pas sur le fait de perdre ma vie, mais à propos de celle de Bree. Est-ce que j'aurais dû dire oui pour son bien ?

En refusant, je l'ai effectivement condamnée à mort. Je me sens déchirée par les remords. Mais en bout de ligne, je ne peux m'empêcher de penser que Bree aurait aussi préféré mourir que de voir des gens innocents se faire tuer.

Je me sens hébétée tandis qu'ils me poussent le long du corridor par lequel je suis venue et je me demande ce qu'il adviendra de moi maintenant. Est-ce qu'ils me conduisent à l'arène ? Comment ce sera ? Et qu'est-ce qui arrivera à Bree ? Vont-ils vraiment la tuer ? L'ont-ils déjà tuée ? La réduiront-ils à l'esclavage ? Ou, pis encore, vont-ils la forcer à combattre dans l'arène aussi ?

Puis, une pensée encore pire me vient à l'esprit : pourraient-ils la forcer à se battre contre moi ?

Nous tournons un coin, et je vois tout à coup un groupe de chasseurs d'esclaves marchant au pas dans ma direction en conduisant un prisonnier. J'en crois à peine mes yeux. C'est Ben. J'éprouve un grand soulagement. Il est vivant.

Son nez cassé est enflé, il a des ecchymoses sous les yeux, du sang coule de sa lèvre et il semble avoir été battu. Il paraît aussi faible et épuisé que moi. En fait, j'espère que je ne semble pas en aussi mauvais état. Lui aussi avance en trébuchant le long du corridor, et je suppose qu'ils l'emmènent voir leur chef. Je suppose aussi qu'ils vont lui faire la même offre. Je me demande ce qu'il va décider.

Tandis que nous marchons l'un vers l'autre, à quelques pas seulement de distance, sa tête est penchée, et il ne me voit même pas venir. Il est soit trop faible, soit trop démoralisé pour même lever les yeux. Il semble avoir déjà accepté son sort.

— Ben! je lui crie.

Il lève la tête au moment où nous nous croisons, et ses yeux s'écarquillent d'espoir et de fébrilité. De toute évidence, il est surpris de me voir. Peut-être qu'il est surpris que je sois vivante aussi.

— Brooke! dit-il. Où ils t'amènent? As-tu vu mon frère?

Mais avant que je puisse répondre, on me pousse violemment ainsi que Ben. Un chasseur d'esclaves s'approche de moi et m'applique sa main dégoûtante et puante sur la bouche, et j'essaie de crier, mais mes paroles sont étouffées.

Ils ouvrent une porte et me jettent de nouveau dans ma cellule. J'entre en trébuchant, et ils referment violemment la porte derrière moi, le bruit du métal se répercutant dans la pièce. Je me retourne et frappe à grands coups contre la porte, mais ça ne sert à rien.

— LAISSEZ-MOI SORTIR! je crie. LAISSEZ-MOI SORTIR!

Je sais que c'est inutile, mais je ne peux m'empêcher de hurler. Je hurle contre le monde, contre ces chasseurs d'esclaves, contre l'absence de Bree, contre le sort — et je continue de crier tant que j'en ai la force.

À un certain moment, je perds la voix, épuisée. Finalement, je me retrouve étendue sur le plancher, blottie contre le mur.

Mes cris deviennent des sanglots, et je finis par m'endormir.

○ ○ ○

Le temps passe, j'ignore combien, et je flotte entre le sommeil et l'éveil. Je suis couchée sur le plancher de métal, la tête sur mes mains, mais c'est si inconfortable que je tourne sans cesse d'un côté et de l'autre. Je fais des rêves rapides, troublés, et me force à demeurer éveillée. Mes rêves sont si perturbants — Bree fouettée comme une esclave, moi-même torturée dans une arène — que même à ce point épuisée, je préfère demeurer éveillée.

Je fais un effort pour m'asseoir et je reste là, à fixer l'obscurité, tenant ma tête entre mes mains. Je tente de me concentrer sur quoi que ce soit qui puisse me faire quitter cet endroit.

Je me retrouve à songer à la vie avant la guerre. J'essaie encore de comprendre pourquoi papa est parti et pourquoi il n'est jamais revenu vers nous. Pourquoi Bree et moi sommes parties. Pourquoi maman ne pouvait venir avec nous. Pourquoi les choses ont changé en si peu de temps. Si j'avais pu faire quoi que ce soit différemment. C'est comme une énigme que j'examine sans arrêt dans tous les sens.

Je repense à la veille du jour où la guerre a commencé. Le jour où tout a changé — pour la deuxième fois.

C'était une journée chaude de septembre, et je vivais encore à Manhattan avec maman et Bree. Papa était déjà parti depuis une année, et chaque jour nous attendions en vain des nouvelles de lui.

Et pendant que nous attendions, la guerre s'intensifiait quotidiennement. Un jour, un blocus a été déclaré ; quelques semaines plus tard, ils ont émis un décret sur la conservation de l'eau, puis sur le rationnement de la nourriture. Les files d'attente pour la nourriture sont devenues la norme. Et à partir de ce moment, la situation a empiré à mesure que les gens perdaient espoir.

Il était devenu de plus en plus dangereux de marcher dans les rues de Manhattan. Les gens ont commencé à faire n'importe quoi pour survivre, pour trouver de la nourriture et de l'eau, pour amasser des médicaments. Le pillage est devenu courant, et le désordre s'amplifiait de jour en jour. Je ne me sentais plus en sécurité. Et plus important encore, je ne sentais plus que Bree était à l'abri du danger.

Ma mère s'entêtait dans son déni ; comme la plupart des gens, elle continuait d'insister sur le fait que la situation reviendrait bientôt à la normale.

Mais les choses n'ont fait qu'empirer. Les combats se sont rapprochés de la maison. Un jour, j'ai entendu des explosions lointaines et je me suis précipitée sur le toit et j'ai vu, à l'horizon, des batailles sur les falaises du New Jersey. Blindés contre blindés. Avions de combat. Hélicoptères. Il y avait des explosions, et des quartiers entiers étaient en flammes.

Puis, un jour terrible, j'ai aperçu dans le lointain une immense explosion, une explosion différente des autres, une explosion qui a fait trembler tout notre immeuble. À des kilomètres de distance à l'horizon, j'ai vu s'élever un nuage en forme de champignon. Ce jour-là, j'ai compris que les choses n'allaient jamais s'améliorer. Que la guerre ne se terminerait jamais. Un seuil venait d'être franchi. Nous allions sûrement mourir lentement ici, piégées sur l'île de Manhattan. Mon père continuerait de combattre et il ne reviendrait jamais.

J'ai compris que nous en avions fini d'attendre. J'ai su, pour la première fois de ma vie, qu'il *ne* tiendrait *pas* parole, et j'ai alors su ce que je devais faire : il était temps de poser un geste audacieux pour la survie de ce qu'il restait de notre famille. Temps de faire ce qu'il aurait voulu que sa fille fasse : nous sortir de cette île, loin d'ici, et atteindre la sécurité des montagnes.

Pendant des mois, j'avais essayé de convaincre maman d'accepter le fait que papa ne reviendrait jamais à la maison, mais elle refusait de l'admettre. Elle n'arrêtait pas d'insister sur le fait que nous ne pouvions pas partir, que c'était notre foyer, que la vie serait encore plus dangereuse hors de la ville. Et surtout, que nous ne pouvions abandonner mon père. Qu'arriverait-il s'il revenait à la maison et que nous soyons parties ?

Elle et moi en discutions chaque jour jusqu'à ce que nous soyons toutes deux rouges de colère, nous hurlant au visage l'une de l'autre. Nous avons finalement atteint une impasse.

Nous avons fini par nous détester, nous adressant à peine la parole.

Puis il y a eu le champignon atomique. Contre toute attente, ma mère a continué à refuser de quitter la ville. Mais j'avais pris ma décision. Nous allions partir avec ou sans elle.

Je suis descendue chercher Bree. Elle était sortie en douce pour trouver de la nourriture, une chose que je lui permettais puisqu'elle n'allait jamais loin et qu'elle revenait toujours dans l'heure. Mais cette fois, elle était en retard ; elle était maintenant partie depuis des heures, et ça ne lui ressemblait pas. J'étais rongée par l'inquiétude tandis que je descendais les escaliers en courant, étage après étage, résolue à la trouver et à foutre le camp d'ici. J'avais à la main un cocktail Molotov improvisé. C'était la seule véritable arme à ma disposition, et j'étais prête à m'en servir au besoin.

Je courais dans les rues en criant son nom, la cherchant partout. Je fouillais chaque ruelle où elle aimait jouer, mais je ne la trouvais pas. Mes appréhensions s'amplifiaient.

À un moment, j'ai entendu un cri à peine audible au loin. J'ai reconnu sa voix et je me suis élancée dans cette direction.

Après avoir parcouru plusieurs pâtés de maison, ses cris étaient devenus plus forts. Finalement, j'ai tourné dans une ruelle étroite et je l'ai aperçue.

Bree se tenait au bout de la ruelle, entourée d'un groupe d'agresseurs. Ils étaient six, des adolescents. L'un d'eux a déchiré son chandail pendant qu'un autre tirait sur sa queue de cheval. Elle balançait son sac à dos en essayant de les éloigner, mais sans grand succès. Il était évident, à mes yeux, que d'un moment à l'autre, ils allaient la violer. Alors, j'ai fait la seule chose possible : j'ai allumé le cocktail Molotov et je l'ai lancé aux pieds du garçon le plus costaud...

Le bruit d'une porte métallique s'ouvrant lentement, une lumière inondant la pièce, puis la porte qui se referme me tirent brutalement de ma rêverie. J'entends un bruit de chaînes, puis des pas et je sens la présence de quelqu'un d'autre dans l'obscurité. Je lève les yeux.

Je suis soulagée de voir qu'il s'agit de Ben. J'ignore combien de temps s'est écoulé. Je m'assois lentement.

Notre cellule est éclairée par des ampoules rouges de secours, encadrées par une grille de métal au haut du mur. Elles permettent à peine de voir. J'aperçois Ben qui titube dans la pièce, l'air désorienté ; il ne se rend même pas compte que je suis ici, sur le plancher.

— Ben ! je murmure d'une voix rauque.

Il se retourne et me voit, puis ses yeux s'écarquillent de surprise.

— Brooke ? demande-t-il d'une voix hésitante.

J'essaie de me remettre sur pied avec difficulté, éprouvant des douleurs atroces dans toutes les parties de mon corps tandis que je m'agenouille. Alors que je commence à me redresser, il court vers moi, me saisit un bras et me relève. Je sais que je devrais lui être reconnaissante de m'aider, mais je lui en veux pour ça : c'est la première fois qu'il me touche, sans mon consentement, et j'éprouve un sentiment étrange. De plus, je n'aime pas que les gens m'aident en général, et en particulier les garçons.

Alors, je retire mon bras et me tiens debout toute seule.

— Je peux m'occuper de moi-même, je lui dis d'un ton brusque.

Mes paroles sont trop dures. Je les regrette et je souhaiterais lui avoir plutôt dit comment je me sens réellement. J'aurais voulu lui dire :

« Je suis heureuse que tu sois en vie. Je suis soulagée que tu sois ici avec moi. »

En y songeant, je ne comprends pas vraiment pourquoi je suis si contente de le voir. Peut-être suis-je seulement heureuse de voir une autre personne normale comme moi, un survivant, au milieu de tous ces mercenaires. Peut-être est-ce parce que nous avons traversé le même enfer au cours des dernières vingt-quatre heures ou parce que nous avons chacun perdu un frère et une sœur.

Ou peut-être, je me dis en hésitant, est-ce autre chose.

Ben me fixe de ses grands yeux bleus, et pendant un instant, je perds la notion du temps. Son regard est si compatissant qu'il semble déplacé dans un pareil endroit. Ce sont les yeux d'un poète, d'un peintre — un artiste, une âme tourmentée.

Je me force à détourner les yeux. Il y a quelque chose dans ces yeux qui m'empêche de penser clairement quand je les regarde. J'ignore ce que c'est, et ça me dérange. Je n'ai jamais ressenti une pareille chose pour un garçon auparavant. Je ne peux m'empêcher de me demander si je me sens seulement liée à Ben en raison de ce qui nous est arrivé ou s'il s'agit d'autre chose.

Bien sûr, il est arrivé souvent qu'il m'agace et que je sois en colère contre lui — et il m'arrive encore de lui reprocher tout ce qui s'est produit. Par exemple, si je ne m'étais pas arrêtée et ne l'avais pas fait monter sur la moto avec moi sur l'autoroute, peut-être que j'aurais sauvé Bree et que nous serions de retour à la maison maintenant. Ou s'il n'avait pas laissé tomber mon pistolet par la fenêtre, peut-être que j'aurais pu la sauver dans Central Park. Et j'aimerais qu'il soit plus fort, plus combattif. Mais inexplicablement, je me sens proche de lui.

— Je suis désolé, dit-il, troublé, avec la voix d'un homme déjà brisé. Je ne voulais pas t'offenser.

Lentement, je me radoucis. Je comprends que ce n'est pas sa faute. Il n'est pas mauvais.

— Où ils t'ont emmené ? je demande.

— Devant leur chef. Il m'a proposé de me joindre à eux.

— Tu as accepté ?

Mon cœur palpite pendant que j'attends sa réponse. S'il dit oui, il baissera de beaucoup dans mon estime ; en fait, je ne serais plus capable de le regarder en face.

— Bien sûr que non, répond-il.

Mon cœur se gonfle de soulagement et d'admiration. Je sais quel sacrifice il a dû faire. Comme moi, il vient de se condamner à mort.

— Et toi ? demande-t-il.

— Qu'est-ce que tu crois ? je réponds.

— Non, dit-il. Je pense que non.

Je remarque qu'il tient délicatement un de ses doigts qui paraît disloqué. Il semble souffrir.

— Qu'est-ce qui est arrivé ? je demande.

Il regarde son doigt.

— C'est arrivé pendant l'accident d'auto.

— Lequel ? je demande, et je ne peux m'empêcher d'émettre un petit sourire ironique en songeant à tous les accidents que nous avons eus depuis vingt-quatre heures.

Il sourit à son tour tout en grimaçant de douleur.

— Le dernier. Quand tu as décidé de foncer dans le train. Bonne décision.

J'ignore s'il le pense vraiment ou s'il est sarcastique.

— Mon frère était sur le train, ajoute-t-il. L'as-tu vu?

— Je l'ai aperçu qui montait à bord, je dis. Puis je l'ai perdu de vue.

— Sais-tu où le train allait?

Je secoue la tête.

— Y as-tu vu ma sœur?

Il fait un signe de négation.

— Je ne saurais pas vraiment le dire. Tout s'est passé si vite.

Il baisse la tête d'un air égaré. Un lourd silence s'ensuit. Il semble tellement perdu. La vue de son doigt tordu me perturbe, et j'éprouve de l'empathie pour lui. Je décide d'arrêter d'être si à cran et de faire preuve de compassion à son égard.

Je prends sa main blessée entre les miennes. Il lève les yeux vers moi, étonné.

Sa peau est plus douce que je m'y attendais; elle donne l'impression qu'il n'a jamais travaillé de sa vie. Je tiens doucement le bout de ses doigts et je m'étonne de sentir un léger papillonnement dans mon estomac.

— Laisse-moi t'aider, je lui murmure. Ce sera douloureux, mais il faut le faire. Nous devons le redresser avant qu'il ne commence à guérir, j'ajoute en levant son doigt cassé tandis que je l'examine.

Je repense à l'époque où j'étais jeune, quand je suis tombée dans la rue et que je suis rentrée à la maison avec un doigt brisé et que ma mère a insisté pour me conduire à l'hôpital. Papa avait refusé et il avait pris mon doigt dans sa main et l'avait remis en place d'un geste rapide avant que ma mère puisse réagir. J'ai hurlé de douleur et je me souviens, même aujourd'hui, à quel point c'était atroce, mais ça a fonctionné.

Ben me regarde d'un air effrayé.

— J'espère que tu sais ce que tu fais…

Avant qu'il ne finisse sa phrase, j'ai déjà redressé son doigt.

Il crie et s'éloigne de moi en tenant sa main.

— Merde ! hurle-t-il en marchant de long en large.

Il se calme bientôt, prenant de grandes respirations.

— Tu aurais dû me prévenir !

Je déchire une bande de tissu de ma manche, reprends sa main et attache son doigt avec un autre. C'est une piètre besogne, mais ça devrait faire l'affaire. Ben se tient à quelques centimètres de moi, et je sens qu'il me regarde.

— Merci, murmure-t-il, et il y a dans sa voix quelque chose d'intime que je n'ai pas ressenti auparavant.

Je sens encore une fois les papillons dans mon estomac et j'ai soudain l'impression que je suis trop proche de lui. Je dois garder les idées claires, demeurer forte, détachée. Je m'éloigne rapidement, marchant jusqu'à mon côté de la cellule.

Je regarde Ben et constate qu'il semble déçu. Il paraît aussi épuisé, abattu. Il s'adosse au mur et se laisse lentement glisser en position assise, appuyant sa tête sur ses genoux. C'est une bonne idée. Je fais de même, sentant tout à coup la fatigue dans mes jambes.

Je m'assoie face à lui de l'autre côté de la cellule et j'appuie ma tête dans mes mains. J'ai tellement faim. Je suis si fatiguée. Tout mon corps est douloureux. Je ferais n'importe quoi pour de la nourriture, de l'eau, des antidouleurs, un lit, une douche chaude. Je souhaite seulement dormir — à tout jamais. Je veux que tout cela se termine rapidement. Si je dois mourir, je ne veux pas que ça traîne.

Nous restons assis là, en silence, pendant un temps indéterminé. Il s'écoule une heure, peut-être deux. J'ai perdu toute notion du temps.

J'entends le bruit de sa respiration difficile à travers son nez cassé. Ça doit être si dur pour lui de respirer, et j'éprouve encore une fois de l'empathie pour lui. Je me demande s'il s'est endormi. Je me demande quand ils vont venir nous chercher, quand je vais de nouveau entendre le bruit de leurs bottes nous conduisant vers la mort.

Soudain, la voix de Ben remplit la pièce, une voix douce, triste, brisée :

— Je veux juste savoir où ils ont emmené mon frère, dit-il.

Je sens la douleur dans sa voix et je comprends à quel point il s'inquiète pour lui. Je pense à Bree.

J'éprouve le besoin de me forcer à être tenace, à mettre fin à tout cet apitoiement sur soi.

— Pourquoi ? je lui demande d'une voix dure. Qu'est-ce que ça t'apporterait de le savoir ? Il n'y a rien que nous puissions y faire de toute façon.

Mais en réalité, je veux savoir la même chose — où ils ont amené Bree.

Ben secoue tristement la tête, l'air découragé.

— Je veux simplement savoir, dit-il doucement. Pour mon propre bien. Seulement savoir.

Je soupire, essayant de ne pas y songer, de ne pas penser à ce qui arrive à Bree en ce moment. J'essaie de ne pas me demander si elle croit que je l'ai laissé tomber, que je l'ai abandonnée.

— Est-ce qu'ils t'ont dit qu'ils allaient t'envoyer dans l'arène ? demande-t-il.

Je sens la peur dans sa voix, et mon cœur palpite à cette pensée. Lentement, j'incline la tête.

— Et toi ? je demande en devinant déjà la réponse.

Il incline la tête à son tour d'un air sombre.

— Ils disent que personne n'y survit.

— Je sais, je lui réponds.

Je n'ai pas besoin qu'on me le rappelle. En fait, je ne veux pas y penser du tout.

— Alors, qu'est-ce que tu vas faire ? demande-t-il.

Je lève les yeux vers lui.

— Qu'est-ce que tu veux dire ? Ce n'est pas comme si j'avais plusieurs choix.

— Tu sembles avoir le don de tout éluder, dit-il. Une manière d'éviter les choses à la dernière minute. Comment tu comptes t'en sortir, cette fois ?

Je secoue la tête. Je me suis demandé la même chose, mais en vain.

— Je suis à cours de moyens, je réponds. Je n'ai aucune idée.

— Alors c'est tout ? aboie-t-il, agacé. Tu vas te contenter de baisser les bras ? Tu vas les laisser te conduire dans l'arène ? Te tuer ?

— Qu'est-ce que je peux faire d'autre ? je lui rétorque, agacée moi-même.

Il semble embarrassé.

— Je ne sais pas, dit-il. Tu dois avoir un plan. Nous ne pouvons pas rester ici à ne rien faire. Nous ne pouvons pas tout simplement les laisser nous conduire à notre exécution. Il faut faire *quelque chose*.

Je secoue la tête. Je suis fatiguée. Je suis épuisée. J'ai mal. Je meurs de faim. Cette pièce est entièrement faite de métal solide. Il y a des centaines de gardes armés à l'extérieur. Nous sommes quelque part sous terre. Je ne sais même pas où. Nous n'avons pas d'armes. Il n'y a rien que nous puissions faire. *Rien.*

Sauf *une chose*. Je peux me battre.

— Je ne veux pas les laisser m'exécuter, je dis tout à coup dans l'obscurité.

Il lève les yeux vers moi.

— Qu'est-ce que tu veux dire ?

— Je vais me battre, je réponds. Dans l'arène.

Ben éclate d'un rire moqueur.

— C'est une blague. L'Arène Un fourmille de tueurs professionnels. Et même eux se font tuer. Personne ne survit. Jamais. Ce n'est qu'une sentence de mort prolongée pour leur divertissement.

— Ça ne veut pas dire que je ne peux pas essayer, je lui rétorque d'une voix que son pessimisme a rendue furieuse.

Mais Ben se contente de baisser les yeux et de secouer la tête.

— Eh bien, moi, je n'ai aucune chance, dit-il.

— Si tu penses de cette manière, alors c'est vrai.

C'est une phrase que papa me disait souvent, et je m'étonne d'entendre les mêmes paroles sortir de ma bouche. Ça me perturbe un peu parce que je me demande de quoi j'ai hérité de lui exactement. J'entends la dureté dans ma voix, une dureté que je n'ai jamais reconnue jusqu'à ce jour, et j'ai presque l'impression qu'il parle à travers moi. C'est un sentiment étrange.

— Ben, je lui dis. Si tu crois que tu peux survivre, si tu peux te *voir* survivre, alors tu t'en sortiras. Ça concerne ce que tu te forces à imaginer. Ce que tu te *dis*.

— C'est seulement se mentir à soi-même, répond-il.

— Non. C'est une manière de t'entraîner. Il y a une différence. C'est voir ton propre avenir à la façon dont tu *veux* qu'il soit et le créer dans ta tête, puis faire en sorte qu'il se produise. Si tu ne peux pas le voir, alors tu ne peux pas le créer.

— Tu donnes l'impression de vraiment croire que tu puisses survivre, dit Ben d'un ton surpris.

— Je ne le crois pas, je le *sais*. Je *vais* survivre, je m'entends dire, de plus en plus confiante.

J'ai toujours eu le don de me motiver, de me mettre tellement une idée en tête qu'il devient hors de question de reculer. Malgré la situation, je ressens une confiance renouvelée, un nouvel optimisme.

Et tout à coup, je prends une décision : je suis résolue à survivre. Pas pour moi, mais pour Bree. Après tout, rien ne me dit qu'elle est déjà morte. Elle pourrait être vivante, et la seule possibilité que j'ai de la sauver, c'est d'arriver à rester en vie. À survivre dans cette arène. Et si c'est ce qu'il faut, alors c'est ce que je vais faire.

Je vais survivre.

Je ne vois pas pourquoi je n'aurais pas une chance. S'il y a une chose que je sais faire, c'est me battre. J'ai été élevée à devenir excellente dans ce domaine. Je me suis déjà retrouvée dans un ring auparavant. On m'a botté le cul. Et j'en suis sortie plus forte. Je n'ai pas peur.

— Alors, comment tu vas faire pour gagner? demande Ben.

Cette fois, sa question semble sincère, comme s'il croyait vraiment que je puisse y arriver. Peut-être mon ton l'a-t-il convaincu.

— Je n'ai pas besoin de gagner, je lui réponds calmement. C'est ce qui importe. J'ai seulement besoin de survivre.

Je viens à peine de terminer ma phrase que j'entends le son de bottes de combat défiler dans le corridor. Un instant plus tard, la porte s'ouvre.

Ils viennent me chercher.

15

La porte de notre cellule s'ouvre en grinçant, et la lumière du corridor envahit la pièce. Je lève les mains devant mes yeux pour les protéger et entrevois la silhouette d'un chasseur d'esclaves. Je m'attends à ce qu'il s'approche de moi et m'emmène, mais il se penche, laisse tomber sur le sol un objet de plastique rigide et le frappe du pied. L'objet glisse sur le plancher et s'arrête brusquement en heurtant mon pied.

— Ton dernier repas, déclare-t-il d'une voix sombre.

Puis, il marche jusqu'à la porte, la referme brutalement et la verrouille.

Je peux déjà sentir la nourriture d'ici, et mon estomac réagit en gargouillant. Je me penche et ramasse avec précaution le contenant de plastique que je vois à peine dans la lumière pâle : il est long, plat et recouvert d'un papier d'aluminium. J'enlève le papier, et l'odeur de la nourriture — de la vraie nourriture, cuite, que je n'ai pas goûtée depuis des années — m'envahit les narines, encore plus puissante. C'est une odeur de steak. Et de poulet. Et de pommes de terre. Je l'examine : il y a une grosse tranche de steak juteuse, deux cuisses de poulet, des pommes de terre en purée et des légumes. Je n'ai jamais rien senti d'aussi bon. J'éprouve de la culpabilité du fait que Bree ne soit pas ici pour que nous le partagions.

Je me demande pourquoi ils m'ont servi un repas si abondant, puis je comprends que ce n'est pas par gentillesse mais par égoïsme : ils me veulent forte pour combattre dans l'arène. Peut-être aussi qu'ils me tentent une dernière fois en me donnant une idée de ce que serait ma vie si j'acceptais leur offre. De vrais repas. De la nourriture chaude. Une vie de luxe.

Alors que l'odeur s'infiltre dans chaque pore de ma peau, leur offre devient plus alléchante. Il y a des années que je n'ai pas mangé de vraie nourriture. Je prends conscience d'à quel point j'ai faim, d'à quel point j'ai été mal nourrie, et je me demande sérieusement si, sans ce repas, j'aurais même la force de combattre.

Ben s'assoit et se penche vers l'avant en regardant la nourriture. Évidemment. Je me sens tout à coup égoïste de ne pas avoir pensé à lui. Il doit être aussi affamé que moi, et je suis certaine que l'odeur, qui remplit la pièce, le rend fou.

— Partageons-la, je dis dans l'obscurité.

J'ai besoin de toute ma volonté pour lui proposer ça, mais c'est la bonne chose à faire.

Il secoue la tête.

— Non, fait-il. Ils ont dit que c'était pour toi. Prends-la. Quand ils viendront me chercher, ils vont m'en donner aussi. Tu en as besoin en ce moment. C'est toi qui es sur le point d'aller combattre.

Il a raison. J'en ai réellement besoin maintenant. En particulier parce que je ne prévois pas seulement me battre : je prévois gagner.

Je ne suis pas difficile à convaincre. L'odeur de la nourriture me submerge, puis je saisis une cuisse de poulet et la dévore en quelques secondes. Je prends une bouchée après l'autre, ralentissant à peine pour les avaler. C'est la nourriture la plus délicieuse que j'ai jamais eue. Mais je me force à mettre de côté une des cuisses afin de la garder pour Ben. Il se pourrait, comme il dit, qu'on lui apporte son propre repas, mais peut-être que non. D'une manière ou d'une autre, après tout ce que nous avons traversé ensemble, je crois que ce n'est que normal de partager.

Je fixe mon attention sur les pommes de terre en purée, les engouffrant dans ma bouche avec mes doigts. Mon estomac gargouille, et je me rends compte que j'ai *vraiment* besoin de ce repas, davantage que tout autre que j'aie jamais eu. Mon corps me hurle d'en prendre une autre bouchée, puis une autre. Je mange beaucoup trop vite, et en quelques minutes, j'ai dévoré plus de la moitié de la nourriture. Je fais un effort de volonté afin de garder le reste pour Ben.

Je m'attaque au steak et le soulevant avec mes doigts, j'en prends de grosses bouchées, mastiquant lentement, essayant de savourer chacune. C'est le meilleur steak de toute ma vie. S'il arrive que ce soit mon dernier repas, j'en serai satisfaite. J'en garde la moitié, puis passe aux légumes, n'en mangeant que la moitié. Quelques instants plus tard, j'ai terminé et je ne me sens toujours pas rassasiée. Je regarde ce que j'ai mis de côté pour Ben et je souhaiterais le dévorer jusqu'à la dernière bouchée. Mais je surmonte avec difficulté mon envie et me redresse lentement, traverse la pièce et lui tends le plateau.

Il est assis, la tête sur les genoux, et ne me regarde pas. Je n'ai jamais vu quelqu'un qui ait l'air si abattu. Si j'avais été à sa place, je l'aurais regardé avaler chaque bouchée, aurais imaginé ce que chacune goûtait. Mais il paraît simplement ne plus avoir la volonté de vivre.

Il doit sentir la nourriture, si proche, parce qu'il lève finalement la tête. Il me regarde d'un air surpris, et je souris.

— Tu ne pensais pas vraiment que j'allais tout manger, non ? je demande.

Il sourit, mais secoue la tête, puis la rebaisse.

— Je ne peux pas, dit-il. C'est pour toi.

— C'est à toi maintenant, je dis en lui déposant le plateau dans les mains.

Il n'a d'autre choix que de le prendre.

— Mais ce n'est pas juste... commence-t-il.

— J'ai assez mangé, je lui dis en mentant. De plus, je dois rester légère pour le combat. Je ne peux pas me battre si bien après m'être gavée, n'est-ce pas ?

Mon mensonge n'est pas très convaincant, et je vois bien qu'il n'y croit pas vraiment. Mais je peux aussi constater l'effet que produit sur lui l'odeur de la nourriture. Je peux voir son besoin primaire l'emporter. C'est la même pulsion que j'ai ressentie quelques minutes plus tôt.

Il saisit la nourriture et la dévore. Il ferme les yeux, s'adosse au mur et respire profondément pendant qu'il la mâche, savourant chaque bouchée. Je le regarde finir le repas et je peux voir à quel point il en a besoin.

Plutôt que de retourner de mon côté de la pièce, je décide de m'asseoir contre le mur près de lui. J'ignore combien de temps il me reste avant qu'ils viennent me chercher et pour une raison que j'ignore, j'ai envie d'être proche de lui au cours des dernières minutes que nous allons passer ensemble.

Nous demeurons assis là, côte à côte et en silence pendant je ne sais combien de temps. Je me sens à cran, à l'affût de chaque bruit, me demandant constamment s'ils viennent. En y songeant, mon cœur s'accélère, et j'essaie de chasser cette idée de mon esprit.

J'avais supposé qu'ils nous amèneraient ensemble dans l'arène et je suis étonnée qu'ils nous séparent. Je me demande quelles autres surprises ils ont en réserve. J'essaie de ne pas y penser.

Je ne peux m'empêcher de me demander si c'est la dernière fois que je vois Ben. Je me rends compte que je ne l'ai pas connu longtemps et que je ne devrais pas vraiment m'en soucier. Je sais que je devrais garder l'esprit clair, contenir mes émotions et me concentrer seulement sur le combat qui m'attend.

Mais pour une quelconque raison, je ne peux m'arrêter de penser à lui. Je ne sais trop pourquoi, mais je commence à éprouver de l'attachement pour lui. Je me rends compte qu'il va me manquer. Ça n'a pas de sens, et je me reproche même d'avoir cette idée. Je le connais à peine. Ça m'agace de savoir que je vais être bouleversée, davantage que je le devrais, en devant lui dire adieu.

Nous demeurons assis là, dans un silence détendu, un silence entre amis. Ça ne me semble plus bizarre. Nous ne parlons pas, mais j'ai l'impression que dans ce silence, il m'entend lui dire adieu. Et qu'il me fait aussi ses adieux.

J'attends qu'il dise quelque chose, n'importe quoi, pour me répondre. Après quelques minutes, je commence à me demander s'il n'y a pas une raison à son silence, si c'est possible qu'il ressente la même chose à mon égard. Peut-être qu'il ne se soucie même pas de moi ; peut-être qu'il me reproche de l'avoir entraîné dans cette galère. Tout à coup, je doute de moi-même. J'ai besoin de savoir.

— Ben ? je murmure.

J'attends, mais je n'entends que le son laborieux de sa respiration à travers son nez cassé. Je le regarde et constate qu'il est profondément endormi, ce qui explique son silence.

J'examine son visage qui, même contusionné, me semble très beau. Je déteste l'idée que nous soyons séparés et qu'il meure. Il est trop jeune pour mourir. Je suppose que c'est aussi mon cas.

Le repas m'a donné sommeil, et dans l'obscurité, mes yeux se ferment malgré moi. En quelques instants, je me retrouve affalée contre le mur, ma tête glissant jusqu'à ce qu'elle repose sur l'épaule de Ben. Je sais que je devrais me secouer, demeurer vigilante, me préparer pour l'arène.

Mais en quelques minutes, et malgré mes efforts, je m'endors.

○ ○ ○

Je suis réveillée par l'écho de bottes s'avançant en cadence dans le corridor. Je pense d'abord que ce n'est qu'un cauchemar, mais je constate que ça ne l'est pas. J'ignore combien d'heures se sont écoulées. Je me sens pourtant reposée, ce qui m'indique que j'ai dû dormir pendant un bon moment.

Le bruit de bottes s'amplifie, et elles s'arrêtent bientôt devant la porte. J'entends le tintement de clés et je me redresse, mon cœur battant la chamade. Ils viennent me chercher.

Je ne sais pas comment faire mes adieux à Ben et je ne sais même pas s'il le souhaite. Alors, je me mets sur pied, chaque muscle de mon corps douloureux, et me prépare à partir.

Soudainement, je sens une main sur mon poignet. Elle est étonnamment forte, et l'intensité de sa poigne me surprend.

J'ai peur de le regarder, de croiser son regard, mais je n'ai pas le choix. Il me regarde droit dans les yeux. Il paraît inquiet, et à ce moment, je vois bien à quel point il se soucie de moi. Son émotion m'effraie.

— Tu t'es bien débrouillée, dit-il, en nous permettant de nous rendre jusqu'ici. Nous n'aurions jamais dû vivre si longtemps.

Je le regarde sans savoir quoi répondre. Je voudrais lui dire que je suis désolée pour tout ça. Je voudrais aussi lui dire que j'ai de l'affection pour lui. Que j'espère qu'il survive. Que je survive. Que je le revoie. Que nous retrouvions son frère et ma sœur. Que nous réussissions à retourner chez nous.

Mais je sens qu'il sait déjà tout ça. Alors, je ne dis pas un mot.

La porte s'ouvre, et les chasseurs d'esclaves pénètrent dans la cellule en marchant au pas. Je me retourne pour partir, mais Ben tire sur mon poignet, me forçant à me tourner vers lui.

— Survis, dit-il avec l'intensité d'un homme au seuil de la mort.

Je lui rends son regard.

— Survis, poursuit-il. Pour moi. Pour ta sœur. Pour mon frère. *Survis.*

Ses paroles se répercutent dans l'air, comme un commandement, et je ne peux m'empêcher d'avoir l'impression qu'elles viennent de mon père à travers Ben. Un frisson me parcourt l'échine. Auparavant, j'étais résolue à survivre. Maintenant, j'ai l'impression de ne pas avoir le choix.

Les chasseurs d'esclaves viennent se placer derrière moi.

Ben lâche ma main, puis je me retourne et me tiens fièrement debout devant eux. Le repas et le sommeil m'ont donné une poussée d'énergie, et je les regarde d'un air de défi.

L'un d'eux tient une clé. Au début, je ne comprends pas pourquoi, mais tout à coup, je me rappelle : mes menottes. Je les porte depuis si longtemps que j'ai oublié leur existence.

Je lève les mains, et ils me les retirent. Je me sens profondément soulagée. Je me frotte les poignets là où les menottes ont laissé des marques sur ma peau.

Je sors de la pièce avant qu'ils ne me poussent, souhaitant prendre l'avantage. Je sais que Ben m'observe, mais je ne peux pas supporter le fait de me retourner et de le regarder. Je dois être forte.

Je dois survivre.

16

Les chasseurs d'esclaves me conduisent le long du corridor, et à mesure que j'avance, je commence à entendre un faible grondement. Au début, j'ai du mal à comprendre ce que c'est, mais en approchant, le bruit se met à ressembler à celui que fait une foule. Une foule en délire, ses cris me parvenant par vagues.

Nous tournons dans un autre corridor, et le bruit se fait plus distinct. J'entends un immense rugissement, suivi d'un grondement, comme un tremblement de terre. En fait, le corridor tremble pendant que je le parcours. C'est comme la vibration de cent mille personnes qui tapent des pieds.

On me pousse vers la droite, le long d'un autre corridor. Je suis indignée de me faire pousser par ces chasseurs d'esclaves, en particulier parce qu'ils me mènent vers la mort, et j'adorerais me retourner et frapper l'un d'eux. Mais je n'ai pas d'arme, et ils sont plus costauds et plus forts, et je n'aurais aucune chance de gagner. De plus, je dois garder mes forces.

On me pousse une dernière fois, et le corridor s'élargit. Au loin, j'aperçois une lumière vive, comme celle d'un projecteur, et le bruit de la foule devient terriblement fort, comme une chose vivante. Le corridor s'ouvre sur un immense tunnel. La lumière devient de plus en plus brillante, et pendant un moment, je me demande si je ne vais pas sortir au grand air.

Mais la température n'a pas changé, et je me rends compte que je suis toujours sous terre et qu'on me conduit vers un tunnel d'entrée. À l'arène. Je songe à la fois où mon père m'a emmenée voir une partie de baseball, quand nous nous dirigions vers nos sièges, à l'intérieur du stade — quand nous avons parcouru un tunnel et que tout à coup, le stade s'est ouvert devant nous. C'est ce que je ressens en descendant la rampe, sauf que cette fois, je suis la vedette du spectacle. Je m'arrête et regarde, abasourdie.

Devant moi s'étend un immense stade rempli de dizaines de milliers de personnes. En son centre se trouve une arène octogonale qui ressemble à un ring de boxe sauf qu'il est entouré d'une cage avec des barreaux de métal plutôt que des câbles. La cage s'élève à environ cinq mètres, entourant complètement le ring sauf le toit qui est ouvert. Ça me rappelle la cage qu'on utilisait pour le Championnat de combats extrêmes, mais en plus grand. Et cette cage, éclaboussée de taches de sang, hérissée de pointes à l'intérieur tous les deux ou trois mètres, n'est clairement pas conçue pour le sport, mais pour la mort.

J'entends un bruit de métal cliquetant, puis je lève les yeux et vois deux hommes qui combattent dans le ring, l'un d'entre eux venant d'être projeté contre la cage. Son corps se frappe contre le métal, évitant de justesse une pointe de fer, et la foule se met à pousser des hourras.

Le plus petit des deux adversaires, couvert de sang, rebondit contre la cage et paraît désorienté. Le plus gros, énorme, ressemble à un lutteur sumo. C'est un Asiatique, et il doit peser au moins deux cents kilos. Après avoir projeté le petit homme maigre, le lutteur sumo fonce sur lui, le saisit à deux mains et le soulève facilement au-dessus de sa tête comme s'il s'agissait d'une poupée. Il le promène ainsi lentement en faisant des cercles, et la foule crie à tout rompre.

Il lance l'homme à l'autre bout du ring. Ce dernier vole dans les airs et s'abat contre la cage, ratant encore de peu une pointe de fer. Il atterrit sur le sol dur et ne bouge plus.

La foule entière se met à rugir et se lève en hurlant.

— ACHÈVE-LE ! crie un spectateur par-dessus le vacarme.

— TUE-LE ! crie un autre.

— ÉCRASE-LE !

Des milliers de gens se mettent à frapper de leurs bottes les estrades métalliques, et le son devient assourdissant. Sumo lève les bras en regardant la foule, marchant lentement en cercle, savourant le moment. Les clameurs se font plus fortes.

Sumo traverse lentement le ring d'un air menaçant et se dirige vers l'homme inconscient qui gît face contre terre. En l'atteignant, il se laisse tout à coup tomber lourdement sur un genou, atterrissant directement sur les reins de l'homme. Un craquement horrible se fait entendre tandis que ses deux cents kilos s'abattent sur la colonne vertébrale de l'homme

LA TRILOGIE DES SURVIVANTS

en la broyant. La foule grogne en comprenant que Sumo a brisé l'épine dorsale de son adversaire.

Je détourne les yeux, éprouvant un profond sentiment de pitié pour le petit homme sans défense. Je me demande pourquoi ils ne mettent pas fin à ça. De toute évidence, le lutteur a gagné.

Mais apparemment, ils n'ont pas l'intention de faire cesser le combat — et le lutteur sumo n'a pas terminé. Il saisit des deux mains le corps brisé de l'homme et le projette la tête la première à travers le ring. L'homme s'abat violemment contre les barreaux et s'effondre de nouveau sur le plancher. La foule rugit. Son corps atterrit dans une position qui n'a plus rien de naturel, et je ne peux dire s'il est mort ou non.

Le lutteur n'est toujours pas satisfait. Il lève encore les bras d'un air triomphant tandis qu'il marche en cercle et que la foule hurle :

— SU-MO ! SU-MO ! SU-MO !

Le rugissement de la foule s'amplifie jusqu'à ce que le lutteur traverse le ring une dernière fois, lève une jambe et abat son pied sur la gorge de l'homme. Puis, il pose l'autre pied sur sa gorge, broyant les os. Les yeux de l'homme s'ouvrent tout grands tandis que des deux mains, il essaie de repousser les pieds de son cou. Mais c'est un geste futile, et après quelques secondes de lutte, il s'arrête finalement. Ses mains retombent sur ses côtés. Il est mort.

La foule bondit de nouveau sur ses pieds en rugissant.

Sumo agrippe le cadavre, le soulève à bout de bras, puis le lance à travers le ring. Cette fois, il vise une des pointes de fer sur laquelle il empale le corps, qui reste suspendu sur le côté de la cage, une pointe ressortant à travers l'estomac, le sang dégoulinant.

La foule hurle encore plus fort.

On me pousse violemment, et j'avance en trébuchant dans la lumière éclatante, descendant la rampe jusque dans le stade. En y entrant, je comprends finalement où je me trouve : c'est l'ancien Madison Square Garden. Mais l'endroit est délabré, le toit, en partie affaissé, le soleil et l'eau y pénétrant par endroits, et les estrades sont rouillées.

La foule doit m'avoir aperçue parce qu'elle se tourne vers moi et laisse échapper une clameur d'impatience. Je scrute les visages et je constate que ce sont toutes des biovictimes. Leurs visages sont déformés, fondus. La plupart d'entre eux ont le corps décharné. Il y a parmi eux des gens à l'aspect le plus sadique que j'aie jamais vu, et ils sont déployés en nombre incalculable.

On me conduit le long de la rampe vers le ring, et en l'atteignant, je peux sentir les milliers d'yeux fixés sur moi. J'entends des huées. Apparemment, ils n'aiment pas les nouveaux venus. Ou peut-être qu'ils ne m'aiment simplement pas.

On me conduit en me poussant toujours vers une petite échelle métallique sur le côté de la cage. Je lève les yeux vers Sumo qui me regarde de l'intérieur du ring d'un air méprisant. Je jette un coup d'œil au cadavre toujours empalé contre la cage. J'hésite : je ne suis pas pressée d'entrer sur ce ring. On me pousse violemment à la pointe d'une arme dans le bas du dos, et je n'ai d'autre choix que de grimper une marche de l'échelle. Puis une autre, et une autre. La foule pousse des hourras, et je sens mes genoux faiblir.

Un chasseur d'esclaves ouvre la porte de la cage, et j'y pénètre. Il la referme brutalement derrière moi, et je ne peux m'empêcher de tressaillir. La foule rugit de nouveau.

Je me tourne et parcours le stade des yeux à la recherche de Bree, de Ben, de son frère — de n'importe quel visage amical. Mais il n'y en a pas. Je m'oblige à regarder mon adversaire de l'autre côté du ring. Sumo se tient là, à me fixer des yeux. Il sourit, puis éclate de rire. Je suis certaine qu'il pense que je serai facile à tuer. Je ne peux pas le lui reprocher.

Sumo me tourne le dos et lève les bras en faisant face à la foule, exigeant son adulation. De toute évidence, il ne me craint pas et considère ce combat comme étant déjà terminé. Il se réjouit déjà de sa victoire à venir.

Tout à coup, la voix de mon père surgit dans mon esprit :

Sois toujours la première à amorcer un combat. N'hésite jamais. La surprise est ta meilleure arme. Un combat commence quand TU le commences. Si tu attends que ton adversaire t'attaque, tu as déjà perdu. Les trois premières secondes d'un combat en déterminent toujours l'issue. Go. GO !

Mon père me hurle dans la tête, et je me laisse dominer par sa voix. Je ne m'arrête pas pour me dire à quel point cette situation est complètement insensée ni à quel point mon adversaire m'est supérieur. Tout ce que je sais, c'est que si je ne fais rien, je vais mourir.

Je me laisse porter par la voix de mon père et j'ai l'impression que c'est lui qui dirige mon corps. Soudain, je fonce à travers le ring, les yeux fixés sur Sumo. Il me tourne toujours le dos, les bras levés bien haut, jouissant du spectacle qu'il offre à la foule. Tout au moins en ce moment, il est dans une position vulnérable.

Je traverse le ring, chaque seconde me semblant une éternité. Je me concentre sur le fait que je porte toujours des bottes de combat à embouts d'acier. Je fais trois grands pas et avant que Sumo puisse réagir, je bondis dans les airs. Je vole en me laissant emporter par mon élan, ciblant l'arrière de son genou gauche.

Plus ils sont gros, plus ils tombent durement, j'entends dire mon père.

Je souhaite qu'il ait raison.

Je sais que c'est ma seule chance.

Je le frappe de toutes mes forces. Je sens l'impact de l'embout d'acier dans sa chair molle et je prie pour que ça fonctionne.

À ma grande surprise, sa jambe plie sous lui, et il atterrit sur l'autre genou, frappant le plancher du ring qui tremble sous son poids.

La foule pousse une clameur de plaisir et de surprise, ne s'attendant évidemment pas à ça.

La pire erreur que tu puisses faire dans un combat, c'est de frapper quelqu'un et de reculer. Tu ne remportes pas un combat d'un simple coup de poing ou d'un simple coup de pied. Tu le remportes avec des combinaisons de coups. Après l'avoir frappé, frappe-le encore et encore et encore. Continue jusqu'à ce qu'il ne puisse plus se relever.

Sumo commence à se tourner vers moi, et son visage exprime un profond étonnement. Je ne perds pas une seconde.

En tournant sur moi-même, je lui porte un coup de pied à la nuque. Il tombe, face contre terre, heurtant durement le plancher qui tremble à nouveau sous son poids. La foule rugit.

Encore une fois, je ne perds pas une seconde. Je bondis et du talon de ma botte, je lui assène un autre coup dans le bas des reins. Puis, sans une hésitation, je le frappe violemment sur le côté du visage avec l'embout d'acier, visant sa tempe. Le point faible. Je le frappe à répétition. Il se retrouve vite couvert de sang et il essaie de se protéger la tête.

Les spectateurs sont en délire. Tous se lèvent en hurlant.

— TUE-LE! ACHÈVE-LE!

Mais j'hésite. En le voyant étendu là, effondré, je me sens mal. Je sais que je ne le devrais pas, que c'est un tueur impitoyable, mais pourtant, je ne peux me résoudre à l'achever.

Et c'est là mon erreur.

Sumo profite de mon hésitation. En une fraction de seconde, il tend un bras et saisit ma cheville. Sa main est énorme, incroyablement énorme, et elle enveloppe ma jambe comme s'il s'agissait d'une petite branche d'arbre. Avec une facilité incroyable, il me tient par la cheville, me fait tournoyer et m'envoie voler à travers le ring.

Je m'abats contre les barreaux de métal, ratant de quelques centimètres une des pointes acérées, et je retombe sur le plancher.

La foule pousse des hourras. Je lève les yeux, étourdie. Sumo se remet déjà sur pied et fonce. Le sang dégouline sur son visage. Je n'arrive pas à croire que j'ai fait ça. Je n'arrive même pas à croire qu'il soit vulnérable. Et maintenant, il doit être vraiment enragé. La vitesse avec laquelle il se déplace me surprend. En un instant, il se retrouve pratiquement sur moi, sautant dans les airs en se préparant à atterrir sur mon dos. Si je ne m'écarte pas assez vite, il va m'écraser.

À la dernière seconde, je roule sur moi-même et l'évite de justesse tandis qu'il atterrit durement à côté de moi, faisant tellement trembler le plancher que je rebondis dans les airs.

Je roule en m'éloignant et continue de rouler jusqu'à l'autre extrémité du ring. Je m'empresse de me relever, et il fait de même. Nous sommes debout tous les deux de chaque côté du ring, face à face, haletants. La foule devient hystérique. J'ai du mal à croire que j'ai réussi à survivre si longtemps.

Il se prépare à foncer de nouveau, et je me rends compte que je n'ai plus d'issue. Il n'y a pas beaucoup d'endroits où aller sur ce ring, compte tenu surtout de la taille de cet homme. Un faux mouvement, et je suis fichue. L'élément de surprise m'a favorisée, mais maintenant, je dois réellement combattre.

Subitement, un objet tombe au milieu du ring à travers le toit ouvert de la cage. Il s'abat avec un bruit sourd sur le plancher entre nous deux. C'est une arme. Une énorme hache d'armes. Je ne m'étais jamais attendu à ça. Je suppose que c'est leur façon d'équilibrer le jeu, de prolonger leur divertissement. La hache a atterri au centre, à distance égale entre nous deux, soit environ trois mètres.

Sans hésiter, je m'élance et constate avec soulagement que je suis plus rapide que lui : je l'atteins et la saisis en premier.

Mais il est plus leste que je l'avais imaginé, et au moment même où je me penche et la ramasse, je sens son immense main autour de ma cage thoracique, et il me soulève, puis me serre de toutes ses forces contre lui. Il me soulève encore plus haut, sans aucun effort, comme si j'étais un insecte. La foule hurle.

Il m'étreint de plus en plus fort, et je sens l'air s'échapper de mes poumons. J'ai l'impression que mes côtes vont se briser. Je réussis à tenir la hache, mais elle ne me sert pas à grand-chose. Je ne peux même pas bouger les épaules.

Il me retourne vers la foule, s'amusant avec moi. La foule réagit en hurlant de plaisir. Si je pouvais seulement libérer mes bras, je pourrais me servir de la hache.

Mais c'est impossible. Je sens ce qu'il me reste d'air quitter mes poumons et je sens que d'un moment à l'autre, je vais suffoquer.

Finalement, je me rends compte que la chance m'a quittée.

17

Sumo ne semble pas vouloir me tuer tout de suite. Il paraît plutôt s'amuser. Il veut jouer avec moi.

Alors, plutôt que de me broyer à mort, il me fait tourner rapidement, plusieurs fois, puis me lance. La hache me glisse des mains, et le monde tourne alors que je vole à travers les airs. Je frappe la tête la première un mur de métal de la cage.

Je rebondis et retombe durement sur le sol. La foule rugit. Je réussis encore une fois à éviter une des pointes de fer, mais de justesse. Je lève les yeux et aperçois le corps de sa dernière victime, toujours empalé, et je constate à quel point j'ai eu de la veine. La hache frappe le plancher dans un fracas métallique à un mètre de moi.

Le coup résonne dans ma tête, et je suis désorientée tandis que je gis là, face contre terre. Du coin de l'œil, je le vois foncer. Je suis trop sonnée pour bouger.

Grouille-toi, soldat ! GROUILLE !

Par un effort de volonté, je réussis à bouger. Je me mets à genoux, rampe jusqu'à la hache aussi vite que je le peux, la saisis des deux mains et la fais tourner de toutes mes forces.

Le moment est parfait. À l'instant où Sumo s'apprête à sauter sur moi, la hache s'abat sur son mollet. Je sens la lame pénétrer la chair, et son sang m'éclabousse.

La foule pousse un immense rugissement. Je dois l'avoir terriblement blessé.

Il tombe comme un arbre et atterrit avec un bruit effrayant. Il hurle en essayant de mettre les mains à l'endroit où était son pied, et je suis renversée de constater que ma hache l'a tranché. Le sang jaillit partout, et il reste là, étendu, à hurler en tenant son moignon.

— TUE-LE! TUE-LE! crie la foule en cadence.

Je sais que c'est l'occasion ou jamais de l'achever, mais pourtant, je reste debout devant lui, tenant la hache sans pouvoir me décider à le faire.

Je voudrais simplement m'éloigner de lui. Mais je suis dans un coin, et son corps me bloque le chemin. Alors je cours et je bondis par-dessus lui en essayant de gagner l'autre côté de la cage.

Une autre erreur. Une fois de plus, je l'ai sous-estimé. Il saisit ma cheville dans les airs, et je retombe durement au sol, la tête la première. La foule est en délire.

Il me tire vers lui, une main à la fois. J'ai l'impression d'être attirée dans un convoyeur pendant qu'inévitablement, je glisse sur le ventre vers lui. D'une seconde à l'autre, je vais me retrouver par-dessus lui, et qu'il va m'écraser à mort contre son torse.

Je tiens toujours la poignée de la hache et avec le peu d'énergie qu'il me reste, je réussis à me mettre en position assise, me retourne et des deux mains, j'abats violemment la lame en visant directement sa tête. Il y a un bruit affreux au moment où elle se loge dans son front.

Pendant un moment, je fige, et la foule aussi. Je sens encore sa main agrippée à ma cheville et me demande si la lame s'est suffisamment enfoncée. Puis, finalement, sa poigne se relâche, et ses yeux s'ouvrent tout grands. Je suis ébahie en constatant qu'il est mort. Je l'ai tué.

La foule est totalement silencieuse. Je m'éloigne de lui en doutant que quiconque de sa taille puisse être vraiment mort, en doutant que je puisse vraiment l'avoir tué. Je reste debout à l'autre extrémité du ring, les mains sur les genoux, le souffle court, à le regarder en attendant qu'il ressuscite. Mais il est mort. Vraiment mort.

Soudainement, la foule hurle, bondit sur ses pieds, déclenche une immense ovation. Elle siffle, applaudit et frappe des pieds inlassablement.

Et c'est à ce moment que je prends conscience de la situation : j'ai gagné. Je peux vraiment le faire. Je peux survivre.

Je perçois un mouvement et lève la tête.

Le chef est assis là-haut sur son piédestal et nous observe tous. Il se lève lentement, et la foule commence à se tranquilliser. Même d'ici, je peux voir la surprise sur son visage. De toute évidence, il ne s'était pas attendu à ce dénouement.

Il fait un signe de tête, et la porte de la cage s'ouvre. Une demi-douzaine de chasseurs d'esclaves entrent, armes à la main. Deux d'entre eux s'approchent de moi, l'arme braquée, et pendant un moment, je me demande s'ils vont me tuer. Mais je vois les quatre autres qui se mettent à traîner les corps des deux dernières victimes. Je comprends que les deux chasseurs ne sont là que pour monter la garde au cas où je tenterais de m'enfuir. Ils ne prennent aucune chance.

Les quatre autres se saisissent de Sumo et tirent avec un suprême effort son énorme corps à travers le ring. Ils doivent avoir beaucoup de difficulté parce qu'ils avancent lentement, et je peux entendre leurs respirations difficiles. Au bout d'une minute, ils réussissent à le sortir de la cage, une traînée de sang derrière lui. L'un d'eux revient et retire de la cage le corps empalé du petit homme, comme s'il y avait pensé après coup. Les deux autres chasseurs sortent au pas et referment la porte de la cage derrière eux.

Maintenant, je suis seule, me demandant ce qui va arriver ensuite. J'attends quelques instants en songeant qu'ils vont peut-être me libérer, même si je sais qu'en réalité, c'est une idée stupide. Je sais qu'il n'y a aucun survivant dans l'Arène Un. Jamais.

Je ne me trompe pas : quelques instants plus tard, la foule pousse une immense clameur, et j'aperçois un autre adversaire qu'on conduit vers le ring. Je suis étonnée de constater qu'il s'agit cette fois d'une femme. Elle marche à grands pas jusqu'à l'échelle de métal, l'air confiant et provocant, et aussitôt qu'ils ouvrent la porte, elle grimpe l'échelle, puis, en trois enjambées rapides, elle bondit dans la cage.

— SHI-RA! SHI-RA! SHI-RA! scandent les spectateurs.

Longs cheveux noirs et yeux sombres; Shira semble avoir une trentaine d'années. Ses muscles sont incroyablement saillants et sa poitrine, forte. Elle n'est vêtue que d'un haut élastique et d'un short serré noir. Les muscles de ses jambes et de ses bras bronzés ondulent. Elle ressemble à ces femmes bien roulées dans les films d'action. Curieusement, elle porte un petit sac à dos, et je me demande s'il fait partie de son attirail ou si elle le porte pour une raison précise.

De l'autre côté du ring, elle me fixe d'un regard glacial. Contrairement à Sumo, elle ne semble pas croire que la partie sera facile. Elle m'examine comme si j'étais un adversaire dangereux, et cela m'inquiète. Elle semble beaucoup plus maligne. Étrangement, je me sens davantage vulnérable devant elle que devant lui. J'ai l'impression qu'elle a des atouts dans sa manche.

Elle commence à tourner lentement en cercle autour du ring, et je fais de même en gardant mes distances. Nous tournons ainsi, deux adversaires sur leurs gardes, chacune attendant que l'autre fasse le premier mouvement. Après quelques secondes, elle lance un grand cri et fonce, les mains ouvertes devant elle comme des griffes, visant directement mon visage.

J'attends jusqu'à la dernière seconde, puis m'écarte en glissant un pied devant elle. Ça fonctionne : elle me frôle, trébuche et tombe, face contre terre. La foule hurle son approbation.

Mais elle se retourne dans le même mouvement et d'une main, me saisit la jambe en même temps que de l'autre, elle m'agrippe les cheveux par derrière. C'est un sale coup, et elle me tire vers le bas, puis je tombe douloureusement sur le dos en frappant le sol avec un bruit mat. Elle roule sur moi et me serre contre elle de toutes ses forces, comme un lutteur. Elle me tient fermement sans lâcher prise en roulant encore et encore.

Elle me tient les bras comme dans un étau, et je ne peux pas me libérer. J'ai de plus en plus de mal à respirer.

— MORDS-LA! MORDS-LA! MORDS-LA! scande la foule.

Je ne comprends pas pourquoi elle crie ça, jusqu'à ce que, tout à coup, Shira penche la tête vers l'arrière et ouvre toute grande la bouche. Elle a limé ses dents, et elles sont acérées comme des crocs. Elle baisse la tête en visant directement mon épaule.

J'essaie de me libérer, mais elle est étonnamment forte et elle me tient si fermement qu'il m'est impossible de me dégager. J'éprouve une douleur atroce au moment où ses dents s'enfoncent dans mon omoplate. Je les sens traverser ma peau, vois le sang couler et je hurle de douleur.

Mais cette douleur intense me procure une nouvelle poussée d'adrénaline, et dans un soudain élan d'énergie, je réussis à glisser mes mains sur son plexus solaire et je la pousse de toutes mes forces. Cette fois, ça fonctionne. Elle s'éloigne de moi en tombant.

Je roule rapidement sur moi-même, mon visage rougi par l'effort, mon épaule terriblement douloureuse. J'y porte la main et la retire, couverte de sang. Maintenant, je suis folle de rage.

Je fonce vers elle et avant qu'elle puisse se relever, je lui assène un violent coup de pied sur le côté. J'entends le son de ses côtes qui se brisent, et la foule pousse des exclamations. Sans attendre, je la frappe de nouveau, durement, au visage.

Elle s'effondre, le sang jaillissant de son nez. Elle gît sur le sol, déconcertée, et maintenant j'ai l'avantage.

Je sais que je devrais la frapper à la tête sans arrêt pour l'achever, mais encore une fois, je ne parviens pas à m'y résoudre. Je me sens coupable d'avoir à tuer cette femme étendue là, sans défense. Je reste debout devant elle, hésitante, tandis que la foule se met à scander :

— TUE-LA ! TUE-LA ! TUE-LA !

Mais je ne peux toujours pas m'y résoudre. J'hésite et je commets encore une erreur stupide.

Je ne la vois pas glisser sa main dans son dos et ouvrir son sac. Puis, au moment où je vois ce qu'elle fait, il est trop tard.

Tout à coup, un serpent brillant, multicolore, jaillit du sac.

Il agite la tête dans ma direction.

18

Le serpent se jette par terre et s'élance vers moi à toute vitesse. Je suis tellement surprise que je ne sais même pas comment réagir. Mais lui n'hésite pas. Il sort ses crocs et les enfonce dans mon mollet.

La douleur est effroyable. Je m'effondre sur un genou alors que les crocs de dix centimètres s'enfoncent dans ma chair. J'ai l'impression que ma peau est en feu.

Mes réflexes reprennent le dessus, et sans réfléchir, je saisis le serpent par la tête, le soulève et le tiens devant moi. Il siffle, et j'étire le bras, puis le jette à travers le ring. Il s'abat contre la cage de métal et tombe sur le sol. La foule pousse des hourras.

Il s'élance immédiatement sur le plancher, droit vers moi. Maintenant, mon mollet me fait tellement souffrir que j'en oublie la douleur à mon épaule. Ma situation empire tandis que Shira commence à se relever.

Tout à coup, un objet tombe des airs. J'entends un bruit sec, je regarde et je vois sur le plancher une autre arme. Cette fois, c'est une lance.

Je me précipite pour l'attraper et alors que le serpent ondule dans ma direction, je jette violemment la lance vers lui. Je le rate.

Il se jette sur moi, et je m'écarte juste à temps. Mais il se tourne et revient dans ma direction. Je lève la lance de nouveau, tourne sur moi-même et l'abats sur le serpent. Cette fois, mon coup est parfait.

La lance se loge directement dans sa tête, le clouant au sol. Son corps devient flasque.

La foule rugit.

Au moment même où je crois pouvoir me détendre, Shira me frappe violemment par derrière, et je sens un coude me heurter la colonne. Je vole vers l'avant, ma tête frappant un barreau après avoir raté de peu une des pointes. La douleur m'étourdit.

Je me retourne et vois Shira qui fonce vers moi, le visage contorsionné par la fureur. Elle bondit dans les airs, les pieds vers l'avant, pour me frapper à la poitrine. Je remarque qu'elle porte aux orteils des lames de métal aiguisées. Si elle m'atteint, je suis morte.

Je m'écarte à la dernière seconde, et elle frappe la porte, rebondit et retombe durement sur le dos. La foule hurle.

J'essaie de traverser le ring en courant pour récupérer la lance, mais quand je passe près de Shira, elle tend la main et saisit mon pied, puis je trébuche. Je m'abats au sol, la tête la première. Une seconde plus tard, elle est sur moi, me serrant de toutes ses forces par derrière, enveloppant mon corps de ses bras et de ses jambes. La foule hurle encore.

Je roule sur moi-même, et elle se retrouve maintenant le dos au plancher, m'agrippant toujours par derrière. Elle entoure ses jambes musclées autour des miennes, puis lève son avant-bras puissant qu'elle applique contre ma gorge. Elle va m'étouffer. Je n'ai aucune marge de manœuvre. Encore une fois, je suis en train de perdre.

J'essaie de glisser ma main libre par-dessus mon épaule. À trente centimètres derrière moi, hors de portée, se trouve la lance toujours enfoncée dans le serpent. Je m'étire autant que je le peux, et l'extrémité de mes doigts frôle le manche de la lance. Je suis si près, mais j'ai de moins en moins d'air.

Je plie ma jambe, toujours aussi douloureuse à cause de la morsure, applique mon talon sur le plancher et je pousse, nous faisant glisser toutes les deux. Je réussis à nous faire bouger de quelques centimètres, juste assez pour saisir la lance.

Finalement je l'ai. Mais je suis de plus en plus étourdie et je vois des étoiles alors que je manque rapidement d'oxygène. Je sais qu'il ne me reste que quelques secondes à vivre.

Avec un effort suprême, je tire la lance vers moi et à la dernière seconde, j'écarte ma tête. Je l'attire violemment, des deux mains.

Elle rate de peu mon visage et se loge dans la gorge de Shira. Je tire de plus en plus fort sur le manche et j'entends le bruit horrible du métal pénétrant la chair jusqu'à ce que finalement, la poigne de Shira se relâche sur ma gorge.

Je la sens se ramollir sous moi, sens ses mains et ses jambes se relâcher lentement. Son sang chaud coule de son cou sur le mien. Je réussis enfin à me libérer, roule sur moi-même et me lève d'un bond.

Je me tiens au-dessus d'elle et la regarde en frottant ma gorge et en haletant. Ses yeux sont grands ouverts, sa tête tournée vers le côté.

Après un moment de silence ébahi, la foule se lève de nouveau en m'acclamant avec encore plus d'ardeur que tantôt. Maintenant, elle m'aime.

Mais debout devant le cadavre de Shira, je n'éprouve aucune fierté. Je ne pense qu'à la morsure de serpent, à la douleur atroce dans mon mollet et je me demande s'il était venimeux. Je jette un coup d'œil et constate que mon mollet est déjà rouge et enflé. Chaque pas que je fais provoque un nouvel élancement. Je suppose que s'il avait été venimeux, je serais déjà morte ou à du moins, paralysée, mais la douleur est incroyable, et j'ai du mal à marcher. J'ignore de quelle façon je pourrai continuer à combattre ainsi.

Sans oublier le reste de mon corps : mes côtes fêlées, la blessure à mon bras provenant des éclats de métal au moment de l'explosion sur le pont, la morsure à mon épaule, mon visage enflé… Je reste là, agrippée à un des barreaux en essayant de reprendre mon souffle. Je ne sais vraiment pas comment je serai en mesure de combattre une autre personne. Maintenant, je comprends pourquoi il n'y a jamais de survivants dans l'Arène Un.

Je perçois un mouvement et je lève les yeux, puis aperçois le chef qui me jette un regard noir. Il n'a pas l'air de se réjouir. La foule continue de m'acclamer, et je ne peux m'empêcher de me demander si, d'une quelconque manière, je n'ai pas mis le chef dans l'embarras. De toute évidence, les combats dans l'arène sont conçus pour être rapides, pour ressembler en fin de compte à une exécution spectaculaire. Ils ne semblent pas être conçus pour durer plus d'un round. Apparemment, le chef s'était attendu à ce que je meure plus tôt.

Pis encore, je vois des gens s'échanger frénétiquement de l'argent dans la foule. Je me demande si le chef et son entourage ont parié contre moi, et si ma victoire lui a fait perdre de l'argent. Je me demande ce qu'était ma cote. Si j'avais parié, ç'aurait été à 500 contre 1 en faveur de mes adversaires.

Ses conseillers l'entourent, le visage défait, murmurant à son oreille comme s'ils élaboraient un plan. Lentement, il incline la tête.

Immédiatement, la porte de la cage s'ouvre, et deux chasseurs d'esclaves font leur entrée. Ils s'empressent d'aller tirer le cadavre de Shira hors du ring. L'un d'eux saisit la lance et le corps du serpent, puis les amènent aussi. Le plancher couvert de sang est maintenant rouge et glissant. Je reste debout à observer la situation, essayant toujours de reprendre mon souffle, quand tout à coup j'entends un faible grondement, suivi d'un bruit plus distinct et je sens trembler le sol sous mes pieds. Le bruit s'amplifie et devient un rugissement assourdissant.

La foule entière se lève et se met à taper du pied en cadence alors qu'elle me tourne le dos pour faire face à un des tunnels d'entrée. Une dizaine d'hommes en sortent, tenant des torches. Ils écartent la foule pour une personne de toute évidence très particulière. Les spectateurs crient de plus en plus fort, et le martèlement de leurs pieds devient assourdissant. Je n'aime pas ça. Ils doivent savoir de qui il s'agit.

Après plusieurs secondes, j'aperçois l'objet de leurs cris. Derrière la dizaine de chasseurs, je vois ce qui ne peut être que mon nouvel adversaire. Je déglutis en le voyant.

C'est probablement l'homme le plus gros et le plus musclé que j'aie vu de ma vie. Il domine les chasseurs d'au moins une trentaine de centimètres, et tout son corps n'est qu'un amas de muscles. Il fait facilement trois fois le poids d'un homme normal. Il porte un masque noir menaçant, alors je ne peux pas voir son visage. C'est peut-être mieux ainsi.

Il porte aux mains et aux avant-bras des gantelets noirs faits d'un matériau dur et recouverts de pointes. Il ne porte qu'un léger short noir et des bottes de combat noires. Les muscles de ses cuisses ondulent à chaque pas.

Tandis qu'il s'approche du ring, la foule devient hystérique. Finalement, elle se met à scander :

— MAL-COLM! MAL-COLM! MAL-COLM!

Il ne semble pas entendre les cris ou bien il s'en fiche. Entouré d'une dizaine de personnes, il ressemble à un animal en cage prêt à réduire en pièces tout ce qui peut se trouver sur son chemin. Je ne peux même pas concevoir que cet homme vienne pour me combattre. C'est une blague. Je n'ai pas une seule chance.

J'ai eu de la veine avec Sumo parce qu'il était trop confiant et insouciant; j'en ai eu avec Shira aussi, mais je m'en suis tirée de justesse. Maintenant, il est évident que cet homme peut me terrasser d'une seule main. Je ne suis pas pessimiste, mais alors qu'il grimpe l'échelle, pénètre dans le ring et se tient devant moi de toute sa hauteur, ça suffit à affaiblir mes genoux. Ce n'est pas un homme. C'est un monstre, une chose sortie d'un conte de fée. Je me demande s'ils le gardent pour des occasions spéciales, pour le lâcher contre des gens qui ont déjoué le sort, qui ont embarrassé le chef. Ou peut-être le gardent-ils comme un dernier recours, pour s'assurer de mettre rapidement et facilement quelqu'un à mort sans prendre davantage de risques.

Il étend les bras de chaque côté de son corps, penche la tête vers l'arrière, et la foule devient folle. Son rugissement est si puissant que mes oreilles en deviennent douloureuses. Le monstre me fixe de ses yeux que je peux voir à travers le masque. Je les sens me transpercer d'un regard noir, sans âme. Il abaisse lentement les bras sans cesser de me regarder. Je lâche les barreaux de la cage et écarte les pieds en lui faisant face. Je fais de mon mieux pour demeurer bien droite, pour ne pas laisser paraître ma peur. Je doute que ça fonctionne.

J'ignore quoi faire ensuite. Dans cette arène, aucun bruit ou signal n'indique le début d'un combat, et si c'était le cas, j'ai l'impression que personne n'y prêterait attention de toute façon. Les duels semblent commencer au moment où l'un des adversaires décide de bouger. Je ne suis pas d'humeur à amorcer le combat. L'homme prend son temps aussi, savourant chaque moment, essayant de m'intimider. Ça fonctionne.

Mon seul espoir, c'est que les dirigeants décident de me jeter une autre arme. Et en regardant leurs mines renfrognées, je n'en vois aucun indice.

Tout à coup, Malcolm se met à bouger. Il avance lentement vers moi comme s'il avait tout son temps, comme s'il voulait jouir du moment. J'examine son corps à la recherche d'un quelconque point faible. Je n'en trouve aucun : c'est un mur de muscles rigides.

Tandis qu'il s'approche, je recule lentement, me déplaçant en cercle le long de la cage. Je prends conscience qu'en faisant cela, je vais lui paraître faible, ce qui le rendra probablement plus audacieux. Mais je n'imagine pas qu'il puisse l'être davantage qu'en ce moment et j'ignore toujours comment combattre ce type. Peut-être que si je réussis à l'éviter suffisamment longtemps, il me viendra une idée. Ou ils vont me jeter une arme. Ou je vais le fatiguer. Mais tout cela me semble peu probable.

Il avance lentement, et je continue de reculer. La foule devient agitée, pousse des cris d'impatience et des huées à mon endroit. Elle veut du sang, et je ne suis plus son combattant préféré.

Il allonge le pas, et je recule tout aussi rapidement. Il fait un pas vers la gauche, et j'en fais un vers la droite. Je ne peux pas continuer ce jeu longtemps : il se rapproche de plus en plus.

Soudainement, il devient impatient et fonce sur moi en essayant de m'attraper ; je fais un pas de côté à la dernière seconde. Il me rate, et je suis déjà derrière lui.

La foule se moque de lui. Il se retourne, et je vois que son cou a pris une teinte rougeâtre. Maintenant, il est vraiment enragé. Il fonce sur moi de toute la puissance de ses jambes. Je n'ai aucun endroit où aller.

Au dernier moment, j'essaie de faire un pas vers ma droite, mais cette fois, il anticipe mon geste, étire le bras et me saisit par le chandail. D'un même mouvement, il se retourne et d'une seule main, me fait tournoyer, puis me lance. Je m'envole comme une poupée de chiffon à travers le ring et m'abats contre les barreaux. Heureusement, je rate de peu une pointe d'acier.

La foule hurle son approbation. Je reste étendue là, le souffle coupé, sentant les pulsations dans mon mollet et mon épaule. Avec un suprême effort, je réussis à me mettre à quatre pattes, mais aussitôt, je sens ses mains sur mon dos qui agrippent mon chandail. Il me projette de nouveau, la tête la première.

Je suis propulsée comme un boulet de canon de l'autre côté du ring. Je me sens voler, puis ma tête frappe les barreaux. La douleur est atroce. Je rebondis et retombe sur le dos, le souffle de nouveau coupé.

La foule rugit et frappe du pied en cadence.

Je lève les yeux juste à temps pour voir un énorme pied descendre vers mon visage. Au dernier moment, je réussis à m'éloigner en roulant sur moi-même. Je sens la pression de l'air dans mon oreille alors que son pied frappe durement le sol à quelques centimètres seulement de ma tête. La foule crie. Je l'ai échappé belle. Une fraction de seconde plus tard, son pied aurait réduit mon visage en miettes.

Je roule encore sur moi-même et sans réfléchir, j'enfonce mes dents dans son mollet. Je les sens pénétrer sa chair et je goûte son sang qui dégouline le long de mes lèvres. Je l'entends grogner de douleur, ce qui me fait prendre conscience qu'il est humain, après tout. J'en suis surprise. C'est un sale truc, mais je n'ai pu penser à rien d'autre.

Il tire brusquement sa jambe et me frappe violemment au visage. Je suis projetée vers l'arrière, tournant plusieurs fois sur moi-même, et percute durement le coin de la cage.

Il touche son pied ensanglanté, puis examine sa main et me jette un regard chargé de haine. Je me demande s'il vient de décider de me tuer lentement plutôt que rapidement.

Je me relève péniblement pour lui faire face, et cette fois, je sens que j'ai besoin d'un élément de surprise. Aussi insensé que ce soit, je me précipite sur lui.

Je bondis dans les airs, pieds devant, visant son bas-ventre. J'espère que si j'arrive à le frapper exactement au bon endroit avec mes embouts d'acier, je pourrai l'ébranler.

Mais c'est un trop bon combattant pour s'y laisser prendre. Il doit deviner mes gestes à l'instant où ils me viennent à l'esprit parce que sans même faire un effort, il dresse une main et bloque ma jambe. Avant que je puisse l'atteindre, son gantelet de métal s'abat sur mon mollet, exactement contre ma morsure de serpent. La douleur est intense. Je m'arrête net et tombe sur le sol en agrippant mon mollet.

J'essaie de me relever, mais il me frappe violemment au visage avec son autre gantelet, et le coup me rejette face contre terre. Je goûte le sang dans ma bouche, puis baisse les yeux pour voir le sol éclaboussé de mon sang d'un rouge sombre. La foule pousse des cris de joie.

J'essaie de me relever, mais avant de pouvoir y parvenir, je sens de nouveau ses mains sur mon dos tandis qu'il me soulève dans les airs, étire les bras vers l'arrière et me projette de nouveau. Il vise le haut de la cage, et je m'envole à travers le ring avant de l'atteindre. Cette fois, je pense à toute vitesse.

Au moment où je l'atteins, je saisis le grillage qui entoure le sommet de la cage et m'y accroche. Le mur branle, mais je réussis à m'y tenir. Je me trouve à presque cinq mètres du sol, m'accrochant à la vie.

Malcolm semble agacé. Il fonce vers moi pour essayer de m'attraper et de me tirer vers le bas, et je grimpe encore plus haut. Il essaie de me saisir la jambe, mais je la relève immédiatement. Je suis tout juste hors de sa portée.

Il semble perplexe, et je peux voir la peau de son cou rougir de colère. Il ne s'était pas attendu à ça.

La foule bondit sur ses pieds en hurlant de joie. De toute évidence, c'est la première fois qu'elle voit ce stratagème.

Mais j'ignore combien de temps je peux tenir là. Mes muscles sont déjà faibles, et tandis que je m'accroche au grillage, il se met tout à coup à s'agiter. Je baisse les yeux et constate que la brute a agrippé des deux mains les barreaux de la cage et la secoue violemment. Je m'y agrippe comme à une bouée dans une mer agitée. Je me balance brutalement, mais peu importe à quel point il secoue la cage, je refuse de lâcher prise.

La foule applaudit en hurlant et se moque de lui. Je le regarde de nouveau et vois sa peau prendre une teinte de rouge encore plus sombre. Il semble humilié.

Il tend les mains, saisit le métal et commence à grimper. Mais il est lent et maladroit. Il est beaucoup trop lourd pour être agile, et cette cage n'est pas conçue pour supporter un tel poids. Il continue de grimper vers moi, mais maintenant, j'ai l'avantage. Il se sert de ses deux mains pour monter, et au moment où il s'approche suffisamment, je lui assène un violent coup de pied au visage, heurtant le coin de sa tempe au bord de son masque avec mon embout d'acier.

C'est un solide coup de pied auquel il ne s'attendait pas, et à ma grande surprise, ça fonctionne. Il retombe à plusieurs mètres de la clôture et atterrit durement à plat sur le dos. Il atterrit avec une telle force que tout le ring en tremble. C'est comme si un tronc d'arbre était tombé du ciel. La foule, enchantée, crie de joie.

Je baisse les yeux et vois que mon coup a fait voler son masque à travers le plancher. Il se remet sur pied en me jetant un regard haineux, et pour la première fois, je peux voir son visage.

Je souhaiterais ne pas l'avoir vu.

C'est un visage hideux, grotesque, qui paraît à peine humain. Maintenant, je comprends pourquoi il porte un masque. Son visage est entièrement brûlé et couvert de bosses. C'est une biovictime; la pire que j'aie jamais vue. Il n'a plus de nez, et ses yeux ne forment que deux fentes minces. Il ressemble davantage à un animal qu'à un homme.

Il pousse un grognement féroce dans ma direction, et si je n'avais pas déjà eu peur, ce serait le cas maintenant. J'ai l'impression de combattre une créature de cauchemar.

Mais pour l'instant, tout au moins, je suis en sécurité. Je me suis montrée plus futée que lui. Il n'y a rien qu'il puisse faire sauf se tenir debout en bas à me regarder. Nous sommes dans une impasse.

Enfin, jusqu'à ce que soudainement tout change.

Stupidement, je regarde le ring vers le bas par-dessus mon épaule. Il ne me vient pas à l'esprit de regarder devant moi, ne m'imaginant pas qu'un quelconque danger puisse venir de cette direction. Mais à l'extérieur du ring, un des chasseurs d'esclaves a réussi, sans que je m'en rende compte, à lever vers moi une énorme perche qu'il me balance directement dans la poitrine. Je sens un choc électrique parcourir tout mon corps. Ce doit être une sorte d'aiguillon à bétail qu'ils réservent sans doute pour des situations comme celle-ci.

Le choc m'envoie voler par terre sur le dos. J'en ai le souffle coupé de nouveau, et mon corps tremble encore sous l'impulsion électrique. La foule hurle de joie en me voyant retomber sur le plancher du ring, impuissante.

Je peux à peine respirer ou sentir l'extrémité de mes doigts. Mais je n'ai pas le temps de réfléchir. Le monstre fonce droit sur moi et il semble plus en colère que jamais. Il bondit en levant haut ses genoux, se préparant à atterrir des deux pieds sur mon visage pour m'écraser à mort.

J'ignore comment, mais à la dernière seconde, je réussis à rouler hors de sa portée. Je sens la pression de l'air contre mon oreille quand ses pieds s'abattent, et le bruit est assourdissant. Le plancher en tremble, et je rebondis comme un jouet. Je roule encore, me redresse sur les mains et les genoux, puis cours ainsi jusqu'à l'autre bout du ring.

Un objet tombe tout à coup d'en haut au milieu du ring. Je regarde et je suis surprise de voir une massue médiévale, avec une courte poignée de bois et une chaîne de trente centimètres, au bout de laquelle est accrochée une boule de métal hérissée de pointes. J'en ai déjà vu des semblables dans des images de chevaliers en armures : c'était une arme mortelle qu'on utilisait au Moyen Âge.

Je me précipite et l'attrape en premier, mais il n'a même pas essayé de la saisir. Il a clairement l'impression de ne pas en avoir besoin. Je ne peux pas le lui reprocher.

Je saisis l'arme et l'agite, de nouveau confiante. Si je peux seulement le frapper d'un seul coup au bon endroit, je crois vraiment avoir une chance de l'emporter. C'est une arme superbe, et je balance la boule de métal au bout de sa chaîne, établissant un périmètre devant moi et tenant l'homme à distance. Je la fais tourner encore et encore, comme les pales d'un hélicoptère, et je réussis à le tenir éloigné, sur ses gardes.

Mais il s'approche encore lentement, et je recule au même rythme. Toutefois, en faisant un autre pas, je glisse soudainement dans une flaque de sang : mes pieds s'envolent, et je retombe à plat sur le dos. Ce faisant, je laisse échapper la massue qui vole à travers la cage. Par une chance extraordinaire, elle vole droit vers sa tête, mais il est plus agile que je le croyais et il l'évite facilement. Elle passe au-dessus de sa tête et s'abat contre les barreaux de la cage. La foule hue le mauvais coup.

Je suis étendue sur le dos, et avant que je puisse me relever, il apparaît au-dessus de moi, se penche, empoigne mon chandail et me soulève des deux mains. Il me soulève bien au-dessus de sa tête, comme un lutteur, puis il me fait parader à travers le ring, devant les milliers de spectateurs réjouis. Ils deviennent hystériques, en redemandent.

— MAL-COLM! MAL-COLM! MAL-COLM!

Peut-être que c'est ce qu'il a l'habitude de faire avant d'achever les gens. Alors que je pends là-haut au-dessus de sa tête, impuissante, je me tortille en vain. Je sais qu'il n'y a rien que je puisse faire. Je suis soumise à sa volonté et j'ai l'impression que chaque seconde qui passe sera ma dernière.

Il me promène lentement autour du ring, à plusieurs reprises, savourant l'adulation de la foule, jouissant à l'avance de sa victoire. Les clameurs de la foule deviennent assourdissantes. Il me soulève encore plus haut, se préparant à me lancer, et la dernière chose à laquelle je songe avant de m'envoler, c'est que je suis heureuse que Bree ne soit pas ici pour me voir mourir.

19

Il me lance, et je vole dans les airs à toute vitesse, ignorant pouvoir bouger si vite, et j'atterris durement sur le plancher à l'autre extrémité du ring. Je sens une autre côte se fêler, et tandis que ma tête heurte le métal, une autre bosse se forme sur mon front. Je me demande jusqu'à quel point mon corps peut subir une telle violence.

Je le sens venir vers moi de nouveau et cette fois, je suis trop sonnée pour bouger. Je suis étendue là, sur le plancher, face contre terre, luttant pour reprendre mon souffle. Il prend son temps. Il est évident qu'il va me tuer en m'atteignant. C'est le prélude au coup de grâce.

Je suis trop épuisée, faible et délirante pour faire quoi que ce soit d'autre que d'accepter mon sort. Je sens que je suis destinée à mourir. Ici, à cet endroit. À ce moment. J'ai l'impression d'avoir échoué, d'avoir laissé tomber Bree.

Étendue là, respirant avec difficulté, le sang s'écoulant de ma bouche, lentement, au-delà du bourdonnement dans mes oreilles, de la rumeur de la foule, je commence à entendre un autre son. C'est une voix. La voix de mon père.

C'est une voix sévère. Celle qu'il utilisait toujours pour me réprimander. Elle me dit de me relever. De me surpasser.

Sois tenace, soldat ! Arrête de t'apitoyer sur toi-même. Si tu te crois battue, alors tu l'es ! Sois forte ! SOIS FORTE !

Sa voix devient assourdissante, noyant tous les autres bruits. Je lève les yeux, ma vision est floue, et pendant un moment, je pourrais jurer voir mon père debout là, les mains sur les hanches, me regardant d'un air sévère. Son visage exprime la désapprobation et même le dégoût. Et c'est ce qui me motive. C'est ce qui déclenche quelque chose en moi.

Je ne pourrais jamais supporter de voir mon père me désapprouver. Je ferais toujours n'importe quoi seulement pour le faire taire, seulement pour lui prouver qu'il a tort. Cette fois, c'est pareil. Je sens une poussée d'adrénaline à mesure que la colère monte en moi ainsi que le besoin de lui prouver qu'il a tort. Je suis envahie d'une nouvelle fureur qui me force à me relever sur les mains et les genoux.

SOIS FORTE !

La brute fait trois grandes enjambées, se préparant à m'achever d'un coup de pied au visage. Je sais déjà que si le coup atteint son but, il brisera chaque os de mon visage.

Mais maintenant, je suis prête. Je le surprends en roulant sur moi-même à la dernière seconde, un bref instant avant que son coup m'atteigne. Son pied frappe la clôture de métal. Il la frappe avec une telle force que son pied se coince dans un des maillons.

Je bondis sur mes pieds et traverse le ring en courant pour saisir la massue. L'homme tire sur son pied en essayant de le dégager, mais il est vraiment coincé.

Cette fois, je n'attends pas. Je n'hésite pas. J'ai finalement appris ma leçon.

Je me précipite vers lui et, de toutes mes forces, je fais tourner la boule de plus en plus vite. Je sais que je n'aurai que cette chance et je vise son énorme tête chauve et musclée.

Je m'approche de lui. Trois mètres... deux... Je fais virevolter la massue et laisse filer la boule.

Tout à coup, il dégage son pied de la cage et se tourne pour me faire face. La chaîne est déjà en mouvement, et la boule tourne, volant au-dessus de ma tête. Et juste au moment où il se tourne vers moi, la boule l'atteint et se loge carrément dans le côté de son visage. Elle atteint sa tempe, et le sang jaillit. Je laisse tomber le manche.

La foule reste ébahie.

Le monstre recule d'un pas, trébuche, puis sous le choc, il saisit le manche et d'un coup sec, retire les pointes hérissées de sa tête, faisant couler sang et cervelle.

Je me tiens là, horrifiée, figée. Je ne peux pas imaginer comment une personne puisse continuer de fonctionner après un pareil coup.

Mais soudain, il lâche le manche et il tombe sur les genoux, puis sur le visage. Ses mains gisent mollement à ses côtés, et une seconde plus tard, je constate avec surprise qu'il est mort. Je l'ai tué.

Après quelques instants de silence ébahi, la foule bondit sur ses pieds. Elle rugit et hurle à pleins poumons. Et cette fois, elle scande mon nom.

— BROOKE ! BROOKE ! BROOKE !

Je l'entends à peine. Le peu de force qu'il me restait m'abandonne, et un moment plus tard, je sens le décor tourner autour de moi, sens mes genoux s'affaiblir et je m'effondre. La dernière chose que je vois, c'est le plancher qui se dirige vers moi à toute vitesse et me frappe au visage.

Puis tout devient noir.

20

Je ne sais trop si je suis morte ou vivante. Mon corps souffre davantage que j'aurais pu l'imaginer, et je me demande si c'est ainsi qu'on se sent dans l'Au-delà. D'une manière ou d'une autre, j'ai l'impression que je suis encore vivante : si j'étais morte, j'espère que ce ne serait pas aussi douloureux.

J'ouvre lentement un œil et constate que je suis étendue le visage contre un plancher de métal dans une pièce sombre qu'éclairent des ampoules d'urgence rouges. Je lève les yeux et essaie de distinguer la silhouette devant moi.

— Brooke ? demande une voix.

C'est une voix mâle, et je sais que je l'ai déjà entendue, mais je ne me souviens pas où.

— Brooke ? demande-t-il de nouveau d'une voix douce.

Je sens une main sur mon épaule qui me secoue doucement.

Je réussis à ouvrir mon œil un peu plus et je reconnais finalement le visage : c'est Ben. Il est penché sur moi, essayant de voir si je suis vivante.

— C'est pour toi, dit-il.

J'entends le son du plastique glissant sur le plancher de métal et sens l'odeur de la nourriture. Je suis trop sonnée pour regarder et je ne comprends pas vraiment ce qui se passe.

— Je dois partir maintenant, dit-il. S'il te plaît, je veux que tu prennes ça.

Une seconde plus tard, j'entends le bruit d'une porte qui s'ouvre, et la lumière envahit la pièce. J'entends le son de bottes qui s'approchent, de chaînes, puis de menottes qu'on enlève. Puis, les bruits de pas s'éloignent, la porte se referme, et je prends conscience alors qu'ils viennent d'emmener Ben.

Je voudrais lever la tête, ouvrir les yeux, l'appeler pour le remercier, pour l'avertir, pour lui dire au revoir.

Mais ma tête est trop lourde, et mes yeux commencent à se refermer malgré moi. Je retombe dans un sommeil profond.

○ ○ ○

Au moment où je me réveille, j'ignore combien de temps s'est écoulé. Je sens le métal froid du plancher contre mon visage et cette fois, je suis capable de relever progressivement la tête et de me redresser. J'ai une terrible migraine, et mon corps tout entier me fait atrocement souffrir.

En m'assoyant, je sens une terrible douleur dans toutes mes côtes. Mon visage est enflé, couvert de bosses et de bleus, et mon épaule me fait horriblement souffrir. Pis encore, je sens des élancements atroces dans mon mollet, une douleur insupportable au moment où j'essaie d'allonger ma jambe. Au début, j'ignore d'où elle vient, puis je me souviens : la morsure de serpent.

En m'appuyant sur une main, je réussis à me relever à moitié. Je scrute la pièce sombre dans l'espoir d'y voir Ben, mais il n'est pas là. Je suis seule.

Je baisse les yeux et aperçois un plateau de nourriture devant moi. Sa nourriture. Je la touche : elle est froide. Je me sens mal à l'aise du fait qu'il me l'ait laissée ; je suis certaine qu'il en avait besoin au moins autant que moi. Je prends conscience de ce qu'il lui a fallu de courage pour me laisser son repas. Si c'était là son dernier repas, ça signifie qu'ils l'ont amené se battre. Mon cœur s'accélère. Ça veut sûrement dire qu'il est déjà mort.

Je baisse de nouveau les yeux sur sa nourriture et j'ai l'impression que c'est celle d'un cadavre. Je ne peux me décider à y toucher. J'entends un bruit de bottes, et la porte de métal s'ouvre brusquement. Quatre chasseurs d'esclaves entrent, me redressent de force et me poussent hors de la pièce. La douleur est indescriptible alors que je me lève et marche. Ma tête est si lourde, je suis étourdie et je me demande si je ne vais pas m'effondrer.

On me pousse le long du corridor, et à mesure que j'avance, la clameur de la foule se fait de plus en plus puissante. Je sens le désespoir m'envahir en comprenant qu'on me ramène dans l'arène.

S'ils pensent que je peux combattre à nouveau, c'est une blague. Je peux à peine marcher. Peu importe l'adversaire que j'aurai, la partie sera facile pour lui. Je n'ai plus aucune volonté de me battre et n'en ai plus la force. J'ai déjà donné tout ce que j'avais dans cette arène.

On me pousse une dernière fois dans le tunnel qui débouche sur l'arène. Le rugissement de la foule devient assourdissant. Je cligne des yeux devant les puissants projecteurs tandis qu'on me mène le long de la rampe et je prends conscience que je vis mes dernières minutes.

Les spectateurs bondissent sur leurs pieds en me voyant. Ils frappent violemment le plancher des estrades. Cette fois, plutôt que de me lancer des huées, ils semblent m'aimer.

— BROOKE ! BROOKE ! BROOKE !

Tout cela me semble irréel. J'ai l'impression d'avoir atteint la renommée, mais pour des actes que je déteste et au dernier endroit sur terre où je souhaiterais être.

On me pousse encore tout au long du ring jusqu'à l'échelle métallique. Je lève les yeux et vois la cage ouverte, puis je grimpe et y entre, impuissante.

Au moment où j'y pénètre, la foule devient hystérique.

Je suis encore à moitié endormie, et toute la scène est tellement surréaliste que je ne peux m'empêcher de me demander si j'ai déjà fait les mêmes gestes ou si tout cela n'est qu'un rêve. Je baisse les yeux et vois l'énorme bosse sur mon mollet, puis je sais que c'était réel. Je ne peux pas y croire. On m'a ramenée ici. Et cette fois, une mort certaine m'attend.

Ils ne blaguaient pas en disant qu'il n'y avait aucun survivant. Maintenant, je sais qu'il n'y aura aucune exception.

Je me tiens debout sur le ring vide et parcours le stade des yeux en me demandant qui sera mon prochain adversaire et d'où il arrivera. Tout à coup, j'entends des exclamations de joie provenant de l'autre bout du stade. Un autre adversaire sort du tunnel. Je ne peux pas voir qui c'est parce qu'il est entouré de chasseurs d'esclaves. La foule trépigne d'excitation alors qu'il s'approche. Mais ma vision est si obscurcie que ce n'est qu'au moment où il atteint le bord du ring, qu'il grimpe l'échelle et qu'il ouvre la porte de la cage que je vois qui c'est. En le reconnaissant, le peu de courage qu'il me restait s'évanouit.

Je suis horrifiée.

C'est impossible. Ben se tient devant moi, me regardant avec une horreur égale à la mienne.

21

Je reste là, bouleversée, à regarder Ben qui ressemble à un cerf devant les phares d'une voiture. Je ne comprends pas comment ils peuvent être si cruels. De tous les adversaires qu'ils auraient pu lancer contre moi, pourquoi l'ont-ils choisi ?

Les spectateurs semblent avoir senti notre lien et ils adorent ça : ils hurlent et poussent des hourras au moment où la porte de la cage se referme. Ils prennent frénétiquement des paris, impatients de voir lequel d'entre nous se décidera à tuer l'autre en premier.

Ben reste là, debout, l'air tellement perdu, tellement égaré dans cet endroit. Nos regards se croisent pendant un moment, et ses grands yeux bleus si doux, s'inondent de larmes. Il a l'air d'un petit garçon perdu. Je peux déjà voir qu'il ne lèverait jamais la main sur moi pour me blesser.

Avant ce moment, je m'étais résignée à mourir. Mais maintenant, en voyant Ben devant moi, prisonnier de la même situation, tellement impuissant, ma volonté de vivre ressurgit. Je dois trouver un moyen de nous sortir d'ici. Je dois nous sauver. Sinon pour moi, alors pour lui.

Je réfléchis à toute vitesse, mon cœur battant à tout rompre tandis que j'essaie de me concentrer pour oublier la clameur assourdissante de la foule.

Les spectateurs se mettent à nous huer, furieux que ni l'un ni l'autre d'entre nous ne fasse un mouvement pour combattre. Leur déception finit par se transformer en colère, et ils commencent à jeter des objets vers la cage. Des tomates pourries et toutes sortes d'objets frappent le métal.

Je ressens tout à coup un fort choc électrique dans les reins et je me retourne pour constater qu'on vient de m'atteindre avec un aiguillon à bétail, la longue perche insérée à travers les barreaux. Un chasseur d'esclaves la retire rapidement alors que j'essaie de la lui arracher. Je regarde Ben et constate qu'ils lui ont administré un choc en même temps. C'est un coup bas : ils essaient de nous forcer à agir, de nous mettre en colère, de nous pousser l'un vers l'autre. La foule hurle son approbation.

Mais nous restons sur place, nous regardant, ni l'un ni l'autre ne voulant combattre.

— Tu m'as donné ton dernier repas, je lui dis à travers le vacarme que produit la foule.

Il incline lentement la tête, trop figé de peur pour parler.

Tout à coup, un objet tombe du ciel devant nous. C'est une arme. Un couteau. Je le regarde de plus près et m'aperçois avec horreur que c'est le couteau de mon père, le logo du corps des marines gravé sur le côté.

La foule pousse des cris de joie au moment où l'objet tombe, supposant qu'il nous forcera à nous battre.

Je vois le couteau de papa et je pense à Bree. Je me dis une fois de plus que je dois survivre pour la sauver si elle est encore en vie.

Soudainement, la foule devient silencieuse. Je regarde autour en essayant de comprendre ce qui arrive. Je lève les yeux et vois que le chef est debout, haut perché sur son estrade. Tout le monde s'est tu, captivé.

— Je proclame un changement des règles de l'arène ! annonce-t-il d'une voix tonitruante.

Il s'exprime lentement, délibérément, et la foule est suspendue à ses lèvres. De toute évidence, c'est un homme habitué à ce qu'on l'écoute.

— Pour la toute première fois, nous permettrons qu'il y ait un survivant. Un seul ! annonce-t-il. Le vainqueur de cette joute sera gracié. Et son frère ou sa sœur également. Après ce combat, ils seront libres de partir.

Le chef se rassoit lentement, et les spectateurs se mettent à murmurer entre eux d'une voix excitée. D'autres paris sont pris.

Je tourne de nouveau les yeux vers le couteau et je vois maintenant que Ben le regarde aussi.

Une chance de survivre. D'être libre. Non pas seulement pour moi, mais aussi pour Bree. Si je tue Ben, je vais la sauver. C'est une occasion en or. C'est mon billet de sortie.

En voyant Ben regarder le couteau, je constate que les mêmes pensées lui traversent l'esprit. C'est aussi pour lui une possibilité de sauver son petit frère.

Je m'élance vers le couteau et d'un seul geste, je me penche et le saisis.

La chose a été facile. Ben n'a même pas bougé.

Mais je suis différente de lui. J'ai besoin de faire ce que je dois pour survivre. Pour que Bree survive.

Alors, je tire un bras vers l'arrière, vise et me prépare à lancer le couteau de mon père.

Fais-le, Brooke! Sauve ta sœur! Tu en es responsable! FAIS-LE!

Je me penche vers l'avant et de toutes mes forces, je lance le couteau.

Et c'est le moment où tout bascule.

limite et d'être entrée dans un endroit où je ne suis pas censée être. Je me rends compte que je dois rattraper Bree aussitôt que possible et nous sortir d'ici en vitesse.

Un Cinglé saute et agrippe le rebord de ma fenêtre ouverte. Il tend une main et me saisit. Je me penche vers l'arrière, étire le bras et le frappe au visage avec la crosse de mon pistolet. Il tombe, son corps glissant dans la neige.

Les autobus zigzaguent devant nous, et Logan fait de même en suivant leur piste. Le mouvement me donne la nausée.

— Pourquoi tu zigzagues comme ça ? je lui demande.

— Les mines ! crie Logan. Toute cette foutue zone est minée !

Comme pour démontrer son affirmation, il se produit tout à coup une petite explosion sur la route devant nous, et un des autobus réussit à s'en écarter à la dernière seconde. Mon cœur palpite. Jusqu'à quel point les choses peuvent-elles empirer, dans cet endroit ?

— Rattrape l'autobus de Bree ! je crie par-dessus le rugissement du moteur.

Logan accélère, et nous réduisons l'écart. Nous ne sommes plus qu'à une trentaine de mètres de l'autobus maintenant, et j'essaie de dresser un plan. Alors que nous nous rapprochons, un Cinglé sort d'une bouche d'égout, porte un lance-roquettes à son épaule et fait feu.

Le missile fend l'air et frappe un des autobus — le noir. Dans le mille. L'autobus explose droit devant nous et s'enflamme, nous forçant à l'éviter à la dernière seconde.

L'autobus glisse et tombe sur le côté, puis explose en une immense boule de feu. Je songe à toutes les filles que j'ai vues à son bord et je me sens désespérée. Maintenant, il ne reste que deux autobus. Je rends grâce à Dieu que Bree se soit trouvée dans un des véhicules jaunes. Maintenant, le temps presse encore davantage.

— DÉPÊCHE-TOI ! je crie. AVANCE JUSQU'À SON AUTOBUS !

Nous nous dirigeons tout droit vers l'immeuble Flatiron. Fifth Avenue se sépare en deux voies, et un des autobus jaunes prend vers la gauche, se dirigeant vers Broadway tandis que l'autre demeure à droite sur la Fifth. J'ignore totalement dans lequel se trouve Bree. Mon cœur palpite d'anxiété. Je dois choisir.

— Quel autobus ? hurle Logan d'une voix affolée.

J'hésite.

— QUEL AUTOBUS ? crie-t-il de nouveau.

Nous arrivons à l'intersection, et je dois trancher. Je réfléchis à toute vitesse, essayant désespérément de me rappeler dans lequel Bree est montée, mais c'est inutile. Mon esprit est embrouillé, et les deux autobus me semblent identiques. Je dois deviner.

— Prends la droite ! je hurle.

Au dernier moment, il tourne vers la droite. Il accélère à la suite d'un des autobus. J'espère avoir choisi le bon.

Logan réussit à atteindre l'autobus. Nous ne sommes maintenant qu'à quelques mètres derrière celui-ci, roulant à travers la fumée de son tuyau d'échappement. Les fenêtres arrière sont crasseuses, et je ne peux vraiment discerner les visages à l'intérieur, mais je peux voir des silhouettes, les corps de ces jeunes filles enchaînées. Je prie pour que Bree soit parmi elles.

— Et maintenant ? hurle Logan.

C'est exactement ce que je me demande.

— Je ne peux pas les pousser hors de la route! ajoute Logan. Je pourrais la tuer!

— Rapproche-toi, je dis. Rattrape-le!

Il atteint l'arrière de l'autobus, nos pare-chocs se touchant presque, et tandis qu'il le fait, je me soulève de mon siège et commence à ramper par la fenêtre ouverte, m'assoyant sur le rebord de la porte. Le vent est tellement fort qu'il me projette presque hors du véhicule.

— Qu'est-ce que tu fais!? crie Logan d'une voix inquiète.

Mais je ne lui porte pas attention. Ce n'est plus le temps de changer d'avis maintenant.

La neige et le vent me fouettent le visage pendant que Logan se range directement à côté de l'autobus. Je me positionne en attendant le moment propice. L'arrière de l'autobus n'est plus qu'à une trentaine de centimètres, et au-dessus de son pare-choc se trouve une large plateforme. Je me raidis, mon cœur battant la chamade.

Puis je saute.

Au moment où j'atterris sur la plateforme, mon épaule frappe durement le côté de l'autobus. Je tends les mains et agrippe les épaisses barres de métal. Elles sont gelées contre mes mains nues, mais je m'agrippe fermement. Je vois la route défiler sous moi dans une masse indistincte. J'arrive à peine à croire que j'ai réussi.

L'autobus doit rouler à cent trente kilomètres-heure dans la neige et il zigzague terriblement. Je passe un bras autour de la barre, m'y agrippant de toutes mes forces et je réussis à peine à me tenir.

Nous heurtons un nid-de-poule, et je glisse en perdant presque ma poigne. Un de mes pieds dérape et traîne dans la neige — c'est ma jambe blessée, et je hurle de douleur tandis qu'elle rebondit sur le sol. Avec un effort suprême, je la ramène lentement.

J'essaie d'ouvrir la porte arrière, mais je constate avec découragement qu'elle est verrouillée au moyen d'un cadenas et d'une chaîne. D'une main tremblante, je réussis à retirer mon pistolet de ma ceinture. Je me penche vers l'arrière, me raidis et fais feu.

Des étincelles volent. Le cadenas se brise, et la chaîne tombe sur le sol en cliquetant.

Je tourne la poignée, et la porte s'ouvre violemment à cause du vent, me projetant presque en bas de la plateforme. Luttant contre le vent, je franchis l'ouverture et me retrouve à l'arrière de l'autobus.

Je suis dans l'allée au milieu du véhicule. Je m'empresse de la parcourir en regardant frénétiquement d'un côté et de l'autre. Il y a des dizaines de jeunes filles ici, enchaînées les unes aux autres et à leur siège. Elles me regardent toutes d'un air terrifié. Je vérifie rapidement chaque rangée, de gauche à droite, à la recherche de ma sœur.

— BREE! je hurle désespérément.

Les filles comprennent tout à coup la raison de ma présence et prennent conscience que je pourrais représenter leur salut et elles se mettent à pleurer d'une manière hystérique.

— AIDE-MOI! crie l'une d'elles.

— S'IL TE PLAÎT, FAIS-MOI SORTIR D'ICI! crie une autre.

Le conducteur m'aperçoit; je lève les yeux et le vois me regarder dans le rétroviseur. Il tourne le volant et fait un écart brusque. Je m'envole à travers l'allée et me frappe la tête au plafond.

Je reprends mon équilibre, mais il fait un écart dans l'autre direction, et je vole vers l'autre côté de l'autobus.

Je ressens des élancements dans la tête, mais cette fois, je m'agrippe aux sièges en avançant prudemment d'une rangée à l'autre. Je cherche Bree de chaque côté, et il ne reste plus que quelques rangées à vérifier.

— BREE! je hurle en me demandant pourquoi elle ne lève pas la tête.

Je vérifie les deux rangées suivantes, puis deux encore, puis deux autres… Finalement, j'atteins la dernière rangée, et mon cœur s'arrête.

Elle n'est pas ici.

La réalité me frappe comme un coup de massue : j'ai choisi le mauvais autobus.

Soudainement, je perçois un mouvement par la fenêtre et j'entends une explosion. Je me retourne et vois notre Humvee qui s'envole dans les airs en frappant une mine terrestre. Il atterrit sur le côté, glissant à travers la neige, puis il s'arrête. La peur m'envahit. Logan doit être mort.

25

Je détourne trop longtemps mes yeux du conducteur, et c'est une erreur stupide.

Il brandit un pistolet et maintenant, il me vise en m'adressant un sourire cruel. Il me tient. Il tire le chien et se prépare à faire feu. Je me raidis. Je n'ai nulle part où aller et je sais que je suis morte.

Tout à coup, j'aperçois par-dessus l'épaule du conducteur un Cinglé qui surgit d'une bouche d'égout, oriente son lance-roquettes directement sur nous et fait feu. Je regarde le missile fendre l'air en venant droit vers nous.

Une terrible explosion secoue notre monde. Le bruit est assourdissant, et je suis projetée dans les airs, me frappant la tête en même temps que je sens l'impact épouvantable de la chaleur. Puis l'autobus tombe sur le côté en glissant.

Comme je suis la seule personne debout, la seule qui ne soit pas attachée ou enchaînée, je suis la seule à perdre pied. Je vole à travers une fenêtre ouverte, projetée hors de l'autobus, et à ce moment, il explose, et l'onde de choc me projette encore plus loin. J'atterris à une vingtaine de mètres, la tête la première dans un monticule de neige.

Des flammes déchirent l'air en ne me brûlant que le dos, alors je roule dans la neige puis les éteins. Je sens la terrible chaleur des vagues de feu derrière moi.

Je me retourne et aperçois l'autobus complètement en flammes, renversé dans la neige. Les flammes doivent s'élever à une dizaine de mètres. C'est un enfer. Je me sens désespérée en constatant que personne n'aurait pu survivre à ça. Je pense à toutes ces innocentes jeunes filles et j'en ai la nausée.

Je reste là, dans la neige, essayant de reprendre mon souffle après avoir respiré la fumée. Je suis étourdie et je souffre terriblement. Je dois faire un effort pour m'asseoir. Je regarde notre Humvee. Il est là-bas, près de l'immeuble Flatiron, couché sur le côté comme un animal mort, deux de ses pneus éclatés.

Logan. Je me demande s'il est vivant.

Je me redresse péniblement et réussis à partir en boitillant dans sa direction. Il est à une bonne cinquantaine de mètres de moi, et j'ai l'impression de traverser un désert pour l'atteindre.

Au moment où je m'approche, une autre bouche d'égout s'ouvre, et un Cinglé m'attaque avec un couteau. Je saisis mon pistolet et le lève, vise, et l'atteins à la tête. Il retombe sur le dos, mort. Je prends son couteau et le glisse dans ma ceinture.

Tout en courant, je regarde par-dessus mon épaule et j'aperçois, à plusieurs centaines de mètres, un groupe de Cinglés qui foncent droit sur moi. Il doit y en avoir au moins une cinquantaine. Et tout autour d'eux, je vois s'ouvrir des trous d'homme, d'autres Cinglés sortir du sol et courir hors des stations de métro en se précipitant dans les escaliers. Je me demande s'ils vivent dans les tunnels du métro. Je me demande même si des métros fonctionnent encore.

Mais je n'ai pas le temps de réfléchir à ça maintenant. Je cours vers le Humvee et en l'atteignant, je me rends compte qu'il est complètement détruit, inutile. Je grimpe dessus et ouvre la porte du conducteur en priant que Logan ne soit pas mort.

Il est toujours assis sur son siège, ceinture de sécurité bouclée, inconscient. Il y a du sang sur le pare-brise, et il saigne au front, mais il respire. Il est vivant. Dieu merci, il est vivant.

J'entends un bruit lointain, je me tourne et vois que les Cinglés s'approchent. Il faut que je sorte Logan d'ici et vite.

Je tends les bras, agrippe son chandail et commence à le tirer vers moi, mais il est trop lourd.

— LOGAN ! je crie.

Je tire davantage, le secouant, craignant que le Humvee n'explose d'un moment à l'autre. Lentement, il commence à reprendre conscience. Il cligne des yeux et regarde autour, puis revient à lui.

— Ça va ? je demande.

Il incline la tête. Il a l'air sonné, effrayé, mais pas gravement blessé.

— Je ne peux pas me dégager, dit-il d'une voix faible.

Je le vois se débattre et je constate que le métal de sa ceinture de sécurité est tordu.

Je descends dans le véhicule, passe une main par-dessus lui et tire sur la ceinture. Elle est bloquée. Je jette un coup d'œil par-dessus mon épaule et vois que les Cinglés sont encore plus proches, à une cinquantaine de mètres. Je tire à deux mains, transpirant sous l'effort.

«Allez. Allez!»

Tout à coup, elle cède. La ceinture se rétracte. Logan, libéré, roule sur lui-même et se frappe la tête. Puis il commence à sortir.

Au moment où il s'assoit, ses yeux s'écarquillent soudainement, et d'une main, il me repousse brutalement. Il lève un pistolet avec l'autre et vise juste à côté de ma tête, puis fait feu. Le coup est assourdissant et résonne terriblement dans mon oreille.

Il vient de tuer un Cinglé à quelques pas seulement. Et les autres ne sont qu'à une trentaine de mètres derrière lui.

Les Cinglés se rapprochent rapidement, et il n'y a pas d'issue.

26

Je réfléchis à toute vitesse. J'aperçois un lance-roquettes dans la neige à un mètre du cadavre d'un Cinglé. Il paraît intact et semble n'avoir jamais tiré. Je cours le saisir, et mon cœur palpite dans ma poitrine tandis que je me dirige vers la foule de Cinglés. J'espère seulement que ça va fonctionner et que je pourrai comprendre comment l'utiliser dans les prochaines secondes.

Je m'agenouille dans la neige et soulève l'arme. Mes mains sont gelées, et je la place contre mon épaule. Je trouve la gâchette et je cible la foule qui n'est plus qu'à une ving-taine de mètres. Je ferme les yeux en priant que ça marche et j'appuie sur la gâchette.

J'entends un bruit énorme et un moment plus tard, je me sens projetée dans les airs et atterris sur le dos dans la neige. J'entends l'explosion.

Je lève les yeux et je suis surprise de constater les dom-mages que j'ai faits : j'ai réussi à atteindre directement la foule à courte distance. Là où il y avait des dizaines de corps quelques secondes plus tôt, il n'y a plus que des membres épars dans la neige.

Mais je n'ai pas le temps de me réjouir de ma petite victoire. Au loin, des dizaines d'autres Cinglés émergent des stations de métro. Je n'ai plus de missiles à tirer et j'ignore quoi faire d'autre.

Derrière moi j'entends un bruit de métal tordu, je me tourne et vois Logan debout sur le capot du Humvee. Il lève une jambe et frappe du pied la mitrailleuse montée sur le capot. Finalement, l'arme se détache. Il la ramasse. Un chapelet de munitions pend sur le côté et il le pose en bandoulière sur son épaule. L'arme est énorme, conçue pour être montée sur un véhicule — et non portée — et elle semble peser plus de vingt kilos. Il la tient des deux mains, et aussi costaud soit-il, je vois que la mitrailleuse est lourde même pour lui. Il me dépasse en courant et vise le nouveau groupe de Cinglés. Il tire.

Le bruit est assourdissant alors que les balles ricochent dans la neige. Puis l'impact est horrible : les énormes balles coupent la foule en deux. Les corps tombent comme des mouches chaque fois que Logan vise des cibles. Finalement, le mitraillage s'arrête, et le monde retombe dans le silence hivernal. Nous les avons tous tués. Pour le moment, tout au moins, il n'y a plus de Cinglés en vue.

Je regarde autour de moi, observant toute cette destruction. Il y a l'autobus noir frappé par une roquette, le jaune gisant en flammes sur le côté, des corps partout et notre Humvee qui n'est plus qu'une carcasse près de nous. L'endroit ressemble à la scène d'une intense bataille militaire.

Je baisse les yeux et suis les pistes de l'autre autobus, celui sur lequel se trouve Bree. Ils ont viré à gauche devant l'immeuble Flatiron. J'ai choisi le mauvais autobus. Ce n'est pas juste. Ce n'est tout simplement pas juste. J'examine la scène en reprenant mon souffle et je ne peux penser à autre chose qu'à Bree et aux pistes. Elles mènent à elle. Je dois les suivre.

— Bree est sur l'autre autobus, je dis en indiquant les pistes. Je dois la trouver.

— Comment ? demande-t-il. À pied ?

Je regarde notre Humvee inutilisable. Je n'ai pas d'autre choix.

— Je suppose que oui, je dis.

— Le port se trouve à au moins cinquante pâtés de maisons au sud, dit Logan. C'est une longue marche — et dans un territoire dangereux.

— Tu as une autre idée ?

Il hausse les épaules.

— Il n'est pas question de revenir en arrière, je dis. Pas pour moi, en tout cas.

Il me toise du regard, essayant de se décider.

— Tu me suis ? je demande.

Finalement, il acquiesce.

— Allons-y, dit-il.

○ ○ ○

Nous suivons les pistes, marchant côte à côte dans la neige. Chaque pas provoque un nouvel élancement de douleur alors que mon mollet, si enflé, commence à me paraître séparé de mon corps. Je boitille, faisant de mon mieux pour me tenir à la hauteur de Logan. Heureusement, il porte encore le poids de la lourde mitrailleuse et ne marche pas trop vite. La neige tombe toujours à plein ciel, le vent nous la soufflant au visage. J'ai l'impression que la tempête devient de plus en plus forte.

À intervalle régulier, un autre Cinglé surgit de derrière un immeuble et fonce sur nous. Logan les tue au fur et à mesure, un à un. Ils tombent tous dans la neige, la tachant de leur sang.

— Logan! je crie.

Il se retourne juste à temps pour voir le petit groupe de Cinglés qui arrivent au pas de charge derrière nous. Il les fauche à la dernière seconde. Je souhaite ardemment qu'il ait suffisamment de munitions pour nous rendre à l'endroit où nous devons aller. Je n'ai plus qu'une seule balle dans mon pistolet et je ressens le besoin de la garder pour un moment critique. Je me sens si impuissante. J'aimerais avoir aussi davantage de munitions.

Alors que nous franchissons un autre pâté de maisons, plusieurs Cinglés surgissent de derrière un immeuble et foncent immédiatement sur nous. Logan fait feu, mais il ne voit pas l'autre Cinglé qui s'élance sur nous de l'autre côté. Il approche trop vite pour que Logan puisse se retourner à temps.

Je tire le couteau de ma ceinture, vise et le lance. J'atteins le Cinglé au front, et il s'effondre dans la neige aux pieds de Logan.

Nous poursuivons notre route sur Broadway en nous déplaçant aussi vite que possible. À mesure que nous avançons, les Cinglés semblent moins nombreux. Peut-être qu'ils voient les dégâts que nous causons et craignent de nous approcher. Ou peut-être qu'ils prennent seulement leur temps. Ils doivent savoir que nous allons manquer de munitions, et qu'en fin de compte, nous n'aurons nulle part où aller.

Nous passons 19th Street, puis 18th, puis 17th… et nous débouchons sur Union Square. Jadis un endroit magnifique, c'est maintenant un grand parc négligé, rempli d'arbres et de hautes herbes perçant la neige. Les immeubles sont tous en ruine, les vitrines de magasins, en miettes et les façades, noircies par les flammes. Plusieurs des immeubles se sont effondrés et ne sont plus que des piles de débris dans la neige.

Je regarde au-delà pour voir si le Barnes & Noble que j'aimais est encore debout. Je me souviens de l'époque où j'y allais avec Bree, quand nous montions l'escalier mobile et nous perdions dans le magasin pendant des heures. Maintenant, je suis horrifiée en constatant qu'il n'en reste rien. Sa vieille enseigne rouillée gît sur le sol, à demi recouverte de neige. Il ne reste plus un seul livre dans ses vitrines. En fait, il est impossible de savoir ce qu'était le magasin.

Nous traversons rapidement le parc en contournant les débris alors que nous suivons la trace de l'autobus. Tout est devenu étrangement tranquille. Je n'aime pas ça.

Nous atteignons l'extrémité sud du parc, et je m'attriste de voir l'énorme statue équestre de George Washington renversée, réduite en pièces et à demi couverte de neige. Il ne reste vraiment rien. Tout ce qui avait quelque valeur dans la ville semble avoir été détruit. C'est ahurissant.

Je m'arrête et pose une main sur l'épaule de Logan en essayant de reprendre mon souffle. Ma jambe me fait tellement souffrir que je dois la laisser reposer.

Logan s'arrête et il est sur le point de dire quelque chose quand nous entendons un vacarme et tournons la tête. De l'autre côté du parc, des dizaines de Cinglés sortent de l'entrée du métro en se dirigeant droit sur nous. J'ai du mal à croire qu'ils sont si nombreux : il semble y en avoir un flot incessant.

Pis encore, Logan lève son arme, appuie sur la détente, et cette fois, nous n'entendons rien d'autre qu'un clic effrayant. Ses yeux s'écarquillent de surprise et de peur. Maintenant, nous n'avons plus nulle part où aller. Cette foule de Cinglés, d'au moins une centaine et qui s'accroît sans cesse, se rapproche. Je regarde dans toutes les directions en cherchant un quelconque moyen de nous échapper. Des véhicules, des armes. Un abri. Mais je ne vois rien.

Il semble que cette fois, la chance nous ait abandonnés pour de bon.

27

J e regarde avec inquiétude les environs et j'aperçois la
façade de ce qui était jadis un magasin d'alimentation.
Il est abandonné, comme tout le reste, complètement vidé.
Mais contrairement aux autres commerces, ses portes
semblent encore intactes. Je me demande si nous pouvons y
entrer et verrouiller la porte derrière nous.

— Par ici ! je crie à Logan qui se tient là, figé, indécis.

Nous courons vers l'entrée du magasin, les Cinglés à
peine une trentaine de mètres derrière nous. Je m'attends
à ce qu'ils crient, mais ils sont complètement silencieux.
Avec toute cette neige, ils n'émettent pas un bruit, et curieusement, je trouve cela encore plus étrange que s'ils
hurlaient.

Nous atteignons les portes, je tourne la poignée et je
suis soulagée qu'elles s'ouvrent. J'y entre rapidement, Logan
sur mes talons, puis je me retourne et la claque derrière
nous. Logan enlève la lourde mitrailleuse de son épaule et
la glisse entre les poignées pour bloquer les portes. Elle

s'insère parfaitement à cet endroit. Je tire sur les portes pour vérifier, et elles ne bougent pas.

Nous nous retournons et nous enfonçons plus profondément dans le magasin. Il fait froid ici, et tout est vide. Il n'y a plus aucun reste de nourriture ; seulement des emballages déchirés et vides qui parsèment le plancher. Il n'y a ni armes ni fournitures. Aucun endroit où se cacher. Rien. Tout ce qu'il y avait ici a été pillé longtemps auparavant. Je cherche des sorties, mais n'en vois aucune.

— Qu'est-ce qu'on fait maintenant ? demande Logan.

J'entends soudain un fracas contre les portes de métal et je vois des dizaines de Cinglés qui s'écrasent contre elles. Il est évident que notre verrou ne tiendra pas longtemps. Je regarde encore autour de moi en réfléchissant à toute vitesse. Puis, au loin, j'aperçois quelque chose : un escalier.

— Là-bas ! je crie en pointant un doigt.

Nous traversons le magasin en courant, poussons la porte et nous retrouvons dans un escalier. Logan me regarde.

— Vers le haut ou vers le bas ? demande-t-il.

C'est une bonne question. Si nous descendons, il y aura peut-être un sous-sol. Peut-être que nous y trouverons quelques fournitures et peut-être que nous pourrons nous y barricader. Mais ce pourrait être un piège mortel. Et à en juger par l'apparence de l'endroit, je doute que nous trouvions des fournitures. Si nous montons, peut-être qu'il y aura quelque chose à un étage supérieur. Peut-être une sortie par le toit.

Ma claustrophobie l'emporte.

— MONTONS ! je dis malgré la douleur dans ma jambe.

Nous commençons à grimper les marches de métal. Logan monte si rapidement que j'ai du mal à le suivre. Il s'arrête et se tourne en prenant conscience de ma situation, puis il redescend en courant, passe un bras autour de ma taille et me tire dans les marches plus rapidement que je ne pourrais le faire seule. Chaque pas est une torture, comme un coup de poignard dans mon mollet. Je maudis le jour où ce serpent est né.

Nous passons étage après étage. Quand nous atteignons le quatrième, je dois m'arrêter pour reprendre mon souffle. Il est rauque et semble inquiétant même à mes propres oreilles : c'est comme si j'avais quatre-vingt-dix ans. Je pense que mon corps a été trop malmené au cours des dernières quarante-huit heures.

Tout à coup, il y a un horrible vacarme. Nous nous regardons tous les deux, puis regardons en bas de l'escalier. Nous comprenons en même temps que les Cinglés ont réussi à entrer.

— VIENS ! crie Logan.

Il me saisit par la taille, et je sens une poussée d'adrénaline tandis que nous grimpons les marches en courant deux fois plus vite. Nous dépassons le sixième, puis le septième. J'entends le bruit que font les Cinglés en grimpant les marches, puis je regarde en bas et les vois s'élancer. Ils savent exactement où nous sommes.

Je lève les yeux et constate que nous n'avons plus qu'un étage à monter. Je fais un effort, soufflant comme un phoque, pour grimper ce dernier escalier. Nous atteignons le palier et courons vers la porte de métal qui donne sur le toit. Logan la frappe de son épaule, mais elle ne s'ouvre pas.

Apparemment, elle est verrouillée de l'extérieur. C'est incroyable.

La foule de Cinglés se rapproche avec un bruit assourdissant le long de l'escalier de métal. Dans quelques instants, ils vont nous réduire en pièces.

— RECULE! je hurle à Logan alors qu'une idée me vient en tête.

C'est le moment d'utiliser ma dernière balle. Je prends mon pistolet, vise et tire sur la poignée. Je sais que c'est dangereux de faire feu de si près, mais nous n'avons pas d'autre choix.

La balle ricoche sur le métal, nous ratant de quelques centimètres, et le verrou saute.

Nous nous précipitons par la porte dans la lumière du jour. J'examine le toit en me demandant où nous pouvons aller, s'il existe une issue possible. Mais je ne vois rien. Absolument rien.

Soudain, Logan me prend la main et court avec moi jusqu'à l'autre extrémité du toit. En atteignant le rebord, je regarde et aperçois en dessous un immense mur de pierre. Il s'étend de University Place tout au long de 14th Street en bloquant tout ce qui se trouve au sud.

— Le mur de 14th Street! s'exclame Logan. Il sépare la Zone du Désert.

— Le Désert? je demande.

— C'est là où la bombe a explosé. Tout est irradié — tout ce qui se trouve au sud de 14th Street. Personne ne va là, pas même les Cinglés. C'est trop dangereux.

J'entends soudain un bruit de métal enfoncé, et la porte du toit s'ouvre brutalement. La foule en sort, courant directement vers nous.

Tout en bas, j'aperçois un monticule de neige d'environ trois mètres. La neige est épaisse, et si nous atterrissons exactement de la bonne façon, peut-être, et seulement peut-être, pourrons-nous amortir notre chute. Mais c'est un saut d'une quinzaine de mètres. Et nous nous retrouverions du mauvais côté du mur, celui du Désert.

Mais je ne vois pas quel choix nous avons.

— Ce monticule de neige ! je crie en pointant l'index. Nous pouvons sauter pour l'atteindre !

Logan regarde en bas et secoue la tête d'un air effrayé.

Je jette un coup d'œil par-dessus mon épaule : les Cinglés sont à trente mètres de nous.

— Nous n'avons pas le choix ! je hurle.

— J'ai le vertige, avoue-t-il finalement, le visage très pâle.

Je lui prends la main et monte sur le rebord. Il reste immobile pendant une seconde, la peur dans les yeux, mais il monte.

— Ferme les yeux ! je crie. Fais-moi confiance !

Puis, alors que les Cinglés ne sont plus qu'à un mètre de nous, nous sautons.

28

Nous dégringolons dans l'air en criant, et j'espère avoir bien visé. Nous nous précipitons si rapidement vers le sol que je suis sûre que si nous ratons notre cible, nous allons mourir.

Un moment plus tard, je me retrouve immergée dans un nuage de neige alors que j'atterris en plein centre du monticule, Logan à mes côtés, tenant toujours ma main. J'ai frappé le monticule avec une telle vitesse que je me suis enfoncée tout au fond, jusqu'à ce que mes pieds heurtent le ciment. Heureusement, la neige est épaisse et amortit de beaucoup notre chute. En atteignant le fond, j'ai l'impression de n'avoir sauté que de quelques mètres.

Je reste là un moment, la neige empilée bien haut au-dessus de ma tête, complètement sonnée. Je lève les yeux et aperçois la lumière qui filtre à travers la neige. Je suis figée, j'ai peur de bouger, de commencer à remonter péniblement le monticule pour découvrir si je n'ai rien de brisé. J'ai l'impression d'être sur une plage, enterrée sous un tas de sable.

Lentement, je bouge une main, puis un bras, puis une épaule... Je commence à me relever progressivement et me libère du trou dans lequel je suis. Un peu maladroitement, mais je réussis à grimper jusqu'au bord du monticule. Je lève la tête comme une marmotte sortant d'un trou dans la pelouse. Je me tourne et vois Logan qui fait de même.

J'étire le cou et lève les yeux : tout en haut, encore debout sur le toit, la foule de Cinglés nous regarde. Ils discutent entre eux et ils ne semblent pas vouloir sauter. Je ne les en blâme pas : je regarde la hauteur du bâtiment et m'étonne d'avoir eu le courage d'exécuter un pareil saut moi-même. Je ne le referais probablement pas, si je m'arrêtais pour y réfléchir.

Je me lève en me dégageant du monticule, et Logan me suit. Je suis complètement couverte de neige et je frotte mes vêtements pour m'en débarrasser. Je fais quelques pas hésitants pour vérifier si je n'ai rien de brisé. Mon mollet est encore douloureux — plus que jamais — mais autrement, je pense être demeurée relativement intacte, avec seulement quelques petites douleurs et ecchymoses.

Je regarde Logan qui marche et je suis soulagée de voir qu'il ne s'est rien fracturé non plus. Fait tout aussi important, je suis soulagée de voir que nous sommes maintenant de ce côté du mur. Le Désert. Ça pourrait signifier une mort lente, mais tout au moins, nous sommes en sécurité pour le moment.

Je regarde plus loin la University Place, l'endroit est désolé et abandonné : tous les commerces ont été brûlés, et certains se sont effondrés. Il n'y a rien ni personne ici. Autant la Zone était un lieu chaotique et violent, autant le

Désert est paisible. Finalement, pour la première fois depuis un bon moment, je me détends.

Mais je sais que je ne le devrais pas. Si cette partie de la ville est vraiment irradiée, alors elle est plus dangereuse que tous les autres endroits combinés. Chaque seconde passée ici pourrait nous contaminer. Et nous ignorons qui, ou quoi, survit encore ici. Je détesterais tomber sur eux.

— Allons-y, dit Logan en suivant les pistes de l'autobus qui traversent directement l'arche dans le mur et continuent le long de University.

Nous avançons d'un bon pas tout en jetant des coups d'œil par-dessus nos épaules. Maintenant, plus que jamais, j'aimerais avoir une arme. Je vois Logan palper son corps par habitude et constate qu'il aimerait en avoir une aussi. Notre seul espoir consiste maintenant à suivre ces traces, trouver Bree et sortir d'ici au plus vite.

Nous passons 10th Street, puis 9th, puis 8th et nous apercevons le ciel sur notre droite. Je regarde et je suis renversée de voir ce qui avait été jadis le Washington Square Park. Je me souviens de tant de soirées passées ici avant la guerre, à flâner avec des amis, à s'asseoir ici et là et à observer les amateurs de planche à roulettes faire leurs acrobaties sur le ciment. En regardant l'endroit maintenant, je suis frappée d'horreur : il n'en reste plus rien. L'immense arche qui en marquait l'entrée est renversée, effondrée, couverte de neige. Qui plus est, où se trouvait jadis le parc, il n'y a plus qu'un vaste cratère s'enfonçant à des centaines de mètres dans la terre. Il s'étend jusqu'à l'horizon. C'est comme si toute une partie de la ville avait été enlevée à la truelle.

Logan doit voir l'horreur sur mon visage.

— C'est ici que la bombe est tombée, explique-t-il. La première à frapper la ville.

Je n'arrive pas à y croire. Ça ressemble au Grand Canyon. Je peux voir les effets de la bombe sur les façades d'immeubles fondues dans toutes les directions. Tout ce que j'ai déjà connu est disparu. L'endroit ressemble davantage à la surface de Mars.

— Partons, dit Logan d'un ton impatient.

Je me rends compte que cette vision le perturbe aussi.

Les pistes de l'autobus continuent jusqu'au bout de University, puis tournent à gauche sur West 4th. Nous les suivons tandis qu'elles traversent le Village et tournent à droite sur Bowery. Cette avenue est plus large et tout aussi désertique. Il n'y a pas une âme en vue.

Je devrais être plus détendue, mais étrangement, je me sens plus à cran que jamais. Tout est trop tranquille, menaçant. Je n'entends que les hurlements du vent. La neige me fouette le visage. Je ne peux pas m'empêcher d'avoir l'impression qu'à tout moment quelque chose pourrait me sauter dessus.

Mais rien ne se passe. Nous marchons et marchons, un pâté de maisons après l'autre, nous dirigeant toujours plus loin vers le centre-ville. C'est comme si nous traversions un vaste désert sans fin. Et c'est là, effectivement, le vrai danger dans cette zone. La distance. Le froid. Les pistes de l'autobus ne semblent jamais finir, et à chaque pas, ma jambe se fait plus douloureuse, et je faiblis.

Lentement, le soleil de fin d'après-midi, lourd de nuages de tempête, s'assombrit. Au moment où nous traversons l'immense rue que je connaissais jadis sous le nom de

Houston, je me demande jusqu'où j'aurai la force de me rendre.

Si Logan a raison, s'ils amènent vraiment Bree au South Street Seaport, je sais qu'il nous reste beaucoup de chemin à parcourir. Je me sens déjà étourdie et affamée. J'ai l'impression que ma jambe fait cinq fois sa taille normale, et ironiquement, cette marche pourrait se révéler la pire épreuve de toutes.

Je parviens tout de même à continuer, avançant encore sur Bowery. Nous marchons sans presque échanger une parole. Il y a tellement de choses que je voudrais lui dire. Je souhaiterais le remercier de m'avoir sauvé la vie ; il l'a déjà fait trois fois en une seule journée, et je commence à me demander si c'est là une dette que je peux rembourser. Je voudrais aussi le remercier d'avoir abandonné son bateau pour m'accompagner. Je songe à tout ce qu'il a sacrifié pour moi et j'en suis renversée. Je voudrais lui demander pourquoi il a fait ça.

Son aptitude à combattre m'impressionne. Logan me rappelle ce que doit avoir été mon père dans un combat — ou tout au moins, l'idée que je m'en fais. Je commence à me demander d'où vient Logan. S'il est d'ici. S'il a une famille ici ou ailleurs. Je veux aussi lui demander ce qu'il ressent pour moi. A-t-il de l'affection pour moi ? Évidemment, je ne pourrais jamais vraiment le lui demander, mais je m'interroge quand même. Est-ce qu'il a des sentiments pour moi ? Pourquoi ne s'est-il pas enfui quand il en avait l'occasion ? Pourquoi a-t-il risqué sa vie pour me suivre ? Je me sens coupable en y songeant. J'ai mis sa vie en danger. Il pourrait être en sécurité quelque part, en ce moment.

Et surtout, malgré moi, je voudrais savoir s'il a une petite amie. Ou s'il en a déjà eu une. Je me le reproche immédiatement, me sentant malhonnête envers Ben, que je viens tout juste de quitter. Mais ces deux gars — Logan et Ben — sont si différents l'un de l'autre. Ils sont comme deux espèces distinctes. Je réfléchis aux sentiments que j'éprouve pour Ben et je sens qu'ils sont encore en moi et encore sincères : il y a quelque chose chez lui, une sensibilité, une vulnérabilité, que j'aime vraiment. Quand je regarde ses grands yeux tristes, il y a quelque chose qui me rejoint.

Mais quand je regarde Logan, je me sens attirée par lui d'une manière tout à fait différente. Il est grand et fort et silencieux. Il est noble, c'est un homme d'action, et il peut, de toute évidence, se débrouiller. Il représente un mystère à mes yeux, et je souhaiterais en savoir davantage sur lui. Mais j'aime ça.

Je me rends compte que j'apprécie vraiment certaines choses à propos de Ben et d'autres à propos de Logan. D'une quelconque façon, mes sentiments pour les deux semblent pouvoir coexister, peut-être parce qu'ils sont si différents que je n'ai pas l'impression qu'ils se font concurrence.

Je me laisse aller à ces pensées tandis que nous progressons dans la tempête. J'en oublie pour un moment la douleur, la faim et le froid.

Les rues deviennent plus étroites alors que nous traversons ce qui était jadis Little Italy. Je me souviens être venue ici avec papa et avoir dîné dans un petit restaurant italien bondé de touristes. Maintenant, il n'en reste rien. Toutes les devantures sont détruites. Il n'y a que des débris. Le vide.

Nous avançons péniblement, et les choses deviennent plus difficiles alors que la neige nous monte aux genoux.

Maintenant, je compte mes pas en priant pour arriver au but. Nous atteignons une autre large rue, et un panneau tordu indique « Delancey ». Je tourne mon regard vers la gauche en m'attendant à voir le pont Williamsburg.

À mon grand étonnement, il n'est plus là.

L'immense pont est démoli, de toute évidence détruit au cours d'une bataille, son entrée de métal tordue s'élançant vers le ciel comme quelque sculpture moderne. Tout ce travail, toute cette conception, toute cette main-d'œuvre — et tout cela détruit probablement en un instant. Pour quoi ?

Pour rien.

Je détourne les yeux, dégoûtée.

Nous poursuivons notre route vers le centre-ville en traversant Delancey. Après plusieurs pâtés de maisons, nous arrivons à l'artère principale de Canal Street, et j'ai presque peur de regarder sur ma gauche pour voir le pont de Manhattan. Je m'oblige à le faire et souhaite immédiatement m'en être abstenue. Comme le Williamsburg, ce pont est détruit. Il n'en reste plus que des morceaux de métal tordu, déchiré, et un grand espace vide au-dessus du fleuve.

Nous continuons, mes pieds et mes mains si gelés que je me demande si j'ai des engelures. Nous traversons ce qui était jadis le quartier chinois, avec ses immeubles plus hauts et ses rues étroites maintenant méconnaissables. Comme tous les autres quartiers, ce n'est plus qu'un amas de ruines.

Bowery bifurque vers la droite sur Park Row, et je respire péniblement tandis que nous passons quelques autres pâtés de maisons pour finalement atteindre une immense intersection. Je m'arrête et fixe la scène, bouche bée.

À ma droite gît la structure de ce qui était l'hôtel de ville, maintenant en ruine, une simple pile de débris. C'est affreux. Ce magnifique immeuble, jadis si grandiose, n'est plus qu'un souvenir.

J'ai peur de me retourner pour regarder le pont de Brooklyn derrière moi — cette superbe œuvre d'art que j'avais l'habitude de traverser avec Bree pendant les journées chaudes d'été. Je prie pour qu'il soit encore là, qu'au moins un objet de beauté demeure. Je ferme les yeux, puis pivote lentement.

Je suis horrifiée. Comme les deux autres ponts, il est détruit. Il n'en reste rien, pas même la base, seulement un grand trou au-dessus de la rivière. Toute sa structure s'est retrouvée dans le fleuve en d'immenses amas de métal tordu.

Encore plus étonnant, j'aperçois au milieu du fleuve, à demi immergés, les restes d'un énorme avion militaire, sa queue pointant vers le ciel. Il semble être descendu en plongée et il ne s'est jamais relevé. C'est renversant de voir un si énorme avion émergeant de l'eau comme si un enfant avait jeté son jouet dans un bain sans se préoccuper de l'en retirer.

Il fait plus sombre, c'est presque le crépuscule, et je ne peux pas aller plus loin. Étonnamment, le vent et la neige continuent de s'amplifier. Je m'y enfonce jusqu'aux genoux et j'ai l'impression d'être lentement avalée vivante. Je sais que le port n'est plus loin, mais j'ai trop mal pour faire un autre pas.

Je pose une main sur l'épaule de Logan. Il me regarde, étonné.

— C'est ma jambe, je dis, les dents serrées. Je ne peux plus marcher.

— Prends appui sur mon épaule, dit-il.

C'est ce que je fais, et il se penche ... mon dos et me tient solidement en n... bras derrière chons ensemble, et la douleur dimin... Nous mar- l'aise : je n'ai jamais voulu dépendre d'un... gens mal à conque. Mais en ce moment, j'en ai vraiment du de qui-

Nous tournons à gauche sous la structu... menait jadis au pont, puis à droite sur ce qui a été Pear... C'est étrange. Après toute cette odyssée, je me retrou... ns le quartier où j'ai grandi. C'est tellement bizarre ... de retour ici. Le jour où j'en suis partie, j'ai juré de ne ja... s y revenir. Jamais. J'étais sûre que Manhattan serait détru... et je n'ai même jamais imaginé que je la reverrais.

Le fait de marcher de nouveau ici, le long des étroite... rues pavées dans ce quartier historique fourmillant jadis de touristes, avec tout ce que j'ai connu, me semble le plus dou- loureux de tout. Les souvenirs me reviennent en masse d'endroits où Bree et moi avions l'habitude de jouer. Je me rappelle avoir souvent passé du temps ici avec mes parents. À l'époque où ils étaient heureux ensemble.

Notre appartement se situait dans le district commer- cial, au-dessus des magasins, dans un petit immeuble histo- rique. Je me souviens d'avoir détesté l'endroit en grandissant, tous ces samedis soirs ennuyeux quand la vie nocturne ne semblait jamais se terminer, quand des gens parlaient et fumaient sous la fenêtre de ma chambre jusqu'à cinq heures du matin. Maintenant, je donnerais n'importe quoi pour entendre ce bruit, sentir cette activité, pour pouvoir tra- verser la rue jusqu'à un café et commander un petit déjeuner. Seulement à y songer, la faim me tenaille.

Ironie du sort, nous tournons sur Water Street, le pâté de maisons où je vivais. Mon cœur palpite quand je me

nous allons passer devant notre apparte-
ment. [...]uide. Ou peut-être est-ce maman, si elle est
[...]re que c'est elle qui me regarde. Mais peut-
[...]ne raille. Me réprimande. Après tout, c'est l'en-
[...]l'ai abandonnée toutes ces années auparavant.
[...]t pu venir avec moi, mais ne voulait pas partir. Et
[...]ais. Je pense quand même que j'ai fait ce que je
[...] faire à ce moment — pour moi, et plus important
[...]re, pour Bree. Qu'étais-je censée faire d'autre ? M'asseoir
avec elles et attendre la mort ?

Toutefois, je ne peux m'empêcher de voir l'ironie dans
tout ça, dans tous les aléas de la vie. J'ai emmené Bree, et
nous nous sommes enfuies dans un endroit sécuritaire,
mais maintenant, elle a été capturée et ramenée exactement ici, d'où nous sommes parties, et je ne vais probablement jamais la récupérer. Et à la façon dont je me sens en
ce moment, je ne peux imaginer survivre plus de quelques
heures encore. Alors, quel avantage avons-nous eu à partir,
après tout ? Si je m'étais contentée de rester ici avec ma mère,
nous serions au moins mortes ensemble, paisiblement, non
pas d'une mort lente et atroce par manque de nourriture.
Peut-être maman avait-elle raison depuis le départ.

Nous approchons de mon immeuble, et je me demande
de quoi il aura l'air. Et je sais que c'est ridicule, mais une
partie de moi se demande si maman y est encore, assise à
une fenêtre. Attendant.

Je lève les yeux et je suis sous le choc : mon ancien
immeuble n'est plus qu'un tas de ruines couvert de neige.
De hautes herbes poussent entre les pierres, et il semble
s'être effondré il y a longtemps. J'ai l'impression de recevoir

un coup de poing au ventre. Ma mais... ...t plus là. Ma mère est vraiment partie.

— Qu'est-ce qui ne va pas ? demande ...

Je prends conscience que je me suis arrê... que je me tiens debout, là, à fixer le vide. J'incline la têt... ...rippe son épaule et continue.

— Rien, je réponds.

Nous poursuivons notre route au cœur du dis... commercial du South Street Seaport. Je me revois ass... ici à regarder les pavés luisants, toutes les boutiques d... uxe, ayant l'impression de me trouver dans le lieu le plus p...fait du monde. Un lieu immuable. Maintenant, je regarde aut...ur de moi et ne vois que dévastation. Il n'y a plus aucun signe, aucune indication de ce que c'était auparavant.

Nous tournons à gauche sur Fulton, et j'aperçois au loin les quais. C'est le crépuscule à présent. D'épais nuages gris se forment à l'horizon, et j'éprouve finalement un élan d'espoir en voyant l'eau à quelques pâtés de maisons seulement. Je vois les pistes de l'autobus qui tournent sur cette rue pour aller s'arrêter au bout du quai. Nous avons réussi.

Nous continuons d'avancer, et je sens surgir en moi une poussée d'adrénaline en me demandant si Bree pourrait être là, sur le quai. Instinctivement, je tâte ma ceinture pour y prendre une arme et me souviens que je n'en ai plus. Peu importe. Si elle est ici, je vais trouver un moyen de la ramener.

Nous avançons sur le quai de bois du Seaport jadis grouillant de touristes et maintenant désert. Les grands navires historiques y sont toujours, se balançant dans l'eau, mais ce ne sont plus que des carcasses rouillées.

Au bo... quai, j'aperçois le bus stationné. Je presse le pas, le cœur palpitant, espérant que, par chance, Bree se trouve e... à bord.

Mai... demment, l'autobus a été vidé il y a déjà long-temps. ... atteins et regarde à l'intérieur. Il est vide. Je regard... neige et vois les traces qu'ont laissées les filles. Elles ...ent le long d'une rampe jusqu'à un bateau. Je par-cour... au des yeux et au loin, j'aperçois une grosse barge rou...e, à moins d'un kilomètre, amarrée au quai de Go...nors Island. Je vois une file de jeunes filles qu'on fait débarquer. Bree est parmi elles. Je le sens.

J'éprouve un sentiment nouveau de résolution. Mais aussi de désespoir. Nous avons raté le bateau. Nous arri-vons trop tard.

— Il y a un autre bateau au matin, dit Logan. À l'aube. Il y en a toujours un par jour. Nous n'avons qu'à trouver un abri pour la nuit et attendre.

— Si vous réussissez à passer la nuit, fait une voix der-rière nous.

Je suis surprise d'entendre une voix étrangère et je me retourne brusquement.

Debout, à environ trois mètres, je m'étonne de voir une dizaine de personnes vêtues de tenues militaires jaunes. Au milieu d'eux se tient un homme qui semble être leur chef. Son visage est fondu, tordu, comme celui de ses compa-gnons. Il paraît encore plus en mauvais état que les biovic-times, si la chose est possible. C'est peut-être parce qu'il vit dans cette zone irradiée.

D'une manière ou d'une autre, ils ont réussi à s'appro-cher de nous sans bruit. Ils sont trop nombreux, et je vois

toutes les armes à leurs ceinture[...] ets dans leurs
mains. Nous n'avons aucune chance[...]

— Vous êtes sur notre territoire, [...]
il. Pourquoi ne devrions-nous pas vous [...]t, poursuit-

— S'il vous plaît, je dis sur un ton su[...]-mêmes?
seurs d'esclaves ont capturé ma sœur. I[...] Les chas-
ramène. que je la

— Nous n'aimons pas les chasseurs d'escl[...] davantage que vous. Ils conduisent leurs autobus ici [...]
c'était leur territoire. C'EST MON TERRITOIRE me si
t-il, son visage déformé, ses yeux protubérant[...] urle- TU
M'ENTENDS? IL M'APPARTIENT!

Je tressaille au son de sa voix si empreinte de rage. Je suis complètement épuisée, je souffre et je peux à peine me tenir debout.

Je le vois faire un pas vers nous et me raidis dans l'éventualité d'une attaque. Mais avant même de pouvoir terminer ma pensée, mon univers se met soudain à tourner. Il tourne encore et encore, et en un instant, je tombe vers le sol.

Puis tout devient noir.

29

J'ouvre les yeux avec difficulté. Je ne suis pas sûre si je suis morte ou vivante, mais si je suis vivante, j'ignorais que la vie pouvait être aussi douloureuse : chaque muscle de mon corps est en feu. Je tremble et frissonne, et je n'ai jamais eu aussi froid de ma vie. Malgré cela, je suis brûlante de fièvre, et une sueur froide coule le long de mon cou. Mes cheveux collent à mon visage, et chaque jointure de mon corps me fait terriblement mal. Comme la pire fièvre que j'aie jamais eue, mais au centuple.

C'est dans mon mollet que se concentre surtout la douleur : il m'élance et me donne l'impression d'avoir la taille d'une balle de baseball. La douleur est si intense que je ferme les yeux, serre la mâchoire et prie silencieusement pour que quelqu'un l'ampute.

Je regarde autour de moi et vois que je suis étendue sur un plancher de ciment à l'étage supérieur d'un entrepôt abandonné. Sur le mur s'étalent de larges fenêtres industrielles dont la plupart des panneaux de verre sont brisés. Par intervalles, l'air froid s'y engouffre avec de la neige, les flocons atterrissant directement dans la pièce. À travers les fenêtres, je peux voir le ciel nocturne, une pleine lune au-dessus de l'horizon, parmi les nuages. C'est la plus magnifique lune que j'aie jamais vue. Elle illumine l'intérieur de l'entrepôt.

Je sens une main se poser doucement sur mon épaule.

Je lève le menton et réussis à me tourner juste un peu. Logan est agenouillé près de moi. Il sourit en me regardant. Je n'ose pas imaginer l'allure affreuse que je dois avoir et je me sens mal à l'aise à le voir me regarder ainsi.

— Tu es vivante, dit-il, et j'entends le soulagement dans sa voix.

J'essaie de me souvenir où j'étais avant de m'évanouir. Je me souviens du port… du quai… Je sens une autre vague de douleur monter le long de ma jambe, et une partie de moi souhaite que Logan me laisse simplement mourir. Il tient une seringue dans sa main.

— Ils m'ont donné un médicament, dit-il. Ils veulent que tu vives. Ils détestent les chasseurs d'esclaves autant que nous.

J'essaie de comprendre ce qu'il me dit, mais mon esprit est confus, et je frissonne tellement que mes dents claquent.

— C'est de la pénicilline. J'ignore si ça va marcher — ou même si c'est le vrai produit. Mais nous devons essayer.

Il n'a pas besoin de me le dire. Je sens la douleur s'étendre et je sais qu'il n'y a aucune solution de rechange. Nous devons l'essayer.

Il tend le bras, me saisit la main, et je la serre. Puis, il se penche et abaisse l'aiguille vers mon mollet. Une seconde plus tard, je sens l'aiguille pénétrer ma chair. Je prends une grande respiration et je serre sa main encore plus fort.

Alors que Logan enfonce l'aiguille, je sens soudain pénétrer le liquide brûlant. La douleur est si vive que, malgré moi, je pousse un hurlement qui se répercute dans l'entrepôt.

Au moment où Logan la retire, une bourrasque de vent et de neige refroidit la sueur sur mon front. J'essaie de respirer de nouveau. Je voudrais lever les yeux sur lui, le remercier, mais je n'y peux rien : mes yeux si lourds se ferment d'eux-mêmes.

Un moment plus tard, je m'évanouis encore.

○ ○ ○

C'est l'été. J'ai treize ans et Bree, six, et nous arpentons, main dans la main, les rues animées du port. Elles grouillent de vie, avec tous ces gens qui vont et viennent, et Bree et moi courons le long des rues pavées en riant des gens bizarres.

Bree joue une sorte de jeu de marelle sur les fissures, à demi bondissant et à demi glissant tous les quelques pas, et j'essaie de la suivre. Elle rit de tout son cœur en me regardant, puis rit davantage encore tandis que je la poursuis autour d'une statue.

Derrière nous se trouvent mes parents qui sourient, main dans la main. C'est une des rares fois où je me souviens de les avoir vus heureux ensemble. C'est aussi une des rares fois où je peux me souvenir de la présence de mon père parmi nous. Ils marchent derrière nous en nous surveillant, et je ne me suis jamais sentie aussi en sécurité. J'ai l'impression que le monde est parfait, que nous serons toujours aussi heureux qu'en ce moment.

Bree aperçoit un jeu de bascule et elle est folle de joie en s'y dirigeant et en sautant dessus. Elle n'hésite pas, sachant que je vais m'asseoir à l'autre bout. Évidemment, je le fais. Elle est plus légère que moi, et je prends soin de ne pas sauter trop fort pour qu'elle puisse se balancer avec moi.

Je cligne des yeux. Le temps a passé, et je ne sais pas dans quelle mesure. Maintenant, nous sommes quelque part dans le parc près du quai. Nos parents ne sont plus là, et nous sommes seules. C'est le crépuscule.

— Pousse-moi plus fort, Brooke ! crie Bree.

Je tourne la tête et vois que Bree est assise sur une balançoire. Je tends les bras et la pousse. Elle monte de plus en plus haut en riant aux éclats.

Finalement, elle saute, vient me rejoindre et m'enlace, ses petites mains autour de mes cuisses. Je m'agenouille et la serre contre moi.

Elle s'écarte et me regarde en souriant.

— Je t'aime, Brooke, dit-elle.

— Je t'aime aussi, je réponds.

— Tu seras toujours ma grande sœur ? demande-t-elle.

— Oui, je dis.

— Tu me le jures ? fait-elle.

— Je te le jure.

○ ○ ○

J'ouvre les yeux et pour la première fois depuis longtemps, je n'ai plus mal. C'est renversant : je me sens de nouveau en santé. La douleur à ma jambe est presque disparue, et en glissant ma main, je sens que l'enflure a diminué jusqu'à la taille d'une balle de golf. Le médicament fonctionne vraiment.

Mes autres douleurs ont également diminué de beaucoup, de même que ma fièvre, apparemment. Je n'ai plus aussi froid et je ne transpire pas autant. Je me sens comme si on m'avait donné une deuxième chance de vivre.

Il fait encore noir ici. Je lève les yeux et ne vois plus la lune. Je me demande combien de temps s'est écoulé. Logan est encore là près de moi. Il voit que je suis réveillée et applique immédiatement sur mon front un linge humide. Je vois qu'il ne porte pas de manteau et constate qu'il l'a posé sur moi. Je me sens très mal ; il doit geler.

J'éprouve un nouvel élan d'affection pour lui, me sens plus près de lui que jamais. Il doit vraiment se soucier de moi. J'aimerais pouvoir lui dire à quel point j'apprécie son attitude. Mais en ce moment, mon esprit est encore lent, et je n'arrive pas à formuler les mots.

Il place une main derrière ma tête et la soulève.

— Ouvre la bouche, dit-il doucement.

Il dépose trois pilules sur ma langue, puis verse de l'eau embouteillée dans ma bouche. Ma gorge est si sèche que je dois m'y prendre à quelques fois pour les avaler. Je lève la tête un peu plus et avale une autre longue gorgée.

— C'est pour diminuer ta fièvre, dit-il.

— Je me sens beaucoup mieux, je réponds, mue par une énergie nouvelle.

Je prends sa main et la serre en signe de reconnaissance. Je sais qu'il m'a sauvé la vie. Encore une fois. Je lève les yeux vers lui.

— Merci, je dis avec ferveur.

Il sourit, puis retire tout à coup sa main. Je ne sais trop comment interpréter ce geste. Est-ce qu'il ne se soucie pas de moi autant que je le crois ? N'a-t-il fait cela que par obligation ? Est-ce qu'il pense à quelqu'un d'autre ? Est-ce que j'ai franchi une certaine limite ? Ou est-il seulement timide ? Mal à l'aise ?

Je me demande pourquoi cela me trouble tant et je m'aperçois que j'éprouve des sentiments à son égard.

Il tend un bras et retire quelque chose d'un sac à dos.

— Ils nous ont donné ça, dit-il.

Il prend un morceau de fruit séché et me le tend. Je le saisis d'un air ébahi, sentant déjà la faim me ronger.

— Et toi ? je demande.

Il secoue la tête, comme pour éluder la question, mais je ne mangerai pas s'il ne mange pas aussi. Je sépare mon fruit en deux portions et en dépose une dans sa main. Il l'accepte à contrecœur. Je dévore la mienne, et c'est probablement la meilleure chose que j'aie jamais mangé. Ça goûte les cerises.

Il sourit en mangeant, puis fourre la main dans le sac et en retire deux pistolets. Il m'en tend un. Je le regarde, bouche bée.

— Chargés, dit-il.

— Ils doivent vraiment détester ces chasseurs d'esclaves.

— Ils veulent que nous récupérions ta sœur. Et ils veulent que nous fassions des dégâts, dit-il.

Le pistolet est lourd dans ma main ; je suis si rassurée d'avoir de nouveau une arme. Je ne me sens plus sans défense et j'ai l'impression d'avoir une assez bonne chance de sauver Bree.

— Le prochain bateau part à l'aube, dit Logan. Dans quelques heures. Tu te sens d'attaque ?

— Je serai sur ce bateau même sous forme de cadavre, je dis.

Et il sourit.

Il examine son propre pistolet, et je suis tout à coup envahie par le désir de mieux le connaître. Je ne veux pas être indiscrète, mais il est si silencieux, si mystérieux. Et je me sens de plus en plus liée à lui. Je veux en savoir davantage.

— Où voulais-tu te rendre ? je lui demande.

Ma voix est rauque, j'ai la gorge sèche, et le son qui en sort est plus éraillé que je le souhaiterais.

Il me regarde d'un air étonné.

— Si tu t'étais échappé, au début. Si tu avais pris ce bateau ?

Il détourne les yeux et soupire. Un long silence s'ensuit, et après un moment, je me demande s'il va répondre.

— N'importe où, répond-il finalement. Loin d'ici.

Je réfléchis à sa réponse et j'ai l'impression qu'il ne me dit pas tout. Je ne sais trop pourquoi, mais je crois qu'il est plutôt du genre à avoir un plan précis.

— Il doit y avoir un *quelconque* endroit que tu avais en tête, je dis.

Il détourne de nouveau les yeux. Puis, après un long silence, il répond en hésitant :

— Oui, il y avait un endroit.

Il est évident à son ton qu'il ne s'attend plus à pouvoir s'y rendre. Après une longue pause, je saisis qu'il ne va pas me le dévoiler. Je ne veux pas insister, mais je dois savoir.

— Où ? je demande.

Il m'évite du regard et je vois bien que pour une raison ou une autre, il ne veut pas me le dire. Je me demande s'il ne me fait pas encore confiance. Puis, finalement, il répond :

— On dit qu'il existe encore une ville. Un endroit sécuritaire, épargné par la guerre, où tout est parfait. Il y a de la nourriture et de l'eau en abondance. Les gens y vivent comme s'il n'y avait jamais eu de guerre. Tous sont en santé, et l'endroit est à l'abri du monde.

Il me regarde.

— C'est là où j'allais.

Pendant un moment, je me demande s'il me fait marcher. Il doit savoir que ses paroles semblent incroyables et même naïves. Je ne peux croire que quelqu'un d'aussi mature et de responsable que lui puisse croire en un tel endroit ou qu'il aille jusqu'à élaborer un plan pour le trouver.

— On dirait une ville de conte de fée, je fais avec un sourire, m'attendant plus ou moins à ce qu'il me dise que ce n'était qu'une blague.

Mais à mon grand étonnement, il me regarde soudain d'un air dur.

— Je savais que j'aurais dû me taire, dit-il d'un ton blessé.

Sa réaction me renverse. Il y croit *vraiment*.

— Je suis désolée. Je pensais que tu blaguais.

Il détourne les yeux, mal à l'aise. J'ai du mal à comprendre ça : depuis longtemps, j'ai cessé de croire que quoi que ce soit de bien existait encore dans le monde. Je ne peux pas croire qu'il s'accroche toujours à cette croyance. Lui plus que toute autre personne.

— Où est-ce ? je demande finalement. Cette ville ?

Il hésite un long moment, comme s'il se demandait s'il devait me le dire.

Finalement il dit :

— C'est au Canada.

Je reste bouche bée.

— J'allais remonter l'Hudson sur ce bateau. Trouver moi-même si cette ville existe.

Je secoue la tête.

— Eh bien, je suppose que nous devons tous croire en quelque chose.

À la seconde où je dis ça, je le regrette. Mon ton était trop dur. J'ai toujours eu ce problème : je semble toujours incapable de dire ce qu'il faut. Il m'arrive d'être dure, trop critique, tout comme mon père. Quand je deviens nerveuse ou mal à l'aise, ou que j'ai peur de dire ce que je pense vraiment — en particulier à des garçons — les mots dépassent parfois ma pensée. Ce que je voulais vraiment dire c'était : « je pense que c'est génial que tu croies encore en quelque chose. J'aimerais que ce soit aussi mon cas. »

Son regard s'assombrit, et il rougit. Je voudrais retirer mes paroles, mais il est trop tard. Le mal est fait. J'ai déjà tout gâché.

J'essaie de trouver à toute vitesse un autre sujet. Je n'ai pas de talent pour la conversation. Je n'en ai jamais eu. Et il est peut-être déjà trop tard pour redresser la situation.

— As-tu perdu quelqu'un ? je demande. Pendant la guerre ?

Je suis tellement idiote. Quelle question stupide. Je viens d'empirer les choses.

Il respire profondément, lentement, et j'ai maintenant l'impression de l'avoir réellement blessé. Il se mord la lèvre inférieure, et pendant un moment, je pense qu'il retient ses larmes.

Après un silence interminable, il répond finalement :

— Tout le monde.

Si je me réveille au matin et qu'il est parti, je ne vais pas le lui reprocher. En fait, je serais étonnée s'il ne le faisait pas. De toute évidence, je devrais simplement la fermer et attendre l'aube.

Mais il y a une dernière chose que je dois savoir, une question qui me brûle la langue. Et je ne peux pas m'empêcher de la poser :

— Pourquoi m'as-tu sauvée ?

Il me jette un regard intense de ses yeux rougis, puis détourne lentement la tête, et je me demande s'il va répondre.

Long silence. J'entends siffler le vent à travers les fenêtres brisées, vois les flocons de neige se déposer sur le plancher. Mes paupières s'alourdissent, et je commence à me rendormir, perdant lentement conscience. Et la dernière chose que j'entends avant que mes yeux se ferment pour de bon, ce sont ses paroles. Elles sont prononcées si faiblement que je ne suis pas sûre s'il parle vraiment ou si je rêve :

— Parce que tu me rappelles quelqu'un.

○ ○ ○

Pendant les heures qui suivent, je dors par moments, parfois rêvant et parfois songeant au passé. Pendant un de ces épisodes, je me souviens finalement de ce qui s'est passé le jour où nous avons quitté la ville. J'aurais aimé l'oublier, mais il me revient d'un coup.

Quand j'ai trouvé Bree dans cette ruelle, entourée de ces garçons, et que j'ai lancé le cocktail Molotov, il y a eu une petite explosion, puis des hurlements. J'ai réussi à frapper leur chef, et le garçon s'est enflammé comme une boule de feu. Il courait frénétiquement dans tous les sens pendant que ses compagnons essayaient de l'éteindre.

Je n'ai pas attendu. Dans le désordre qui régnait, j'ai dépassé en courant le garçon en flammes pour atteindre Bree. Je lui ai agrippé la main, et nous avons couru pour nous éloigner d'eux à travers les ruelles. Ils nous ont pourchassées, mais nous connaissions ces ruelles mieux que quiconque. Nous avons traversé des immeubles, franchi des portes cachées, passé par-dessus des bennes à ordures, rampé sous des clôtures. En quelques pâtés de maisons, nous les avions semés et nous sommes retournées à notre appartement.

C'était la goutte qui venait de faire déborder le vase. J'étais résolue à quitter immédiatement la ville. Ce n'était plus prudent d'y rester, et si ma mère ne comprenait pas ça, alors nous devions partir sans elle.

Nous sommes entrées précipitamment dans l'appartement, et je me suis tout de suite dirigée vers sa chambre. Elle était assise là, dans son fauteuil préféré, regardant par la fenêtre comme elle le faisait toujours, attendant le retour de papa.

— Nous partons, je lui ai dit d'un ton déterminé. C'est trop dangereux ici maintenant. Bree a failli se faire tuer. Regarde-la. Elle est terrorisée.

Ma mère a tourné les yeux vers Bree, puis vers moi, sans dire un mot.

— Il ne reviendra pas, j'ai dit. Prends-en ton parti. Il est mort.

Elle a étiré le bras et m'a giflée. J'étais stupéfaite. Je me souviens encore de la douleur.

— Ne redis *jamais* une chose pareille, a-t-elle aboyé.

J'ai plissé les yeux, furieuse qu'elle ait osé me frapper. C'était un coup que je ne lui pardonnerais jamais.

— D'accord, je lui ai répondu, bouillante de rage. Tu peux vivre dans ton monde de rêve aussi longtemps que tu le voudras. Si tu ne veux pas venir, tu n'y es pas obligée. Mais nous partons. Je m'en vais dans les montagnes et j'emmène Bree.

Elle a reniflé d'un air moqueur.

— C'est ridicule. Les ponts sont bloqués.

— Je vais prendre un bateau, j'ai répondu. Je connais quelqu'un qui va nous prendre à son bord. Il a un bateau à moteur et il va nous faire remonter l'Hudson.

— Et comment peux-tu te permettre ça ? elle m'a demandé froidement.

J'ai hésité, me sentant coupable.

— J'ai troqué ma montre en or.

Elle m'a regardée d'un air furieux.

— Tu veux dire, la montre de ton père ?

— Il me l'a donnée, et je suis sûre qu'il aurait voulu que j'en fasse bon usage.

Elle a détourné les yeux de moi d'un air dégoûté pour fixer de nouveau la fenêtre.

— Tu ne comprends pas ? j'ai poursuivi. Dans quelques semaines, la ville va être détruite. Nous ne sommes plus en sécurité, ici. C'est notre dernière chance de partir.

— Et que va penser ton père quand il reviendra en découvrant que nous sommes toutes parties ? Quand il va se rendre compte que nous l'avons abandonné ?

J'ai regardé ma mère avec incrédulité. Elle était vraiment perdue dans son monde imaginaire.

— Il nous a quittées. Il s'est porté volontaire pour cette stupide guerre. Personne ne lui a demandé d'y aller. Il *ne* reviendra *pas*. Et c'est exactement ce qu'il voudrait que nous fassions. Il voudrait que nous survivions plutôt que de nous asseoir stupidement dans cet appartement en attendant la mort.

Maman s'est retournée lentement et m'a regardée froidement de ses yeux gris acier. Elle avait dans le regard cette terrible détermination, la même que moi. Parfois, je me déteste de lui ressembler tellement. À cet instant, j'ai vu dans son regard qu'elle ne céderait jamais. Elle s'était mise dans la tête qu'elle devait attendre par loyauté. Et quand elle avait une idée en tête, il n'y avait aucun moyen de l'en dissuader.

Mais à mon avis, sa loyauté était déplacée. C'était envers *nous* qu'elle se devait d'être loyale. Envers ses enfants, et non pas envers un homme qui avait préféré aller se battre que de nous protéger.

— Si tu veux abandonner ton père, vas-y. Je ne pars pas. Quand ton plan va échouer et que tu ne pourras pas remonter l'Hudson, tu pourras revenir. Je serai ici.

Je n'ai pas attendu une seconde de plus. J'ai agrippé la main de Bree et l'ai entraînée vers la porte. Elle pleurait, et je savais que je devais vite sortir d'ici. J'ai arrêté une dernière fois en atteignant la porte.

— Tu fais une erreur, je lui ai crié.

Mais elle ne s'est même pas donné la peine de se retourner, de dire au revoir. Et je savais qu'elle ne le ferait jamais.

J'ai ouvert la porte, nous sommes sorties, puis je l'ai claquée derrière moi.

Et c'est la dernière fois que j'ai revu ma mère vivante.

30

Je me réveille en pleine lumière. C'est comme si le monde s'était remis à vivre. Le soleil, plus lumineux que jamais, jaillit par les fenêtres, se reflétant sur tout. Le vent s'est arrêté. La tempête est terminée. La neige fond sur le rebord de la fenêtre, le son de l'eau qui coule se répercutant tout autour de moi. J'entends un craquement, et un énorme glaçon s'effondre sur le sol.

Je regarde autour de moi, désorientée, et me rends compte que je suis toujours au même endroit qu'hier soir, enveloppée dans le manteau de Logan. Je me sens tout à fait ragaillardie.

Soudain, la mémoire me revient, et je me rassois brusquement. L'aube. Nous devions nous lever à l'aube. La vue de la lumière brillante du soleil matinal me terrifie tout à coup alors que je tourne les yeux et vois Logan étendu près de moi, les yeux fermés. Il dort profondément. Mon cœur s'arrête. Nous avons trop dormi.

Je me lève précipitamment, me sentant pour la première fois énergique, et je le secoue durement.

— LOGAN ! je dis d'un ton urgent.

Immédiatement, il ouvre les yeux et bondit sur ses pieds. Il regarde autour, les yeux en alerte.

— C'est le matin ! je lui dis d'un ton suppliant. Le bateau. Nous allons le manquer !

Ses yeux s'écarquillent de surprise en prenant conscience de la situation.

Nous courons tous deux vers la porte. Ma jambe me fait mal, mais je suis à la fois étonnée et heureuse de constater que je peux courir. Je descends à toute vitesse l'escalier de métal, le bruit de mes pas se répercutant contre les murs, juste derrière Logan. Je m'agrippe à la rampe rouillée en passant prudemment par-dessus les marches en décomposition.

Nous atteignons le rez-de-chaussée et sortons de l'immeuble dans la lumière aveuglante de la neige. C'est un monde hivernal. J'avance péniblement dans la neige qui monte jusqu'à mes cuisses, ce qui ralentit ma course, chaque pas devenant un combat. Mais je suis les traces de Logan, et il ouvre une piste, me facilitant la tâche.

J'aperçois l'eau devant et constate que nous ne sommes qu'à un pâté de maisons. À mon grand soulagement, je vois la barge amarrée au quai. Ils sont en train de remonter la rampe de chargement tandis que le dernier groupe de filles enchaînées est conduit à bord. Le bateau semble sur le point de partir.

J'accélère le pas, courant à travers la neige aussi vite que je le peux. Au moment où nous atteignons le quai, à environ une centaine de mètres du bateau, on retire la rampe. J'entends le rugissement du moteur, et un énorme nuage de fumée noire s'échappe de l'arrière de la barge. Mon cœur bat à tout rompre.

Alors que nous approchons du quai, je pense tout à coup à Ben, à la promesse que nous avons échangée de nous rencontrer ici, à l'aube. Tout en courant, je regarde à gauche et à droite, cherchant quelque signe de sa présence. Mais il n'y a rien. Mon cœur se serre tandis que je comprends que ça ne peut signifier qu'une chose : il a échoué.

Nous sommes de plus en plus près de la barge, à peine à une trentaine de mètres, quand elle se met à bouger. Mon cœur bat la chamade. Nous sommes si près. Pas maintenant. *Pas maintenant !*

Nous ne sommes qu'à une vingtaine de mètres, mais le bateau a quitté le quai. Il s'est déjà éloigné d'environ trois mètres dans l'eau. J'accélère encore et je cours à côté de Logan, luttant dans l'épaisse couche de neige. La barge se trouve maintenant à quelque cinq mètres du rivage et se déplace rapidement. Trop loin pour sauter.

Mais je continue à courir jusqu'au bord du quai et j'aperçois soudain des câbles épais qui pendent entre le bateau et le quai en glissant lentement vers le rebord.

Les câbles s'étirent derrière, comme une longue queue.

— LES CÂBLES ! je crie.

Apparemment, Logan vient d'avoir la même idée. Aucun de nous deux ne ralentit, et alors que j'atteins le bout du quai, je saute sans réfléchir en direction d'un câble. Je m'envole en espérant, en priant. Si je rate ma cible, ce sera une longue chute d'au moins dix mètres, et je vais me retrouver dans l'eau glaciale sans aucun moyen de remonter. L'eau est si froide et les marées, si fortes que je suis certaine de mourir en quelques secondes. Alors que je vole à travers les airs, les mains tendues vers le câble, je me demande si ce ne sont pas mes derniers instants sur terre.

31

Mon cœur bondit dans ma poitrine pendant que je m'élance vers l'épais cordage. Je l'attrape dans les airs en m'y agrippant de toutes mes forces. Comme un pendule, je me balance à son extrémité, fonçant dans l'air à toute vitesse vers l'immense proue de la barge rouillée. Le métal vole vers moi, et je me raidis en prévision du choc.

J'éprouve une douleur atroce quand je frappe la proue, le côté de ma tête, mes côtes et mon épaule heurtant le métal avec force. La douleur et le choc de l'impact suffisent presque à me faire lâcher le câble. Je glisse de peut-être un mètre, mais je réussis à m'y retenir.

J'enroule mes jambes autour du câble avant de me mettre à glisser jusque dans l'eau. Je m'y accroche, oscillant tandis que la barge continue d'avancer en prenant de la vitesse. Je tourne la tête et constate que Logan a lui aussi réussi à attraper un câble. Il se balance là, tout près de moi.

Je baisse les yeux et vois les eaux tumultueuses en dessous de moi, écumantes, tandis que la barge se fraye un chemin à travers le fleuve. Les courants sont puissants, en particulier pour un fleuve, suffisamment forts pour faire rouler de haut en bas cette énorme barge.

Je regarde sur ma droite et vois la statue de la Liberté qui s'élève dans le ciel. Étonnamment, elle est demeurée intacte. En la voyant, je me sens inspirée ; j'ai l'impression que peut-être je peux réussir également.

Heureusement, Governors Island se trouve tout près, à un peu plus d'une minute. Je me souviens d'avoir souvent pris ce traversier avec Bree pendant des journées chaudes d'été et d'à quel point nous étions étonnées que l'île soit si proche. Maintenant, j'en suis reconnaissante parce que si elle était plus éloignée, j'ignore si je serais capable de tenir le coup. Le câble mouillé déchire mes mains gelées, ce qui fait de chaque seconde un combat. Je me demande subitement de quelle façon je vais m'extirper de cette situation. Il n'y a pas d'échelle sur le côté du bateau, et quand nous aurons atteint l'île, je n'aurai aucun autre choix que de lâcher le câble et de me laisser tomber à l'eau où je gèlerais sûrement à mort.

Je détecte un mouvement, je regarde et aperçois Logan qui grimpe lentement le long de son câble. Il a conçu une ingénieuse méthode qui consiste à lever ses genoux, serrer fortement ses pieds contre le câble épais et utiliser ses jambes pour monter le reste de son corps.

J'essaie son truc. Je lève les genoux et serre mes pieds contre le cordage et je me rends compte avec étonnement que mes bottes s'y agrippent. Je redresse mes jambes et m'élève d'un cran, surprise que ça fonctionne. Je répète le geste encore et encore, suivant Logan, et en l'espace d'une minute, le temps qu'il faut pour atteindre l'île, j'atteins l'extrémité du câble. Au moment où j'y arrive, Logan y est à m'attendre, une main tendue. Je l'attrape, et il me tire rapidement et silencieusement par-dessus le bastingage.

Nous nous accroupissons tous deux derrière un conteneur métallique et observons furtivement le bateau. Sur le devant, dos à nous, se trouve un groupe de gardes, mitraillettes à la main. Ils rassemblent une dizaine de jeunes filles près d'une longue rampe abaissée du bateau. Cette vision me remplit d'indignation, et je serais tentée de les attaquer tout de suite. Mais je me contrains à attendre, à demeurer disciplinée. Ce serait pour moi une satisfaction temporaire, mais alors, je ne parviendrais pas à sauver Bree.

Le groupe se met à avancer, les chaînes cliquetant, jusqu'à ce que tous aient franchi la rampe et se retrouvent sur l'île. Une fois le bateau vidé, Logan et moi nous faisons un signe de tête et courons le long du bastingage. Nous descendons rapidement la rampe, assez loin derrière les autres. Heureusement, personne ne se retourne vers nous.

En quelques secondes, nous sommes sur la terre ferme et nous courons dans la neige pour nous abriter derrière une petite structure, hors de vue, tandis que nous regardons où ils conduisent les filles. Les chasseurs d'esclaves se dirigent vers une vaste construction circulaire en briques qui ressemble à un croisement entre un amphithéâtre et une prison. Il y a des barres de fer tout autour de son périmètre.

Nous courons en suivant leur piste, nous cachant derrière un arbre tous les vingt mètres en évitant de nous faire voir. Je porte une main à mon arme au cas où je devrais l'utiliser et vois Logan faire de même. Ils pourraient nous apercevoir à tout moment, et nous devons être prêts. Ce serait une erreur de faire feu — ça attirerait l'attention trop tôt, mais si nécessaire, je le ferai.

Ils mènent les esclaves comme un troupeau à travers l'entrée de l'édifice, puis disparaissent dans les ténèbres. Nous nous précipitons tous les deux à leur suite.

Après quelques moments, mes yeux s'ajustent à l'obscurité. Sur ma droite, à une jonction, un groupe de chasseurs d'esclaves dirige les filles tandis que sur ma gauche, un chasseur seul avance dans un corridor. Logan et moi échangeons un regard entendu et décidons tous deux silencieusement d'attaquer le chasseur solitaire.

Nous courons en silence le long du corridor, à quelques mètres derrière lui, attendant l'occasion d'agir. Il arrive devant une grosse porte de fer, retire de sa poche un trousseau de clés et commence à la déverrouiller. Le bruit du métal se répercute dans le corridor vide. Avant que je puisse faire un mouvement, Logan tire un couteau, fonce sur le chasseur, l'agrippe par la nuque et lui tranche la gorge d'un geste vif. Le sang jaillit partout alors qu'il s'effondre, sans vie, sur le sol.

Je saisis la clé toujours dans la serrure, la tourne et tire la lourde porte de fer. Je la tiens ouverte, et Logan entre en vitesse, puis je le suis.

Nous nous retrouvons dans un bloc cellulaire, long, étroit et semi-circulaire rempli de petites cellules. Je le parcours en regardant à gauche et à droite, scrutant le visage de chacune des jeunes filles. Leurs yeux hagards m'observent, empreints de désespoir. Elles semblent être ici depuis une éternité.

Mon cœur palpite. Je cherche désespérément ma sœur. Je la sens tout près. Pendant que je cours entre les cellules, les filles tendent les bras à travers les barreaux. Elles doivent comprendre que nous ne sommes pas des chasseurs d'esclaves.

— S'IL VOUS PLAÎT ! crie l'une d'entre elles. Aidez-moi !

— FAITES-MOI SORTIR D'ICI ! crie une autre.

En quelques secondes, le bloc retentit de cris et de supplications qui attirent trop l'attention, et cela m'inquiète. Je voudrais aider chacune de ces filles, mais ça m'est impossible. Pas maintenant. Je dois d'abord trouver Bree.

— BREE ! je hurle d'une voix désespérée.

J'accélère le pas, courant de cellule en cellule.

— BREE ? TU M'ENTENDS ? C'EST MOI ! BROOKE ! BREE ? TU ES LÀ !?

En passant devant une cellule, une fille tend la main et m'agrippe le bras, m'attirant vers elle.

— Je sais où elle est ! dit-elle.

Je m'arrête et la fixe du regard. Elle est aussi excitée que les autres.

— Fais-moi sortir d'ici, et je vais te le dire ! fait-elle.

Si je la libère, elle pourrait attirer l'attention sur nous, mais elle représente ma meilleure possibilité.

Je regarde son numéro de cellule, puis baisse les yeux sur le trousseau dans ma main et trouve la bonne clé. Je tourne le verrou, et la fille se précipite à l'extérieur.

— LAISSE-MOI SORTIR AUSSI ! crie une autre fille.

— MOI AUSSI !

Toutes les filles se mettent à hurler.

Je saisis la fille par les épaules.

— Où est-elle!? je demande d'une voix dure.

— Elle est dans le manoir. Ils l'ont amenée ce matin.

— Le manoir? je demande.

— C'est là qu'ils amènent les nouvelles filles pour les dresser.

— Les dresser? je dis, horrifiée.

— Pour le sexe, répond-elle. Pour la première fois.

Mon cœur tressaute en entendant ses paroles.

— Où? je demande. OÙ EST-CE!?

— Suis-moi, dit-elle avant de se mettre à courir.

Je suis sur le point de lui emboîter le pas, mais je m'arrête soudainement.

— Attends, je lui dis en lui saisissant le poignet.

Je sais que je ne devrais pas faire ça. Je sais que je devrais seulement me précipiter hors d'ici en me concentrant sur le fait de sauver Bree. Je sais que le temps me manque et que si j'aidais les autres, j'attirerais vite l'attention, et mon plan serait réduit à néant.

Mais un profond sentiment d'indignation m'envahit. Je ne peux simplement pas me décider à les abandonner dans cette situation.

Alors, tout en sachant que c'est une erreur, je retourne sur mes pas en courant de cellule en cellule. Devant chacune, je trouve la clé et déverrouille la porte. Une à une, je libère toutes les filles. Elles se précipitent hors de leur cellule, hystériques, courant dans toutes les directions. Le bruit est assourdissant.

Je m'élance de nouveau vers la première que j'ai libérée. Heureusement, elle m'attend encore avec Logan.

Elle s'élance, et nous la suivons, franchissant de nombreux corridors. Quelques minutes plus tard, nous débouchons dans la lumière aveuglante du jour.

Pendant que nous courons, j'entends les filles crier derrière nous, s'élançant vers la liberté. Je sais avec appréhension que ça ne durera que quelques instants, jusqu'à ce que les soldats nous rattrapent. J'accélère le pas.

La fille s'arrête devant nous et pointe un doigt vers l'autre extrémité de la cour.

— C'est là! dit-elle. La grande maison près de l'eau. Le manoir du Gouverneur.

Puis elle ajoute :

— Voilà! Bonne chance!

Puis elle se tourne et se met à courir dans l'autre direction.

Je me précipite vers le manoir, Logan à mes côtés.

Nous traversons l'immense champ dans la neige épaisse, à l'affût des chasseurs d'esclaves. Heureusement, ils ne nous ont pas encore découverts. Je sens le vent qui me brûle les poumons. Je pense à Bree, emmenée quelque part comme esclave sexuelle, et j'ai l'impression d'avancer à pas de tortue. Je suis tout près maintenant. Je ne peux pas la laisser se faire violer. Pas maintenant. Pas après tout ça. Pas quand je ne suis qu'à quelques mètres d'elle.

J'accélère encore, n'arrêtant jamais pour reprendre mon souffle. J'atteins la porte principale et ne prends aucune précaution. Je ne m'arrête pas pour vérifier, mais je fonce simplement et l'ouvre d'un coup de pied.

Je continue ma course dans la maison. Je ne sais même pas où je vais, mais je vois un escalier et instinctivement, je décide de le monter. Je cours dans cette direction et je sens Logan sur mes talons.

Au moment où j'atteins le palier en haut des marches, un chasseur d'esclaves sort brusquement d'une pièce, son masque abaissé. Il me regarde, les yeux écarquillés de surprise et tend la main vers son pistolet.

Je n'hésite pas. Le mien est déjà sorti, je le braque et abats l'homme à bout portant dans la tête. Il s'effondre, et le coup de feu est assourdissant dans l'espace restreint.

Je continue de foncer le long du corridor et choisis une pièce au hasard. J'ouvre la porte d'un coup de pied et je suis horrifiée d'y trouver un homme sur un lit, engagé dans une relation sexuelle avec une jeune fille enchaînée. Ce n'est pas Bree, mais cette vision me donne quand même la nausée. L'homme — un chasseur d'esclaves sans son masque — se lève d'un bond en me jetant un regard apeuré et essaie d'attraper son pistolet, mais je lève le mien et lui tire une balle entre les yeux. La petite fille hurle alors que le sang jaillit sur elle. Au moins, il est mort.

Je retourne dans le corridor, ouvrant les portes à coup de pied, trouvant dans chacune un autre homme violant une fille enchaînée. Je continue en cherchant frénétiquement Bree.

J'atteins l'extrémité du corridor, et il ne reste plus qu'une porte. Je la défonce, Logan derrière moi, et m'élance à l'intérieur, puis je fige.

Un lit à baldaquin domine la pièce. Un gros homme nu s'y trouve avec une jeune fille enchaînée à son lit. Il doit être important parce qu'un chasseur d'esclaves monte la garde à côté de lui.

Je vise le gros homme et au moment où il se tourne, je l'atteins à l'estomac. Il s'effondre sur le sol en gémissant, et je fais feu encore, cette fois dans la tête. Mais je suis imprudente. Le garde lève son pistolet vers moi, et je peux voir du coin de l'œil qu'il est sur le point de tirer. C'était une erreur stupide : j'aurais dû l'abattre en premier.

J'entends un coup de feu et je tressaille.

Je m'étonne d'être encore vivante. Je lève les yeux et vois que le garde est mort. Logan se tient au-dessus de lui, le pistolet à la main ; c'est lui qui a fait feu.

Je parcours la pièce des yeux et aperçois deux jeunes filles enchaînées sur des chaises. Elles sont complètement habillées et tremblent de peur. Ce sont, de toute évidence, les prochaines à être emmenées au lit. Mon cœur bondit de joie en voyant que l'une d'elles est Bree.

Elle est assise là, enchaînée, terrifiée, les yeux écarquillés. Mais elle n'a subi aucun sévice. Je suis arrivée juste à temps. Quelques minutes plus tard seulement, et je suis sûre qu'elle aurait été à la merci du gros homme.

— Brooke ! crie-t-elle avant d'éclater en sanglots.

Je m'élance vers elle, m'agenouille et l'enlace. Elle me serre autant qu'elle le peut avec ses chaînes, pleurant sur mon épaule.

Logan apparaît et ayant pris la clé à la ceinture du chasseur d'esclaves mort, il libère les deux filles. Bree me saute dans les bras et m'embrasse en tremblant de tout son corps. Elle s'accroche à moi comme si elle n'allait jamais me lâcher.

Je sens les larmes couler sur mes joues tandis que je l'enlace aussi. J'ai du mal à y croire : c'est vraiment elle.

— Je t'ai dit que je viendrais te chercher.

Je voudrais la tenir ainsi pour l'éternité, mais je sais que le temps nous manque. Bientôt, l'endroit fourmillera de chasseurs d'esclaves.

Je m'écarte d'elle et lui prends la main.

— Partons, je lui dis en m'apprêtant à courir.

— Attends ! hurle Bree en s'arrêtant.

Je me tourne vers elle.

— Nous devons emmener Rose aussi ! dit Bree.

Je tourne les yeux vers l'autre fille qui nous regarde d'un air si désespéré. C'est étrange, mais elle ressemble à Bree ; avec sa longue chevelure noire et ses grands yeux bruns, elles pourraient passer pour des sœurs.

— Bree, je suis désolée, mais nous ne pouvons pas. Nous n'avons pas le temps et…

— Rose est mon amie ! hurle Bree. Nous ne pouvons pas l'abandonner !

Je regarde Rose et je suis prise de pitié. Je jette un coup d'œil vers Logan qui me regarde d'un air désapprobateur, mais qui semble dire que la décision me revient.

Emmener Rose va nous ralentir. Et ce sera une autre bouche à nourrir. Mais pour la première fois de sa vie, Bree insiste, et nous ne ferons que perdre du temps en demeurant ici. Outre le fait que Rose semble si gentille, qu'elle me rappelle tellement Bree et que je peux déjà voir à quel point elles sont liées. Puis, c'est la bonne chose à faire.

Craignant de commettre une autre erreur, je dis :

— O.K.

Nous nous précipitons tous les quatre hors de la chambre et apercevons immédiatement deux gardes qui foncent sur nous en posant la main sur leurs pistolets. Je réagis rapidement en en abattant un d'une balle dans la tête tandis que Logan abat l'autre. Les filles hurlent en entendant les coups de feu.

J'attrape la main de Bree et Logan, celle de Rose, et nous nous élançons à toute vitesse dans l'escalier. Quelques instants plus tard, nous sortons de la maison dans la neige aveuglante. Je vois des gardes qui se dirigent vers nous en traversant la cour et j'espère seulement que nous pourrons trouver un moyen de quitter cette île avant d'être complètement submergés par le nombre.

32

Je regarde désespérément autour de moi en cherchant une issue. J'essaie de repérer des véhicules, mais je n'en vois aucun. Puis, je me retourne complètement et me retrouve face à l'Hudson. C'est à ce moment que j'aperçois, juste derrière le manoir du Gouverneur, un petit hors-bord de luxe amarré à un quai solitaire. Je suis certaine qu'il est réservé aux quelques privilégiés qui utilisent cette île comme terrain de jeu.

— Là-bas ! je m'exclame en pointant un doigt dans cette direction.

Logan se retourne et le voit aussi, puis, une seconde plus tard, nous courons vers la rive.

Nous courons à travers la neige jusqu'au quai. Le hors-bord est superbe, rutilant, assez grand pour six personnes. Il danse violemment sur l'eau agitée et paraît puissant. J'ai le sentiment que ce bateau était utilisé par le gros homme nu qui violait ces jeunes filles. Une petite revanche.

Il s'agite si violemment que je ne veux pas prendre le risque que Bree et Rose essaient de monter à bord seules, alors je soulève Bree et l'y embarque pendant que Logan y place Rose.

— Coupe le câble! dit Logan en l'indiquant du doigt.

Je me retourne et aperçois un gros câble attaché à un poteau de bois et je cours le trancher avec mon couteau. Je retourne en vitesse au bateau. Logan est déjà à bord, s'agrippant au quai pour empêcher que le bateau s'éloigne. Il tend une main et m'aide à embarquer. Je regarde par-dessus mon épaule et vois une douzaine de chasseurs d'esclaves qui foncent sur nous. Ils ne sont qu'à une vingtaine de mètres et progressent rapidement.

— Je me charge d'eux, dit Logan. Prends le volant.

Je m'empresse de m'installer sur le siège du conducteur. Heureusement, j'ai conduit des bateaux toute ma vie. Logan nous repousse du quai et prend position à l'arrière du bateau, pose un genou par terre et vise les gardes qui s'approchent. Ils essaient de se mettre à couvert, ce qui les ralentit.

Je regarde le tableau de bord, et mon cœur s'arrête en constatant qu'il n'y a pas de clé dans le démarreur. Je cherche frénétiquement autour de moi. Qu'allons-nous faire si je ne les trouve pas? Je tourne la tête et vois que les chasseurs d'esclaves sont plus près maintenant, à peine à une dizaine de mètres.

— CONDUIS! crie Logan par-dessus le bruit de ses coups de feu.

Il me vient une idée, et j'ouvre le coffre à gants. J'éclate de joie en voyant qu'elle s'y trouve. Je l'insère dans le démarreur, tourne, et le moteur prend vie en rugissant. Une fumée noire s'échappe à la poupe, et l'aiguille de la jauge d'essence s'élève d'un coup. Le réservoir est plein.

Je pousse l'accélérateur et je me trouve projetée vers l'arrière alors que le bateau s'élance sur l'eau. J'entends les corps qui tombent derrière moi et je tourne la tête pour voir que Bree, Rose et Logan sont tous tombés aussi. J'ai accéléré trop vite, mais heureusement, ils ne sont pas tombés par-dessus bord.

Nous sommes chanceux aussi parce que les chasseurs d'esclaves ont atteint la rive, à seulement trois mètres de nous. J'ai accéléré juste à temps. Ils font feu sur nous, mais comme nous avons basculé sur le pont, leurs balles volent au-dessus de nos têtes. L'une d'elles érafle le panneau de bois, et une autre arrache mon rétroviseur latéral.

— RESTEZ COUCHÉES ! crie Logan aux filles.

Il s'agenouille à l'arrière, lève la tête et fait feu sur les chasseurs. Dans l'autre rétroviseur, je le vois abattre plusieurs d'entre eux.

Je continue d'accélérer, poussant le moteur à son maximum, et en quelques minutes, nous nous retrouvons loin de l'île. Cinquante mètres, puis cent, puis deux cents… Nous sommes bientôt hors de portée de leurs balles. Les chasseurs d'esclaves se tiennent debout sur la rive, impuissants, et ne sont maintenant que des points sur l'horizon, nous regardant leur échapper.

C'est incroyable. Nous sommes libres.

Alors que nous nous éloignons de plus en plus sur le fleuve, je sais que je devrais demeurer au milieu, loin des deux rives et remonter le courant en fuyant la ville le plus rapidement possible. Mais quelque chose m'en empêche. Des images de Ben me reviennent brusquement à l'esprit, et je ne peux pas l'abandonner si facilement. Il a peut-être réussi à se rendre au port. Il était peut-être en retard.

Je ne peux pas me résoudre à l'abandonner. Je dois voir s'il est là. Je dois savoir.

Alors, plutôt que de tourner vers l'amont, je pointe le bateau vers la rive opposée, en direction du port. Quelques instants plus tard, la rive de Manhattan s'élance vers nous, approchant de plus en plus. Mon cœur palpite en songeant au risque que je prends — un groupe quelconque de chasseurs d'esclaves armés pourrait nous attendre sur la rive pour nous canarder.

Logan s'aperçoit que j'ai pris la mauvaise direction et se précipite vers moi d'un air inquiet.

— Où vas-tu!? crie-t-il. Tu te diriges vers la ville!

— Je dois voir quelque chose avant que nous partions, je dis.

— Voir quoi?

— Ben, je réponds. Il pourrait être ici.

Logan me regarde d'un air furieux.

— C'est complètement fou! dit-il. Tu nous ramènes directement dans la tanière du loup. Tu nous mets tous en danger! Il a eu sa chance. Il n'était pas là!

— Il faut que je vérifie, je crie à mon tour.

Je suis résolue, et rien ne m'arrêtera. À certains égards, je suis tout à fait comme ma mère.

Logan se retourne et s'éloigne en maugréant, et je peux sentir à quel point il désapprouve mon geste. Je ne lui en veux pas, mais il faut que je le fasse. Je sais que si Ben était dans ma situation, il reviendrait aussi vérifier si j'y suis.

Le port se rapproche. Nous en sommes à trois cents mètres... deux cents... puis quand nous atteignons une centaine de mètres, je pourrais jurer que j'aperçois quelqu'un, debout à l'extrémité du quai. Il scrute le fleuve, et mon cœur bondit dans ma poitrine.

C'est Ben.

J'arrive à peine à y croire. Il est vraiment là. Il est vivant. Il se tient debout dans la neige jusqu'aux cuisses, frissonnant. Je sens le désespoir m'envahir en constatant qu'il est seul. Ça ne peut signifier qu'une chose : il n'a pas réussi à sauver son frère.

Nous sommes tout près maintenant, peut-être à une vingtaine de mètres, suffisamment proches pour que je puisse voir la tristesse sur le visage de Ben. Au loin, j'aperçois une file de véhicules de chasseurs d'esclaves roulant à toute vitesse dans la neige en direction du quai. Nous n'avons pas beaucoup de temps.

Je ralentis le bateau et le laisse glisser le long du quai. Ben court jusqu'au bord. Je laisse le moteur tourner pendant que nous nous balançons follement sur les vagues et je me demande tout à coup comment il pourra embarquer. C'est une chute de près de trois mètres à partir du quai. Ben regarde vers le bas, la peur dans les yeux, et il doit penser la même chose en essayant de trouver un moyen de sauter.

— Ne saute pas! crie Logan. Ça pourrait endommager le bateau!

Ben s'arrête et le regarde, figé de peur.

— Mets-toi à quatre pattes, tourne-toi et laisse descendre ton corps, ordonne Logan. Agrippe-toi au rebord du quai, puis laisse-toi tomber. Je vais t'attraper.

Ben suit les conseils de Logan et se laisse glisser lentement par-dessus le rebord jusqu'à ce qu'il se tienne par les mains. Logan lève les bras et l'agrippe, le faisant descendre dans le bateau. Juste à temps : les chasseurs d'esclaves ne sont plus qu'à une cinquantaine de mètres et s'approchent rapidement.

— VITE! crie Logan.

Je pousse l'accélérateur, et nous filons vers l'amont. Des balles se mettent à frôler notre bateau et frappent l'eau en de petits éclaboussements. Logan pose un genou par terre et fait feu à son tour.

Heureusement, nous allons beaucoup trop vite pour eux : en quelques instants, nous sommes loin de la rive, au milieu du fleuve et hors de leur portée. Je continue en direction du nord, vers notre maison.

Maintenant, rien ne peut plus nous arrêter.

Maintenant nous sommes libres.

○ ○ ○

Nous filons sur l'East River, et c'est extraordinaire de voir de près les décombres des ponts. Nous dépassons les restes du pont de Brooklyn, son métal rouillé émergeant de l'eau comme quelque objet préhistorique. Il s'élève au-dessus de nous de plusieurs étages, comme un gratte-ciel sorti de l'eau. Je me sens toute petite pendant que nous passons dessous et je ne peux m'empêcher de me demander s'il sera un jour reconstruit.

Tout près se trouve la carcasse du bombardier avec sa queue hors de l'eau, et je dévie de ma course pour rester à bonne distance. J'ignore si des morceaux de métal ne se trouvent pas sous la surface et je ne veux pas le savoir.

Nous dépassons bientôt le reste du Manhattan Bridge, puis le Williamsburg Bridge. J'accélère encore pour laisser au plus vite derrière nous toutes ces images terribles.

Puis, nous passons à vive allure près de ce qui était jadis Roosevelt Island, sa mince bande de terre maintenant désertique, comme tout le reste. Je tourne vers la gauche et vois que le pont de 59th Street a aussi été détruit, de même que le tramway qui reliait l'île à Manhattan. Rouillé et démoli, le véhicule se balance dans l'eau comme une énorme bouée. Je dois faire attention pour l'éviter parce que l'East River devient plus étroite.

Je continue à filer en amont, de plus en plus loin, constatant qu'absolument tout est détruit, jusqu'à ce que finalement, je tourne à gauche sur la Harlem River. Cette voie d'eau est beaucoup plus étroite. Nous n'avons qu'une marge d'une cinquantaine de mètres de chaque côté. Je me sens beaucoup plus à cran pendant que nous avançons. Je parcours les rives des yeux à l'affût d'une embuscade.

Mais je ne vois rien. Je suis peut-être seulement paranoïaque. Si les chasseurs d'esclaves sont partis à nos trousses — et je suis sûre que c'est le cas — nous avons probablement au moins une heure d'avance sur eux, compte tenu en particulier de toute cette neige. Et j'espère qu'à ce moment, nous serons trop loin sur l'Hudson pour qu'ils nous rattrapent.

L'Harlem River serpente entre Manhattan et le Bronx pour finalement nous ramener sur l'immensité de l'Hudson. Celui-ci est au contraire aussi large qu'une dizaine de terrains de football, et j'ai l'impression d'avoir débouché sur un océan. Finalement, je me sens de nouveau rassurée. Nous sommes de retour sur le cours d'eau dont je me souviens. Celui qui mène à la maison.

Je tourne à droite vers le nord, et nous filons dans la direction des monts Catskill. Dans seulement deux heures, nous y serons.

Non pas que je projette de retourner à la maison. Ce serait stupide de faire une telle chose maintenant : les chasseurs d'esclaves savent où nous vivons, et c'est sûrement le premier endroit où ils vont nous chercher. Je veux retourner à la maison, enterrer Sasha, faire mes adieux. Mais je n'y resterai pas. Nous devons aller beaucoup plus au nord. Aussi loin que nous le pourrons.

Je pense au chalet de pierre que j'ai trouvé en haut de la montagne et je sens un pincement au cœur tellement j'aurais voulu y vivre. Je sais qu'un jour, ce pourrait être un endroit génial pour nous, mais pas maintenant. C'est trop près d'où nous vivions, trop dangereux en ce moment. Nous devons laisser retomber la poussière. Peut-être qu'un jour nous pourrons y revenir. De plus, nous sommes cinq maintenant. Cinq bouches à nourrir. Il faut que nous trouvions un endroit qui pourra subvenir à nos besoins à tous.

Tandis que nous remontons le fleuve, je commence finalement à me détendre. Je sens la tension se relâcher lentement dans mon cou, mes épaules. Je respire profondément pour la première fois. J'ai du mal à croire que nous y soyons vraiment parvenus. Je sens les douleurs et les contusions sur tout mon corps, mais rien de cela n'a d'importance maintenant. Je suis seulement heureuse que Bree soit en sécurité, que nous soyons réunies.

Je prends quelques instants pour regarder autour, voir comment se portent les autres dans le bateau. J'étais tellement concentrée sur le fait de nous éloigner de la ville que j'en ai oublié tous les autres. Je regarde Logan assis près de moi sur le siège du passager, l'air content. Je me tourne et vois que les autres sont assis dans les rangées derrière moi.

Tous regardent l'eau, chacun devant soi, chacun perdu dans son propre monde.

Je tends une main et tapote l'épaule de Logan. Il se tourne vers moi.

— Tu peux prendre le volant ? je demande.

Il se lève rapidement, heureux de me rendre service, et saisit le volant tandis que nous échangeons nos places.

Je me dirige vers l'arrière du bateau. Je meurs d'envie de parler à Bree, et aussi à Ben, pour savoir ce qui est arrivé à son frère. En m'approchant, je vois Ben assis là, dans un état quasi catatonique, fixant l'eau. Il semble avoir vieilli de dix ans, et je vois la tristesse qui imprègne son visage. Je ne peux qu'imaginer quel enfer il a traversé, la culpabilité qu'il doit ressentir pour n'avoir pas pu sauver son frère. Si j'étais dans sa situation, j'ignore si je serais capable de la surmonter. Je l'admire ne serait-ce que parce qu'il est ici avec nous.

Je veux lui parler, mais je dois voir Bree d'abord. Je vais m'asseoir près d'elle, et ses yeux s'illuminent en me voyant. Elle me serre contre elle, et nous nous tenons enlacées pendant un long moment. Elle ne semble pas vouloir me lâcher.

Après plusieurs secondes, je l'éloigne doucement. Des larmes coulent le long de ses joues.

— J'avais si peur, dit-elle.

— Je sais, ma chérie, je réponds. Je suis tellement désolée.

— Nous allons chez nous maintenant ? demande-t-elle, les yeux remplis d'espoir.

« Chez nous ». Quelle drôle d'expression. Je ne sais plus ce qu'elle signifie. J'ai longtemps pensé que c'était

Manhattan, puis j'ai cru que c'étaient les montagnes. Maintenant, je sais que ce n'est aucun de ces endroits. Nous allons devoir trouver un autre foyer. Un endroit que nous n'avons encore jamais vu.

— Nous allons trouver une nouvelle maison, Bree, je dis. Une maison encore meilleure.

— Est-ce que Rose peut venir aussi ? demande-t-elle.

Je tourne les yeux et vois Rose assise près d'elle, qui me regarde avec espoir. Elles sont déjà comme les deux doigts de la main.

— Bien sûr, je dis. Elle fait partie de la famille, maintenant.

Je lui souris, et elle me surprend en se penchant vers moi pour me serrer. Elle s'accroche à moi, tout comme Bree, et je me demande tout à coup d'où elle vient, où est sa famille, où ils l'ont capturée. Je prends conscience de l'enfer qu'elle a dû traverser, elle aussi, et je me rends compte que nous l'avons sauvée. Je songe à un vieil adage : quand vous sauvez la vie d'une personne, vous en devenez responsable pour toujours. Je ne peux m'empêcher de penser que c'est vrai, que je suis maintenant responsable de Rose également. Elle et Bree sont inextricablement liées, dans mon esprit.

— Merci, murmure Rose contre mon oreille.

Je l'embrasse sur le front, et elle s'écarte lentement. Elle me rappelle Bree à tant d'égards que c'en est renversant.

— Et Sasha ? demande Bree. Elle peut venir ?

C'est la question que je craignais. Je prends une profonde respiration en essayant de penser à la meilleure façon de formuler ma phrase. Je dois lui dire la vérité ; après tout ce qu'elle a traversé, Bree mérite de le savoir.

— Je suis vraiment navrée, Bree, je dis en baissant les yeux. Sasha n'a pas survécu.

Les yeux de Bree s'inondent de larmes, et elle recommence à pleurer convulsivement. Rose se penche vers elle et l'enlace.

Mais à ma grande surprise, après plusieurs secondes, elle se redresse, essuie ses larmes et me regarde de ses yeux rougis.

— Je le savais, dit-elle. J'ai fait un rêve où elle venait me voir. Je savais déjà qu'elle était morte.

— Ceci pourrait te remonter le moral, dit soudain une voix.

Je me retourne et vois Ben debout. Il a sur le visage un petit sourire qui m'étonne.

Je baisse les yeux : il a un objet dans la main. Quelque chose de petit, enveloppé dans une couverture. Il la tend à Bree.

Soudain, un petit chien sort la tête de la couverture. Je n'y crois pas. C'est un petit chihuahua auquel il manque un œil. Il tremble, l'air terrifié.

— OH, MON DIEU ! s'écrient en même temps Bree et Rose, les yeux écarquillés de surprise.

Bree le saisit et le tient serré contre elle, et Rose se penche pour le caresser. Toutes deux l'approchent de leurs visages, et il les lèche. Elles hurlent de joie.

— Je l'ai trouvé dans le bateau, dit Ben. J'ai failli m'asseoir sur lui. Je suppose que quelqu'un l'a laissé ici, ou peut-être qu'il a réussi à monter à bord.

Je suis ébahie. Je n'avais pas vu le chien et maintenant que j'y pense, je me rends compte que je n'ai pas pris le temps d'examiner le bateau. Je regarde autour de moi en me demandant ce que je pourrais y trouver.

J'aperçois tous les compartiments latéraux et m'empresse de les ouvrir les uns après les autres. Je suis à la fois étonnée et ravie, quand je commence à découvrir toutes sortes de surprises. J'ouvre une boîte scellée et je perds le souffle en voyant ce qu'elle contient : elle est remplie de barres de chocolat, de bonbons, de biscuits et de confiseries de toutes sortes.

J'attrape un énorme sac rempli de dragées enrobées de chocolat. Je tiens le sac ouvert, pour Bree, Rose, Ben et Logan, et chacun d'eux, les yeux écarquillés, en prennent une poignée. Puis, j'en prends une moi-même et l'engouffre, mâchant les friandises les unes après les autres.

C'est l'extase. Je n'ai jamais rien goûté d'aussi bon. Je sens la poussée de sucre envahir mon corps et j'ai l'impression d'être au paradis. Je regarde les autres engouffrer les leurs aussi, les yeux fermés, savourant chaque bouchée.

Je fouille de nouveau dans la boîte et découvre des sacs d'oursons à la gélatine et de bâtons de réglisse. Je suis hébétée. Je n'avais jamais cru en revoir. Ils valent de l'or, et je sais que je devrais les rationner.

Mais après l'enfer que nous venons tous de traverser, ce n'est pas le temps de rationner quoi que ce soit, et pour une fois, je laisse mes émotions prendre le dessus sur mon côté rationnel. Je lance les petits sacs à chacun sur le bateau, les distribuant également, et tous les attrapent dans l'air avec des cris de joie et de surprise. Au moment où Logan attrape le sien en lâchant le volant, le bateau dévie un peu, puis se redresse rapidement.

J'ouvre mon sac d'oursons et les avale en l'espace de quelques secondes. Puis, j'attaque les bâtons de réglisse. J'essaie de prendre mon temps et de les mâcher un à un, lentement. J'ai à peine mangé depuis des jours, et mon estomac en prend un coup. J'ai mal au ventre et je me force à ralentir.

J'aperçois un petit frigo à l'arrière du bateau et m'empresse d'aller l'ouvrir. Il contient toutes sortes de breuvages, des jus jusqu'au champagne. L'iniquité de tout cela me rend furieuse. Nous étions là, à mourir de faim, pendant que ces chasseurs d'esclaves bien gras buvaient du champagne. Au moins, le temps de la revanche est venu.

Je prends une bouteille de champagne, enlève le fil métallique et fais sauter le bouchon. Il s'envole par-dessus bord dans le fleuve. Tous se retournent en entendant le bruit et me voient debout, tenant la bouteille pendant que la mousse en jaillit sur mes mains. C'est terriblement froid, mais je m'en fiche. Je porte la bouteille à mes lèvres et prends une gorgée qui me monte immédiatement à la tête.

Je sais que je ne le devrais pas, mais après tout ce qu'elles ont vécu, j'en offre à Bree et à Rose ; elles en prennent chacune une petite gorgée en ricanant. Puis, je la tends à Ben, et il en avale plusieurs gorgées sans s'arrêter. Il me la rend, mais ne me regarde pas. Il a les yeux fixés quelque part sur l'eau. Je me demande s'il a honte de me regarder, honte de n'avoir pu sauver son frère.

Je l'examine tandis qu'il scrute l'eau. Ses yeux sont rougis, et je vois qu'il a pleuré. Il lève une main et essuie une larme. Je peux difficilement imaginer ce qu'il a ressenti.

— Tu veux en parler ? je demande.

Il secoue la tête.

Je comprends. À sa place, je ne voudrais pas en parler non plus. Il semble avoir besoin de temps, et je ne veux pas le presser.

« Quand il sera prêt », je me dis.

Je retourne à l'avant du bateau, m'assois dans le siège du passager et tends la bouteille à Logan. Il retire une réglisse de sa bouche, saisit la bouteille, en prend une longue gorgée, puis me la rend sans jamais quitter l'eau des yeux. Puis, il remet une autre réglisse dans sa bouche et la mâche lentement.

Je m'appuie confortablement contre le luxueux siège de cuir. Nous progressons pendant quelques minutes dans un silence, brisé seulement par le ronronnement du moteur. Finalement, Logan se tourne vers moi.

— Alors, nous allons où ? demande-t-il.

Je regarde l'eau en réfléchissant. Je songe à ce que m'a dit Logan à propos de cette ville parfaite quelque part au Canada. Et pour la première fois depuis une éternité, je ressens de l'espoir. Je me demande s'il a raison, si peut-être il pourrait exister encore, dans le monde, un endroit qui ne soit pas en ruine. Je ne sais pas si c'est bien de rêver.

Je me tourne vers lui.

— Je pense au Canada, je dis.

Il me regarde avec de grands yeux étonnés. Il doit saisir ce que je veux vraiment dire : « Peut-être que tu as raison. »

Lentement, un sourire apparaît sur son visage, et je ne peux m'empêcher de faire de même.

Il tend la main et pousse l'accélérateur, puis je me sens renfoncer dans mon siège.

— Va pour le Canada, dit-il.

Je me détends davantage. Pour une raison que j'ignore, je pense à papa. Je me demande s'il est là-haut, à nous regarder. Si oui, serait-il fier? Je sens que oui. Je peux presque entendre sa voix :

Brooke, tu es la responsable maintenant. Fais tout ce que tu dois pour les garder en vie. Ne baisse pas la garde, soldat.

La route sera longue, je le sais. Bientôt, nous allons manquer d'essence. Puis de nourriture. L'obscurité et le froid viendront. Le fleuve deviendra glacé, et nous devrons trouver un abri. Les chasseurs d'esclaves seront à nos trousses et si nous ne continuons pas d'avancer, ils vont nous trouver.

Mais je sais aussi que je peux m'inquiéter de tout cela plus tard. Je peux simplement m'asseoir et *profiter du moment.* Finalement c'est ce qui compte vraiment. Non pas plus tard, mais *maintenant.*

Je prends une autre gorgée de champagne qui me monte tout droit à la tête. Je n'ai pas mangé décemment depuis des jours et je sais que je ne devrais pas boire. Mais pour le moment, je m'en fiche. Nous remontons l'Hudson par un magnifique matin ensoleillé, et j'ai l'impression que le monde est merveilleux. Je regarde sur la rive et étonnamment, je vois de brillantes fleurs pourpres qui ont réussi à survivre malgré l'épaisseur de la neige. Ce sont les plus belles fleurs que j'ai jamais vues, lumineuses sous le soleil. Je me demande comment elles peuvent même être réelles.

«Si elles peuvent survivre, je me dis, alors nous le pouvons aussi.»

Je ferme les yeux et sens l'air salin sur mon visage. Et pour la première fois depuis longtemps, je pense :

« Je me sens bien. Je me sens vraiment bien. »

NE MANQUEZ
PAS LA SUITE

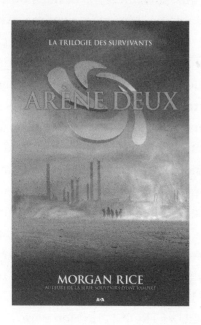

LA TRILOGIE DES SURVIVANTS

ARÈNE DEUX

MORGAN RICE

AUTEURE DE LA SÉRIE SOUVENIRS D'UNE VAMPIRE

1

Il y a certains jours qui semblent simplement parfaits. Certains jours où le monde est imprégné d'une certaine immobilité, lorsque vous êtes si profondément calme que vous avez l'impression que vous pourriez disparaître, des jours où vous éprouvez un tel sentiment de paix, où vous êtes immunisé contre toutes les préoccupations du monde. Contre la peur, contre l'avenir. Je peux compter de pareils moments sur les doigts d'une seule main.

Et j'en vis un en ce moment.

J'ai treize ans, Bree en a six, et nous nous trouvons sur une plage de sable fin. Mon père tient ma main et ma mère, celle de Bree, et nous traversons tous les quatre le sable chaud pour nous rendre à l'océan. La bruine fraîche des vagues est tellement agréable sur mon visage, atténuant la chaleur de cette journée d'août. Les vagues s'abattent tout autour de nous, et papa et maman rient, insouciants. Je ne les ai jamais vus si détendus. Je les surprends à se regarder avec tant d'amour que j'imprime l'image dans mon esprit. C'est une des rares fois où je les ai vus heureux ensemble, et je ne veux pas oublier ce moment. Bree hurle de plaisir, excitée devant chaque vague qui s'abat à hauteur de sa poitrine, par le ressac au niveau de ses cuisses. Maman la tient fermement, et papa resserre ma main, nous retenant contre l'attraction de l'océan.

— UN ! DEUX ! TROIS ! crie mon père.

Il me tire par les mains dans les airs, et ma mère fait de même avec Bree. Je monte haut, au-dessus d'une vague, puis je crie tandis qu'elle s'abat derrière moi. Je suis renversée que mon père puisse se tenir ainsi, si fort, comme un roc, ignorant apparemment la puissance de la nature.

En replongeant jusqu'à la poitrine dans l'eau froide de la mer, j'éprouve un choc. Je serre davantage la main de papa au moment du ressac et me retiens fermement. En cet instant, j'ai l'impression qu'il me protégera pour toujours contre tout.

Les vagues s'abattent sur la plage les unes après les autres, et pour la première fois d'aussi loin que je me souvienne, mes parents ne sont pas pressés. Ils nous soulèvent encore et encore tandis que Bree pousse davantage de cris de joie. J'ignore combien de temps s'écoule pendant cette magnifique journée d'été, sur cette plage paisible, sous un ciel sans nuages, la bruine me frappant le visage. Je ne veux pas que le soleil se couche, souhaite que rien de tout cela ne change. Je veux être ici, comme ça, pour l'éternité. Et à ce moment, j'ai l'impression que c'est possible.

J'ouvre lentement les yeux, désorientée par ce que j'aperçois devant moi. Je ne suis pas à la mer, mais plutôt assise dans le siège passager d'un hors-bord qui file sur un fleuve. Ce n'est pas l'été, mais l'hiver, et les rives sont enneigées. Ici et là, des fragments de glace défilent le long de la coque. Mon visage reçoit de l'eau, mais plutôt que la bruine fraîche des vagues de l'océan en été, ce sont les froids embruns de l'Hudson en hiver. Je cligne des yeux plusieurs fois jusqu'à ce que je sois certaine que ce n'est pas un matin d'été sans nuages, mais un après-midi d'hiver sous un ciel voilé. J'essaie de comprendre ce qui s'est produit, comment tout a changé.

J'éprouve un frisson, me redresse et regarde autour de moi, immédiatement sur mes gardes. Il y a très longtemps que je ne suis pas tombée endormie durant le jour, et ça m'étonne. Je reprends rapidement mes esprits et aperçois Logan debout, imperturbable derrière le volant, les yeux fixés sur l'eau, remontant l'Hudson. Je me retourne et vois Ben, la tête entre les mains, les yeux hagards, perdu dans son propre monde. De l'autre côté du bateau se trouve Bree, assise, les yeux clos, affalée contre son siège, sa nouvelle amie Rose blottie contre elle, endormie la tête sur son épaule. Son nouveau toutou, le chihuahua borgne, dort sur ses genoux.

Je suis surprise de m'être laissée aller à dormir aussi, mais en baissant les yeux sur la bouteille de champagne à demi pleine dans ma main, je prends conscience que l'alcool, que je n'ai pas bu depuis des années, doit m'avoir assommée — l'alcool combiné à tant de nuits sans sommeil et tant de journées marquées par la surexcitation. Mon corps est si tuméfié, si douloureux qu'il doit s'être endormi de lui-même. Je me sens coupable : je m'étais promis de ne plus quitter Bree des yeux. Mais tandis que je regarde Logan, sa présence si rassurante, je me dis que je dois m'être sentie suffisamment en sécurité près de lui. Sous certains aspects, c'était comme si mon père était revenu. C'est peut-être la raison pour laquelle j'ai rêvé de lui.

— Content de te revoir, fait Logan de sa voix grave.

Il jette un coup d'œil dans ma direction, un petit sourire jouant au coin de ses lèvres.

Je me penche vers l'avant en parcourant des yeux le fleuve devant nous tandis que nous filons dessus à toute allure. Le rugissement du moteur est assourdissant, et le bateau remonte le courant, tanguant et roulant en de subtils mouvements, se balançant à peine. Les gouttelettes glaciales frappent directement mon visage, et je baisse les yeux en constatant que je porte les mêmes vêtements depuis plusieurs jours. Ils collent à ma peau, tachés de sueur, de sang et de poussière — et maintenant humides. Je suis trempée, j'ai froid et j'ai faim. Je donnerais n'importe quoi pour une douche chaude, un chocolat chaud, un feu de foyer et un changement de vêtements.

Je parcours des yeux l'horizon : l'Hudson ressemble à une vaste mer. Nous progressons en son milieu, loin des deux rives, Logan nous tenant sagement éloignés de tout prédateur éventuel. Les souvenirs me reviennent, et je me retourne immédiatement, cherchant un quelconque signe des chasseurs d'esclaves. Je n'en vois aucun.

Je regarde devant nous et n'aperçois pas de navire non plus. Je regarde les rives et n'y vois aucun signe d'activité. C'est comme si nous avions le monde à nous seuls. C'est à la fois réconfortant et désolant.

Lentement, je me détends. J'ai l'impression d'avoir dormi pendant une éternité, mais d'après la position du soleil, nous ne sommes qu'au milieu de l'après-midi. Je n'ai pas pu dormir plus d'une heure. Je cherche alentour quelque repère familier. Après tout, nous approchons d'où nous habitions, mais je n'en vois aucun.

— Combien de temps j'ai dormi ? je demande à Logan.

Il hausse les épaules.

— Peut-être une heure.

« Une heure », je pense avec étonnement.

Je vérifie la jauge d'essence et constate que le réservoir est à moitié vide. C'est de mauvais augure.

— Tu as vu des endroits où on aurait pu trouver de l'essence ? je demande.

Dès que j'ai posé la question, je constate à quel point elle était stupide.

Logan me regarde comme pour dire « vraiment ? » Évidemment, s'il avait vu un dépôt de carburant, il s'y serait arrêté.

— Où sommes-nous ?

— C'est la région où vous viviez, répond-il. J'allais te poser la même question.

Je regarde de nouveau le fleuve, mais n'y vois toujours rien de reconnaissable. L'Hudson est comme ça : il est si vaste qu'il est facile d'y perdre ses repères.

— Pourquoi tu ne m'as pas réveillée ? je demande.

— Pourquoi je l'aurais fait ? Tu avais besoin de sommeil.

Je ne sais trop quoi lui dire d'autre. C'est ce qu'il y a avec Logan : je l'aime bien et je sens qu'il m'aime bien aussi, mais je n'ai pas l'impression que nous ayons beaucoup de choses à nous dire. Le fait qu'il soit constamment sur ses gardes, comme moi, ne facilite pas les choses.

Nous poursuivons notre route en silence, l'écume jaillissant sous la coque, et je me demande jusqu'où nous allons pouvoir nous rendre. Qu'allons-nous faire quand nous manquerons d'essence ?

J'aperçois quelque chose au loin. Ça ressemble à une structure dans l'eau. Au départ, je me demande si j'hallucine, mais quand Logan étire le cou, les yeux alertes, je constate qu'il doit l'apercevoir aussi.

— Je pense que c'est un pont, dit-il. Un pont effondré.

Il a raison. Une immense pièce de métal tordu apparaît de plus en plus clairement à mesure que nous approchons, sortant de l'eau comme une sorte de monument commémorant un désastre. Je me souviens de ce pont : jadis, il enjambait magnifiquement le fleuve ; maintenant, c'est un gigantesque amoncellement de métal plongeant dans l'eau à des angles bizarres.

Logan ralentit le bateau à mesure que nous nous en approchons. Notre vitesse descend rapidement, et notre hors-bord se balance violemment. Des fragments de métal tordu se dressent dans toutes les directions, et Logan louvoie entre eux, créant son propre petit chemin. Je lève les yeux tandis que nous passons sous les vestiges du pont. J'ai l'impression qu'il s'élève à des centaines de mètres, une sorte de témoin de ce que l'humanité a déjà été en mesure de faire avant que nous commencions à nous entretuer.